숨겨진 삶

L'INAPERÇU
by Sylvie Germain

이 도서의 국립중앙도서관 출판예정도서목록(CIP)은
서지정보유통지원시스템 홈페이지(http://seoji.nl.go.kr)와
국가자료종합목록 구축시스템(http://kolis-net.nl.go.kr)에서 이용하실 수 있습니다.
(CIP제어번호: CIP2019039639)

숨겨진 삶

L'inaperçu

Sylvie
Germain

실비
제르맹
장편소설

이창실
옮김

문학동네

일러두기

1. 주석은 모두 옮긴이주다.
2. 본문 중 고딕체는 원서에서 이탤릭체로 강조한 부분이다.

L'inaperçu

차례

아니와 세르주 벨랑스에게

스냅사진

L'instantané

여신이여, 난 모습이 달라졌다오,
황금 참새, 솔방울 참새의
성스러운 외관을 띠게 됐다오.
이 나무 꼭대기에서 저 나무 꼭대기로,
여신이여, 나는 날아가 활공한다오,
이 나무 꼭대기에서 저 나무 그루터기로,
여주인이시여, 나는 날아가 내려앉는다오.
_오스티아크어語* 노래

* 시베리아 오비강 유역에 사는 칸티족의 언어.

1

한 여자가 빠른 걸음으로 강둑길을 걷고 있다. 12월 저녁의 세찬 바람에 맞서 몸을 보호하려고 조금 숙인 자세로 걷는다. 여자가 입은 검정 아스트라한 털외투의 치켜세워진 깃이 얼굴을 커다란 화관처럼 에워싸고 있다. 앞으로 살짝 기울어진 머리는 연보랏빛 꽃무늬가 든 회색 스카프에 단단히 감싸여 있다. 여자의 흐릿한 얼굴과 마찬가지로 꽃무늬도 형태를 종잡을 수 없고, 여자가 화관 안쪽 가슴에 무얼 품고 있는지도 짐작이 가지 않는다. 나팔처럼 벌어진 짧은 외투는 커다란 종같이 보이고, 검정 나일론 스타킹을 신은 두 다리는 두 개의 추 같아서 규칙적이고 활기찬 동작으로 움직이지만 소리는 나지 않는다.

여자를 주의깊게 관찰해보면 양어깨와 등이 발걸음만큼이나 파들대며 흔들리고 있다는 걸 알 수 있다. 그러나 이 시각 이런 추위에는 그 누구도 한가롭게 강둑을 어슬렁거린다거나, 발작하듯 떨며 지나가는 검은 종 같은 실루엣의 여자를 멈춰 서서 지켜보겠다는 생각을 하지 못한다.

그런데 누군가가 그런 생각을 한다. 누군가가 부두에서 여자를 보고 있다. 산타클로스 복장을 한 남자다. 아침부터 근무한 백화점에서 잠시 일을 놓고 담배를 한 대 피우러 나왔다가 마로니에 뒤편에서 오줌을 누는 중이다. 담배 냄새가 배지 않도록 짙은 콧수염 밑에 솜으로 달아 붙인 턱수염과 기다란 모자 끝을 등뒤로 넘겨두었다. 안 그러면 사람들이 사진을 찍기 위해 연달아 그의 무릎 위에 앉히는 아이들이 냄새 때문에 얼굴을 찡그릴 수도 있을 테니까. 일을 마치러 안으로 들어가기 전에 담배를 피우며 그렇게 짧은 휴식을 취하고 있던 그는 추위 탓에 갑작스레 요의를 느꼈고, 그러다 저 밑에서 종종걸음 치고 있는 기이한 형체를 발견한 것이다. 젖먹이를 품에 안은 여자가 고개를 숙인 채 바람을 거슬러 걷고 있었다. 여자의 품안에는 조막만한 아이가 털외투의 온기 속에 몸을 웅크리고 있으리라는 게 그의 짐작이다. 언뜻 보아서는 전혀 이상할 게 없는 광경이다. 강둑길에는 바쁜 걸음으로 걸어가는 다른 사람들도 보였다. 하지만 여자의 몸놀림과 정신 나간 사람처럼 허둥대는 모습, 여자의 몸에서 은연중에 전해지는 불안이 왠지 그를 긴장시킨다. 벌써 여자는 저만치 멀어져 강에서 올라오는 옅은 안개에 가려 보일 듯 말 듯 하다.

그 순간 그는 아무 생각도 할 수 없다. 지금 자신이 하고 있는 일도, 길고 헐렁한 외투와 솜뭉치를 붙인 눈썹까지 눌러쓴 모자도, 등뒤로 넘긴 턱수염도 잊은 채 그는 무작정 여자를 향해 달려 내려간다. 강둑으로 이어지는 계단을 내려가 붉은 옷자락을 걷어쥐고 달린다. 기다란 모자 꼬리와 눈처럼 하얀 턱수염이 견갑골 위에서 짝짝이 날개처럼 나부낀다. 펠트 장화를 신어서 달려도 발소리가 나지 않는다.

지치기 시작한 여자는 차츰 걸음이 느려지면서 조금 비틀대며 걷는다 싶더니 강 쪽으로 더 다가붙는다. 당장이라도 주저앉아버릴 듯한 모습이다. 매무새가 볼품없이 망가진 산타클로스는 여자의 거친 숨소리를 감지한다. "저 여자가 웃으면 안 돼. 웃으면 안 돼……" 그는 속도가 점점 빨라지는 후렴구처럼 되뇐다. 눈물이나 흐느낌보다 나쁜 것, 절규나 거친 숨소리보다 나쁜 게 웃음이니까. 발작적으로 터져나오는 미친 웃음이야말로 그가 두려워하는 것이다.

그는 숨이 차서 헐떡이는 여자를 따라잡아 여자의 어깨에 손을 올리고 말한다.

"웃지 마요!"

소스라치며 돌아선 여자가 놀라 휘둥그레진 눈으로 그를 바라본다.

"웃지 마세요……" 그가 낮은 목소리로 되뇐다.

명령이라기보다 애원하는 목소리다. 말을 하자 입에서 김이 소용돌이처럼 피어난다.

"웃지 않았어요……" 놀라움과 두려움 사이에서 흔들리는 여자가 더듬더듬 말한다.

여자는 추위에 코가 빨개진 이 어릿광대를 보고 웃을 생각이 조금도 없다. 조각구름 같은 입김을 내뿜는, 비뚤어진 모자 밖으로 솜뭉치 같은 가발이 비딱하게 드러난 남자. 이 남자가 웃기려고 뒤쫓아온 게 아니라는 건 분명하다. 곧 벌어질 일에 여자는 더럭 겁이 난다. 그런데 남자가 당황하며 그녀를 따라온 이유를 변명처럼 늘어놓는다.

"강가에 있지 마세요. 이 계절에 습기는 몸에 해로워요. 이 시간엔 위험할 수도 있는 곳이고……"

그는 저만치 떨어져 있는 계단을 가리키며 부두 쪽으로 올라갈 것을 권한다. 그녀는 아무 대꾸 없이 그의 권유를 따르며 그가 따라오도록 놔둔다. 그는 계단을 오르다가 휘청대는 여자의 팔꿈치를 잡아주며 균형을 되찾도록 돕지만 곧 손을 뗀다.

"조심하세요. 계단이 미끄러우니까……"

그는 여자에게 주의를 주어야 한다고 생각한다. 그는 조심스레 모자와 가발을 바로 쓰고 엉덩이 위로 늘어진 허리띠를 고쳐 맨다.

부두에 이르자 여자는 남자를 돌아본다. 악의가 없는 게 확실해진 이 성탄절 광대에게 미소를 짓는다. 마음이 놓이니 미소도 따스히 빛난다.

"웃는 모습이 참 아름답네요." 그도 미소를 지으며 말한다.

"고마워요. 그럼 이만."

이렇게 말하고 그녀는 자리를 뜬다. 잠든 젖먹이를 여전히 품속에 안은 채로. 남자가 마지막으로 그녀에게 묻는다.

"아이는 딸인가요, 아들인가요?"

순간 그녀는 멈춰 서서 뒤도 안 돌아보고 어이없는 답변을 내뱉는다.

"아이요? 아!…… 그러니까…… 이도 저도 아니에요!"

여자는 곧 발길을 다시 옮긴다. 아까처럼 초조한 걸음이다. 그들의 대화가 충분히 길었음을 암시하는 방식일 거라고 그는 단정짓는다. 잠시 후면 문을 닫게 될 백화점을 향해 그도 잰걸음을 옮긴다.

2

그녀는 서두른다. 아이들과 함께 성탄절을 보내려고 온 시가로 시부모가 돌아오기 전에 가 있어야 한다. 성가족의 가호 아래 식구들이 상봉하는 며칠간의 고역을 이제부터 치러야 한다. 그날그날의 일과가 수주 전부터 짜여 있었다. 그제는 아이들 사이에서 '쉿 왕고모'라는 별명으로 통하는 에디트 왕고모를 방문하는 날이었다. 만성 두통을 앓는 왕고모는 소음과 고함소리라면 질색하기 때문에 이런 별명이 붙었다. 왕고모는 애완견 팔미르의 성대에 손을 댔다는 의심도 받고 있다. 적갈색 털이 근사한 이 테켈종 사냥개는 짖지는 못하고 쉰 한숨소리만 냈다.

어제는 시내로 나들이를 가는 날이어서 상점들의 휘황한 진열창과 거리와 부두의 장식물을 구경했고, 늘 하던 대로 '무지개'

찻집에 들러 뜨거운 코코아도 마셨다. 시어머니 앙드레가 누누이 강조하는 바에 따르면 '이 도시에서 가장 맛있는, 감칠맛이 놀라운 코코아'였다. 오늘은 오후에 영화관에서 애니메이션 한 편을 본 뒤 포스캉가家의 사촌들 집에서 간식을 먹었고, 내일도 다른 친척들 집에서 간식을 먹는 격식을 치르기로 되어 있었다. 그녀는 이런 의무 사항들을 대부분 피해갔는데, 그런 그녀를 두고 시부모는 사교성이 없다고 책망하기는 했지만 참석을 강요하지는 않는다. 그녀에게 대놓고 못마땅한 기색을 드러내지는 못하는 시부모는 어떻게든 갈등을 피하고 손주들과의 접촉을 유지해 가능한 한 손주들에게 지속적인 영향력을 행사하고 싶어한다. 그러자면 그녀가 어쩔 수 없이 중재자 역할을 맡아야 한다. 그녀도 그걸 알기에 그때그때 기분에 따라 다소간의 재치를 발휘하며 이런 상황을 이용해 줄다리기를 한다.

그녀가 시부모와 맺고 있는 관계는 애매모호하다. 연민이 깃든 모호한 애정과 짜증, 불신이 뒤섞인 관계랄까. 사사건건 그녀의 역정을 돋우는 사람은 시어머니 앙드레다. 시어머니는 사고방식이나 생활 방식은 물론, 사랑하거나 고통받는 양상마저 왠지 소심하고 경직된 면이 있다. 시어머니는 만사를 격식대로 사회적

예법에 맞추어 절도 있고 온당하게 처리한다. 원칙에 대해 일말의 반감도 없이 순응하는 탓에 그 존재감이 거의 부각되지 않는다. 평범한 지방 중소도시를 배경으로 그리자유 화법으로 꼼꼼하고 무미건조하게 그려진 여자라고나 할까. 시아버지 샤를람 베랭스는 그녀에게 경계심을 불러일으킨다. 그는 샤를과 아메데라는 두 조부에게 받은 이름을 샤를람이라는 이름으로 축약해 아내와 친구들은 물론 손주들마저 자신을 그렇게 부르게 한다. 전통을 존중하고 예의범절을 낱낱이 지킨다는 점에서는 그도 앙드레와 다를 바 없지만 훨씬 강인한 성격인데다, 집안의 원로이며 가장이라는 의식이 뚜렷해 손주들 곁에서, 특히 맏손자인 앙리 곁에서, 아들 조르주가 남기고 간 빈자리를 차지하려고 애쓴다. 그는 베랭스 군단의 대지휘관을 자처하며 가족 전체의 재원과 소비를 감독하는 재정관이 되고 싶어한다. 자기 덕분에 가족이 다소나마 재산을 갖게 된 것이다. 빈손으로 출발하다시피 한 그가 돈을 모으고 저축하고, 번 돈을 명민한 호전성을 발휘해 유리하게 투자했기 때문이다. 그가 믿기로는, 돈에서는 냄새가 난다. 그 자신의 냄새가.

빈자리. 비공식적인 경쟁자들이 경합을 벌이는, 은밀히 치러지는 치열한 쟁탈전. 샤를람은 앙리가 그의 집에 와서 함께 살았으면 한다. 그렇게 되면 앙리는 시끌벅적한 형제들 틈바구니에서 벗어나 그 도시 제일의 명문 고등학교에서 학업을 이어갈 수 있겠고, 무엇보다 아버지의 권위가 부재하는 교육을 면할 수 있을 것이다. 샤를람은 아버지의 강인한 손길 없이 소년을 남자로 다듬어낼 수는 없다고 믿는다. 여자들의 손길에는 세상을 살아가는 데 필요한 수완과 에너지가 부족하다는 생각도 한다. 다른 한편으로는 조르주가 운영했던 상점을 며느리인 사빈 혼자서 제대로 꾸려가기에는 역부족일 거라는 걱정도 있다. 아들에게는 없었던 경영인의 자질이 며느리에게는 있음을 시인할 수밖에 없지만, 그래도 그는 도와주겠다고 끈질기게 나선다. 사빈은 샤를람의 경솔한 배려를 경계하며 어디에도 의존하지 않으려 한다. 어머니로서의 책임과 일에 대한 책임이라는 이중의 구속만으로도 버겁다. 집안 살림은 다행히 루이즈마리 슈브리에라는 사십대 여자가 보조 역할을 제대로 감당해주어 청소를 하고 사빈이 없는 동안 집에서 아이들을 돌봐준다. 시간도 마음의 여유도 없는 사빈은 종내 그녀에게 집안 살림 이상의 역할, 즉 어머니를 대신하는 역할을 위임하고 그녀 자신은 아버지 역할을 수행한다. 그렇게 그녀는 낮 시간에는 밖에 나가서 일하고 저녁에 가족이 모이면 통솔권을 되찾는 아버지가 된다. 아이들이 아무리 그녀를 엄마라 불러도, 이 말이 내포하는 애정의 무게 상당 부분은 그들이 루마라는 애칭으로 부르는 가정부에게 쏠려 있음을 느낀다. 바깥일에서는, 그녀가 선택한 보조자들이 버팀목이 되기보다는 근심거리가 되는 경우가 종종 있다.

그녀는 어슴푸레한 빛과 정적에 잠겨 있는 아파트 문을 연다. 발꿈치로 문을 닫고 잠시 나무 문에 몸을 기대고서 어둠 속에 머문다. 눈을 감고 입술에는 희미한 미소를 머금은 채 깊은 안도의 숨을 내쉰다. 먼저 도착한 것이다. 그것도 무사히. 그런데 어쩌다 클라스캥백화점에서 이 작은 모직 양탄자를 훔치게 된 걸까. 양홍색과 연녹색 무늬가 있고 상아색 모직 술이 달린, 은은한 장밋빛의 보드라운 양탄자다. 눈부신 백화점 조명 아래서 너무도 아늑한 빛을 발하던 양탄자, 이 직사각형 천 쪼가리는 그녀에게 단순한 물건이나 아름다운 장식물 이상이다. 신선하고도 따스한 감촉의 비단결 같은 섬광, 시선의 애무, 평화의 시구詩句, 감미로운 명상이랄지…… 그녀는 한참 동안 그것을 응시하다 손끝으로 스쳐보았다. 손으로 만져보면서, 가져다가 시각과 촉각으로 한껏 만끽하고 싶은 욕구를 느껴 낚아챘다. 난데없이 마음을 사로잡은 절박하고도 터무니없는 욕구였다.

'동양산 100퍼센트 수제 양탄자'라고, 뒷면에 부착된 라벨에 적혀 있었다. 가격이 엄청났다. 그녀는 자리를 떴지만 다양한 크기의 양탄자들이 가득 쌓여 있는 기다란 진열대 앞으로 곧 되돌아갔다. 그리고 자신에게 있는 줄도 몰랐던 민첩함과 침착성을 발휘해 순식간에 양탄자를 둘둘 말아 외투 속에 숨긴 뒤 아무렇지도 않은 얼굴로 출구 쪽으로 향했다. 그러나 보도로 나오기 무섭게 엄습해오는 두려움 탓에 발작적으로 딸꾹질을 해대기 시작했다. 그렇게 신경질적인 경련을 일으키며 도로를 가로질러 강둑으로 이어지는 계단 쪽으로 걸음을 재촉했다. 가로등과 네온 불빛보다는 어둠이 필요했고, 사람들로 북적대는 장소보다는 그 시각이면 텅 비다시피 하는 그곳이어야 했다. 훔친 물건을 몸에 지닌 채 붙잡히느니 강물 속에 던져버리는 편이 나았다. 도둑질을 한 현장에서 발각되어 뒤쫓아온 경비원의 손에 붙잡혀 망신을 당하느니 차라리 강물에 뛰어드는 편이 나았다. 그런 상황이었던지라 그녀 뒤에 소리 없이 와 있던 그 남자 때문에 식겁해 까무러칠 뻔했다. 그래도 공포가 한 가지 긍정적인 효과를 발휘해 딸꾹질이 당장 멎었다. '그 어릿광대는 대체 뭘 원했던 거지?' 그녀는 궁금했다.

그녀는 불을 켠 뒤 노획물을 자기 방으로 가져갔다. 양탄자를 마룻바닥에 펴 다시 한번 음미하고는 술을 매만졌다. '아이가 아니냐고! 그 사람은 이 모직 천 귀퉁이를 갓난아이 모자에 달린 방울 술로 착각한 거야. 아들 양탄잔가요, 딸 양탄잔가요?' 그 오해를 생각하면 웃음이 나왔지만 까닭 모르게 거북했다. 그래도 행동거지가 꽤 상냥한 남자였는데, 그 가엾은 남자 앞에서 어쩌면 자신이 도도하게 굴었는지도 모른다. 사실 그녀 자신만큼이나 남자도 당황한 기색이 역력했다. 날품팔이 어릿광대 복장인데다 매무새마저 마구 흐트러져 있어 당혹스러운 표정이었다. 그녀에게 웃지 말라고 한 것도 분명 그런 이유에서였을 것이다. 그의 시선과 목소리에는 호의가 담겨 있었지만 부드러움과 우울 사이에서 떨리는 알 수 없는 무언가가 느껴졌다. 그래도 그녀가 계단에 발부리를 부딪히던 순간 팔꿈치를 살짝 잡아주던 손길에서 진심이 담긴 온기가 전해져왔는데…… 어쨌거나 놀라 기절초풍할 뻔했던 것도 사실이다. 몹쓸 인간 같으니라고.

그래도 자신의 행동은, 그토록 갑작스러운 소유욕은 납득이 안 갔다. 어떤 대상을 향해 그런 충동을 느껴본 적은 여태 한 번도 없었다. 그저 보고 만지는 쾌락을 얻고 싶어 단 한 시간만이라도 무언가를 제 것으로 만들겠다는 그런 욕구. 그녀는 보드라운 천을 천천히 어루만지고 뺨에 대고 비단결 같은 감촉을 음미하면서 한껏 감미로움에 젖는다. 한순간의 순진무구한 휴식, 어린 아이의 행복. 그녀는 몸을 일으켜 한숨을 쉬고는 라벨을 뜯어 잘게 찢고, 양탄자를 둘둘 말아 수건으로 싸서 짐 가방 속에 쑤셔넣고 가방을 침대 밑으로 밀어넣는다. 그런 다음 외투와 스카프를 벗고 욕실로 가서 얼굴을 물에 축인 뒤 머리를 다시 빗는다. 그녀는 거울에 비친 자신의 모습을 냉랭한 표정으로 흘겨본다. 그리고 담담한 투로 중얼거린다.

"도둑년……"

거울 속 여자는 확인이 되어버린 이 비난에 철저히 무관심하다. 그녀는 어깨를 으쓱하고는 방을 나간다.

3

주방 식탁에 음식이 차려져 있다. 아이들이 머무르는 동안 앙드레가 거의 풀타임으로 고용한 가정부 오데트가 모든 걸 준비해놓았다. 사빈은 물병과 포도주 병, 빵 바구니를 갖다놓기만 하면 된다. 거실은 모레 있을 성탄절 전야 예식을 위해 나무랄 데 없이 장식되어 있다. 벽난로 옆에는 연노란색 크레이프페이퍼로 감싼 화분에 심은 전나무가 우뚝 서 있다. 전나무는 꽃줄과 유리공, 별, 금빛 아기 천사로 뒤덮이고, 거울이 달린 작은 대리석 탁자에는 성탄 구유가 마련되어 있다. 석류빛 유리그릇에 담긴 초와 구유에 놓인 채색 인형, 어린양, 진흙을 구워 만든 작은 나무는 모두 거울 속에 자신들의 분신을 두었다. 섭정 샤를람이 터질 듯이 포동포동한 금발의 장밋빛 아기 예수를 적당한 순간 이 성탄의 축소판 무대 한복판에 내려놓게 될 것이다. 구유를 내려다보게끔 거울 장식 틀에 은줄로 매달아둔 부재자의 사진 앞에서 예식을 거행하는 것도 벌써 두번째다. 이 부재자가 완수하게 될 역할은 대체 뭘까? 자신의 자녀들을 돌보는 눈에 보이지 않는 성부 하느님 역할일까, 아니면 아직 갓난아이인 자신에게 한창때에 죽음이 닥치리라 예고하는 성자 아들 역할일까, 아니면 그저 베랭스 집안을 지켜주는 선한 천사 역할일까? 사진을 보는 각자가 지닌 승화시키는 능력과 번민하는 상상력에 힘입어 이런저런 역할을 담당하게 될 것이다. 하지만 사빈은 세 가지 역할 중 그 어느 것도 생각할 수 없었다. 상상력이 결핍되어서가 아니다. 너무 보잘것없는 비극인지라 그 일을 미화하기가 쉽지 않을 뿐이다.

조르주의 차는 시속 백 킬로미터로 달리다 플라타너스에 부딪혀 부서졌다. 그는 취한 상태로 운전대를 잡고 있었다. 술이 아니라 폭발하는 분노에 취해 있었다. 차 안에는 그의 네 아이 중 외딸인 마리도 타고 있었는데 그건 그가 미처 깨닫지 못한 사이에 벌어진 일이었다. 마리는 오빠들의 지나치게 소란스러운 놀이에 싫증이 나면 정원에 주차된 그 차에 오르곤 했다. 앙젤이라는 이름의 인형을 데리고 뒷좌석에 편안히 몸을 누인 자세로 자신이 좋아하는 일 중 한 가지에, 그러니까 친구 조에와 긴긴 밀담을 나누는 일에 몰두했다. 조에는 상상 속 친구로 온갖 장점을 지닌데다 상대의 말에 다정히 귀기울여주는 섬세한 이해력까지 갖췄다. 마리라는 이름의 이니셜 M이 알파벳의 중간쯤 자리했으므로 알파벳 양쪽 끝에 자리한 A와 Z로 시작하는 이름을 두 친구에게 붙여준 것이다. 하나는 플라스틱 재질의 친구, 다른 하나는 그 어떤 재질도 아닌 친구였다. 마리는 생각했다. '우리 셋이서 한편이 되는 거야. 하지만 대장은 가운데 있는 나야.'

마리는 아버지의 차인 겨자색 심카* 아롱드를 싫어했다. 완충 기능이 떨어져 금세 멀미를 일으키는 차였기 때문이다. 하지만 차가 멈춰 있을 때는 예외였다. 차가 움직이지 않고 비어 있을 때, 특히 오빠들이 쉴새없이 들썽거리고 티격태격할 때 심카는 마리에게 기쁨을 주었다. 마리는 차 내부 공간의 정적을 좋아했다. 그 안에는 딱히 무어라 규정할 수 없는 특이한 냄새가 감돌았다. 인조가죽과 먼지, 엄마의 아련한 향내를 비롯해 담배와 휘발유, 그 모두가 어우러져 나는 냄새였다. 너무도 기분좋은 은신처여서 마리는 조에와 소곤대며 밀담을 나누다 종종 소중한 친구를 놔둔 채 잠이 들었고, 그러면 조에는 가만가만 자리를 떠나

* 1934년에 설립된 프랑스의 자동차 제조회사.

어렴풋한 빛 속으로 녹아들었다. 그날 오후의 상황도 마찬가지였다. 그러나 조르주는 뒷좌석에 누워 있는 딸의 존재를 알아채지 못한 채 차 안으로 뛰어들었고 시동을 걸어 쏜살같이 출발했다. 사고는 그곳에서 오십여 킬로미터 떨어진 좁은 도로에서 발생했다. 마리는 수술대 위에서 여러 시간을 보내고도 훨씬 나중에야 깨어났고 여러 날을 혼수상태에 빠져 있었다. 그뒤로 수개월에 걸친 재활 치료가 이어졌다. 조르주는 현장에서 사망했다. 서른네 살이었다.

사빈은 조르주가 집을 나서기 직전에 벌어졌던 일에 대해 아무에게도 말하지 않았다. 그런 황급한 출발에 대해서도 함구했다. 그러고 나니 사실을 털어놓기에는 너무 늦어버렸다. 그 비극적인 사건 직전에 벌어진 일들은 사실 조르주에게도 그녀 자신에게도 영예로울 게 없었다. 돈 문제였다. 정확히 말해 조르주가 산 복권 때문에 벌어진 일이었다. 조르주는 잘 보관해둔 게 분명한 당첨된 복권을 찾을 수 없었다. 복권을 종종 사기는 했지만 당첨이 되기는 처음이었다. 게다가 그의 주장대로라면 당첨된 그의 복권에는 엄청난 액수가 걸려 있었다. 사빈은 남편이 하는 말을 흘려듣곤 했다. 남편은 공중누각을 쌓으며 욕구와 현실을 혼동했고, 꿈꾸는 일들을 행동에 옮기지 않기 일쑤였으니까. 그가 세운 계획들은 형태를 갖추기도 전에 무너져내리곤 했다. 바라는 것들은 의지력의 결핍으로 무산되었고, 꿈은 과도한 야망으로 좌절되었다. 사정이 그러했으므로 그날 그가 당첨되었는데 없어졌다고 주장한 그 골백번째의 복권에 대해서도 그녀는 무덤덤하기만 했다. 조르주는 수색 범위를 넓혀 서류란 서류는 모두 뒤지고 책상 서랍을 비우고 윗옷과 바지 주머니까지 뒤집어보았지만 헛일이었다. 자신이 애를 태우는 동안 무관심으로 일관하는 사빈을 보면서 결국 화가 치밀어올랐다. 강제로라도 그녀의 관심을 잡아채려는 심산으로 거액이 걸린 이 복권이 사라진 데 대한 책임을 그녀에게 이리저리 전가했다. 그러자 그녀가 화를 냈고, 서로를 향한 질책과 조롱과 비난의 수위가 점점 높아졌다. 그 종이 쪼가리는 부싯깃처럼 두 사람의 신경을 있는 대로 자극하고 혀에 활활 불을 질렀다. 두 사람은 평소의 그들답지 않게 분통을 터뜨리며 서로에게 대들고 모욕을 주었다. 세월이 흐르는 동안 한 번도 들춰보거나 청소하지 않은 채 머릿속 한구석에 쌓아온 온갖 매섭고 신랄한 생각들을 느닷없이 상대의 면전에 대고 퍼부어댔다. 넌더리를 내면서도 멈추지는 못하는 이 끔찍한 전쟁을 뒤로하고 조르주는 집을 나섰다. 재난을 향한 초읽기는 시작되었다.

일상의 시간 속으로 불쑥 침범해 들어온 죽음은 삶을 송두리째 뒤집어놓는다. 시간은 정지해 뒤죽박죽이 된다. 돌연 일상이 공허해지고 현실은 지나치게 구체적이어서 오히려 실체와 개연성이 몽땅 비워지고 만다. 상을 당한 이들은 몽유병자와 흡사한 상태에서도 있는 그대로의 범람하는 현실과 맞붙어 싸우지 않을 수 없다.

장례식을 마치고 며칠 동안 사빈은 조르주의 유품들을 정리했다. 그녀의 두 손은 고인의 물건과 옷과 서류 주위를 정확하고 민첩하게 오가면서 추리고 선별하고 버리는 일을 완수했다. 이 장례의 대청소는 마비된 채 물러나 있는 그녀의 사고와는 별개인 것처럼 이루어졌다. 그러다 한 책상 서랍에서 조르주가 어린 시절의 기념품들을 보관해둔 양철 상자를 꺼냈다. 첫영성체 시기로 거슬러올라가는 경건한 그림이 담긴 카드 몇 장, 신문에서 오려낸 권투 선수들 사진, 공깃돌 세 알, 상아 주사위 하나, 외국 동전들, 뿔 주머니칼, 검은 결이 진 납작한 회색 타원형 조약돌, 유리가 깨진 손목시계, 주현절 케이크 안에 들어 있던 반짝이는 흰 도자기 잠두콩, 보이스카우트 배지, 줄이 떨어져나간 요요, 금 도금을 한 플라스틱 권총, 작은 곤충이 든 호박琥珀 조각, 오래된 우표, 세례 때 받은 메달, 엽서가 반 타가량 든 봉투. 사빈은 봉투에

든 것들을 꺼내 책상 위에 늘어놓았다. 비슷비슷한 엽서들이었다. 조금씩 다르긴 해도 하나같이 조르주가 가족과 함께 여름휴가를 보내곤 했던 바스크 지방의 마을이 담겨 있었다. 엽서마다 뒷면에는 연도가 적혀 있고, 기념할 만한 무언가가 붙어 있다. 여섯 살 되던 해 여름에는 말린 꽃, 이듬해 여름에는 나비 날개—이제는 말라 바스러진—와 네잎클로버. 여덟 살 되던 해의 엽서에는 어떤 책의 페이지 한 장이 아코디언처럼 접혀 클립으로 고정되어 있다. 사빈은 종이를 펴 구김살을 쓸어냈다. 뱅자맹 라비에의 동화책에서 뜯어낸 책장이다. 둥치가 반쯤 물에 잠긴 나무들이 보이고, 녹색과 오렌지색 얼룩이 드리운 연푸른 물에 나막신에 올라탄 생쥐들이 떠다녔다. 구석에는 심술궂은 표정의 개구리 한 마리가 수련 위에 올라앉아 있었다. 사빈은 그림 밑에 있는 글귀를 읽었다. "홍수가 난 숲속에서 무슨 일이 벌어진 걸까? 작은 배 수백 척이 들쥐와 뾰족뒤쥐, 물쥐와 다람쥐를 실어나른다. 그런데 이 임시변통의 곤돌라들은 모두 나막신 모양이다. 무슨 기이한 일이 벌어진 걸까? 사실은 두더지 레글리스가 홍수 난 숲속에서 쥐 형제들 모두의 생명을 구한 참이다."

독일이 프랑스를 점령한 시기의 엽서는 없다. 베랭스가는 전쟁이 끝나고서야 그곳을 다시 찾았기 때문이다. 조르주가 열여섯 살 되던 해로 거슬러올라가는 마지막 엽서는 소박하고도 의미

심장한 추억을 과시했다. 투명한 필름지를 덮어 반창고 쪼가리로 가장자리를 조심스레 고정한, 나선형으로 말린 여자의 긴 진갈색 머리카락 한 올. 뱅자맹 라비에 책의 책장처럼 첫사랑 소녀에게서 슬그머니 절취한 기념품일까. 아니면 소녀에게서 직접 건네받은 사랑의 담보물? 어쩌면 조르주 자신도 답례로 자신의 머리카락 한 올을 주었고, 세상 어딘가에 숨겨져 있던 그 가소로운 전리품 역시 서서히 추억이 되어 망각 속에 잠겼는지도. 사빈은 잡동사니 물건들과 엽서들을 상자 속에 다시 넣고 괴로운 작업을 이어갔다.

그러다 딱 손바닥만한 종잇장 하나가 그녀를 멍한 상태에서 퍼뜩 깨어나게 했다. 그녀와 남편 사이에 끼어들어 이간질하고, 남편이 이성을 잃게 만들고, 급기야 그의 생명까지 앗아간 종잇장. 실제로 복권은 조르주가 놓아두었다고 확신했던 그 자리, 하지만 살짝 비켜간 위치에서 발견되었다. 원래 있던 자리에서 미끄러져내렸는지 책상 위에 놓인 가죽 책받침 뒷면에 달라붙어 있었다. 사빈은 종이를 떼어내 한참 동안 살펴보았다. 남편을 살해한 범인의 눈을 직시하는 느낌이었다. 그 가소로운 종이 쪼가리를 움켜쥐고 으깨어놓고 싶었다. 그러나 곧 분별력을 되찾았고, 사고력이 다시 작동했다. 그녀는 종이를 핸드백에 넣었다.

사빈은 구유 위에서 떠도는 조르주의 사진을 물끄러미 바라본다. 그리고 초 하나에 불을 붙인다. 환한 장밋빛 불빛에 사진이 아른거린다. 그녀와 남편은 네 살 차이였으니 얼마 안 가 그녀는 그의 나이를 따라잡고 앞지르고 점점 더 나이를 먹어갈 것이다. 언젠가는 그의 어머니 나이가 되고, 그러다 그의 할머니 나이가 될 수도 있을 것이다. 지금으로선 그의 미망인이다. 그런데 조르주는 비공식적인 다른 미망인을 몇이나 남겨두고 갔을까? 적어도 한 여자—사빈이 이름을 몰라 그저 '꽃다발 여자'라고 부르는—가 있는 건 확실하다. 이 어둠 속의 미망인은 일 년에 네 차례 큼직한 비닐로 포장한 붉은색과 오렌지색의 화려한 장미 다발을 조르주의 차가 충돌한 플라타너스 나무둥치에 세워두는 것으로 자신의 존재를 드러낸다. 계절이 바뀔 때마다 하나씩, 붉은 색조의 언제나 비슷한 꽃다발. 망자에 대한 기억을 그런 정열적인 색깔로 꽃피울 수 있는 사람은 정부情婦뿐이다. 사빈 자신도 시부모도 애도의 정을 그런 식으로 입증해 보이는 장본인이 아니었으니까.

주변 사람들은 타오르는 절규 같은 그 장미 다발을 거르지 않고 가져다두는 사람이 사빈인 줄 안다. 유리 덮개 속의 축포, 고요한 폭발, 얼어붙은 섬광이랄지. 사고가 난 도로를 지나가다가

이 꽃다발이 눈에 띌 때면 그녀는 그런 느낌을 받는다. 그녀는 식구들 모두가 착각 속에 안주하도록 내버려둔 채 망자를 둘러싼 고통스러운 질투심과 이런저런 의혹을 자신의 몫으로 남겨둔다. 사고 당일 조르주에게 온갖 원한의 감정—대부분은 그녀가 마음속 깊은 곳에 은밀히 쌓여가도록 방치한 사소한 실망과 짜증에서 기인한 것인데—을 털어놓은 데 대한 후회와 수치심도 마찬가지다. 때로 그녀는 조르주가 자신에게 내뱉은 불만과 독설을 곱씹으면서 그의 사랑이 식었고 바람을 피웠을지도 모른다는 증표를 찾으려고 한다. 그러다가도 그녀 자신이 그에게 퍼부은 조롱과 질책을 떠올리고는 잇달아 닥친 사건에서 자기 몫의 책임이 얼마나 무거운지 가늠해보기도 한다. 촛불이 흔들리자 조르주의 얼굴이 조금씩 달라 보인다. 매혹적인 표정에서 냉소적인 표정으로, 부드럽거나 도전적이거나 수수께끼 같은 표정으로.

조르주의 말은 정말이었다. 그가 산 복권에는 당첨된 번호가 들어 있었고, 액수도 엄청났다. 그는 이 돈으로 무얼 하려 했을까? 그 '꽃다발 여자'와 함께 쓰려고 했을까? 하지만 돈을 수령한 건 사빈이다. 그녀는 그들 부부의 계좌가 있는 은행이 아닌 다른 은행에 돈을 예치한다. 뜻밖의 횡재가 야기하기 마련인 온갖 선

망과 구설을 피해 익명으로 돈을 보관한다. 그녀가 그런 거액의 돈을 가졌다는 걸 아무도 모른다. 때로는 그녀 자신도 그 사실을 잊어버린다. 돈에 손을 대지 않는다. 그 돈에서는 피 냄새가 난다. 돈은 금고 속에 잠들어 있으라지. 증권시장의 굽이치는 물줄기를 타고 지그재그로 나아가면서 돈은 불어나거나 줄어들겠지. 그러다보면 아직 그 돈에 배어 있는 죽음의 냄새도 사라질 것이다.

그녀는 몸을 숙여 담배에 불을 붙인 뒤 발코니로 나간다.

4

발코니에 서자 베랭스가의 식구들이 오는 모습이 눈에 띈다. 샤를람이 앙리의 어깨에 한 손을 얹고 다른 손으로는 마리의 손을 잡은 채 앞장서서 걸어온다. 몇 미터 뒤에서 앙드레가 한껏 들떠 보이는 르네와 엑토르에게 둘러싸여 따라온다. 사빈은 구석으로 물러나 담배를 마지막으로 한 모금 더 빤 뒤 거실로 돌아간다.

남자아이들은 현관에 발을 들여놓기 무섭게 엄마에게 달려든다. 엄마에게 할 얘기가 너무 많다. 〈101마리 달마시안〉*을 관람하고 온 참이다. 눈에 띄는 것마다 갖고 싶어하지만 다행히 욕구가 일기 무섭게 잊어버리곤 하는 르네가 이번에는 개를 갖겠다

* 미국 월트디즈니 피처 애니메이션이 1961년에 제작한 만화영화.

고 한다.

"고양이가 좋아." 동생들에게 맞서 비판 정신을 악착같이 발휘하는 앙리가 말한다.

"둘 다 가질 수도 있을걸." 보다 타협적인 엑토르가 끼어들며 덧붙인다. "……토끼도."

"마리, 넌?" 앙드레가 묻는다.

"벼룩. 개랑 고양이랑 토끼를 콕콕 찌르려고." 마리는 천진스러운 표정으로 대답한다.

그러나 마리의 답변은 대번에 오빠들의 화를 돋운다. 할머니는 상심하고, 샤를람은 엄격한 교사의 얼굴이 된다.

"쥐들 몸에 붙은 벼룩이 흑사병 같은 무서운 병을 옮길 수 있다는 걸 아니?"

샤를람의 질문은 질책인 동시에 이제까지 몰랐던 사실을 깨우쳐준다.

"마리는 아무 말이나 막 해요." 르네가 끼어든다. "아까는 산타클로스에게 이담에 크면 나무가 될 거라고 했어요! 그리고 귀에 대고 뭐라 소곤댔는데 잘 안 들렸어요."

세 형제 모두 마리가 내뱉은 허무맹랑한 말을 떠올리면서 킥킥댄다.

"산타클로스라고?" 갑자기 심기가 불편해진 사빈이 묻는다.

"우리가 영화관에서 나와 타뇌르 강변도로를 지나왔거든. 백화점 앞에 산타클로스들이 나와 있더라고. 함께 기념사진을 찍고 가라고 부르는 이도 있었어. 그래서 내가 클라스캥백화점의 산타에게 사진을 찍자고 했지. 사진이 아주 잘 나왔다. 여기 보거라!"

앙드레가 핸드백을 열어 조심스럽게 폴라로이드 사진 한 장을 꺼낸다. 사빈은 사진을 보지만 눈이 침침해 똑똑히 보이지 않는다.

"잘하셨네요."

사빈은 애써 미소 지으며 동의를 표한다. 자신이 양탄자를 슬쩍하는 모습을 현장에서 가족에게 들킬 뻔하지 않았나. 생각만 해도 가슴이 두근거린다. 그녀는 사진을 어서 구유 옆에 놓아두고 싶어하는 앙드레에게 돌려준다.

그날 밤, 아이들이 잠자리에 든 시각, 사빈은 마리 곁에서 머무적거린다.

"나중에 커서 정말 나무가 되고 싶니?" 그녀가 마리에게 묻는다.

"네."

"정말 멋지지, 나무는. 하지만 움직이지 않잖아. 금세 지루해질지도 몰라……"

"움직이는 나무들도 있어요." 마리가 이의를 제기한다. "예를 들면 맹그로브가 그래요."

"그래. 하지만 아주 느리게 움직여! 그것도 진흙 속에서!"

"나무는 우리랑은 다른 식으로 걸어요. 가지와 뿌리를 써서 옆으로 위로 아래로 나아가거든요. 사람들은 그렇게 못하잖아요. 게다가 나무는 꽃과 이파리와 열매도 만들고, 새들로 꽉 차 있어요. 그러니 지루해질 틈이 없어요."

"겨울에도?"

"겨울에도."

"그걸 어떻게 알아?"

"그건 비밀이에요."

"산타클로스에게 털어놓은 비밀 말이지?"

그러자 마리는 놀리는 투로 받아쳤다.

"엄마도 참, 아직도 산타클로스를 믿어요? 그런 건 없어요! 그러니까 비밀 같은 걸 털어놓을 수도 없었고요."

마리는 기발한 논리를 전개하며 사람들의 질문 대부분을 교묘히 피해갈 줄 안다. 사빈은 딸에게 입을 맞춘 뒤 머리맡 전등을 끄고 자리에서 일어선다.

"그런데 엄마, 벼룩 한 마리가 정말 사람들을 죽일 수 있어요?"

사빈은 침대에 다시 걸터앉는다.

"병을 퍼뜨릴 수 있는 벼룩도 있긴 하지. 하지만 수가 아주 많아야 해. 게다가 흑사병이 퍼지던 시대는 오래전에 끝났으니까 걱정하지 않아도 돼. 이제 그만 자렴. 네 나무 꿈도 꾸고."

그녀는 방문을 닫는다. 그러나 불안해하는 마리의 질문에 마음이 어수선해져 잠시 복도의 어둠 속에 머문다. 그녀는 생각한다. 아무렴, 벼룩 한 마리가 흑사병이나 티푸스를 퍼뜨리고말고. 나비 한 마리의 날갯짓이 수천 킬로미터 떨어진 곳에 돌풍을 일으킬 수도 있고, 재채기 한 번으로 산사태가 날 수도 있지. 복권 한 장이 사랑을 파괴하고, 말 한마디가 무사태평한 기쁨과 신뢰를 단번에 사라지게 하고, 한순간의 부주의가 파리채로 파리 잡듯 한 생명을 끝장낼 수도 있지. 그 순간 옆방에서 그녀를 간절히 부르는 소리가 어렴풋이 들린다. 르네와 엑토르가 잠들기 전 입맞춤을 해달라고 엄마를 찾는 소리다.

얼마 뒤 집안의 사람들이 모두 잠들자 사빈은 거실로 돌아와 돋보기를 가져다 폴라로이드 사진을 자세히 들여다본다. 등받이 없는 의자에 당당히 포즈를 취하고 앉은 산타클로스 오른쪽에 앙리, 왼쪽에 마리가 있고, 그 발치에 르네와 엑토르가 책상다리로 앉아 있다. 모두 명랑한 표정이다. 산타클로스는 한쪽 팔꿈치가 허리에 닿은 자세로 팔뚝을 비스듬히 뻗어 마리의 손을 잡고 있다. 그 모습에 사빈은 놀란다. 평소에 낯선 사람 앞에서는 몹시 냉랭한 태도로 일관하는 마리가 아니던가. 어쨌거나 앙드레의 말은 사실이다. 유쾌한 분위기에 젖어 있는 네 아이를 한꺼번에 담은, 썩 잘 나온 사진이다. 사빈은 같은 사진이 한 장 더 있었으면 한다. 그러려면 서둘러야 한다. 성탄절 시즌이 끝나면 장식을 걷어낸 전나무의 떨어진 잎들을 쓸어 담을 테고, 구유에 두었던 인형들은 상자에 들어가고, 반짝이는 아기 예수는 솜구름 배내옷에 싸일 것이다. 앙드레는 저물어가는 올해의 가족 앨범 속에 이 폴라로이드 사진을 정리할 테지. 1967년이라는 연도를 검정 펜으로 써넣은 앨범은 앞선 연대의 앨범들과 나란히 서재 한쪽에 마련된 가족 앨범 보관 서가에 꽂힐 것이다.

사빈은 눈과 코, 광대뼈만 보이는 남자의 얼굴을 돋보기 렌즈 밑에 놓고 관찰한다. 그의 시선은 사진사에게 오롯이 집중되어 있지만 왠지 방심하고 있는 듯한 인상을 준다. 강둑에서 그녀에게 접근한 그 남자일 수도 있지만 확신이 들지는 않는다. 그의 모습을 기억해두지 않아서다. 그녀는 착잡한 심정으로 사진을 제자리에 도로 갖다둔다.

5

사빈은 타뇌르 강변도로를 따라 천천히 걷는다. 신중을 기하느라 다른 옷을 입어, 오늘은 재색 모직 코트와 청회색 펠트 베레모 차림이다. 청명한 아침이다. 하늘은 구름 한 점 없고, 공기는 맑고 차갑다. 그녀는 잠깐씩 멈춰 서서 살을 에는 듯한 공기를 들이마신다. 냉기와 습기, 연기 냄새가 배어 있는 공기다. 강변도로를 따라 마로니에가 늘어서 있다. 그녀는 헐벗은 가지들이 그려놓은 기다란 세공 장식을 바라본다. 로열블루 색을 배경으로 곤두선 검은 파선들이 엉켜 있다. 마리를 생각한다. 사고가 난 이후로 마리가 나무들에 대해 품게 된 불안한 사랑에 대해서도 생각한다. 마리는 추돌한 심카를 망가뜨린 그 나무를 닮고 싶은 걸까? 아버지의 생명을 단숨에 앗아가고 마리 자신의 삶마저 와해해버린 나무가 아니던가. 죽음을 가져다준 플라타너스는 자신이 주역을 맡았던 비극에 관심이 없다. 자신이 생겨나 자라고 강건해진 그 장소에 변함없이 초연한 모습으로 서 있다. 이제 그 둥치에 새겨진 초상初喪의 장식, 화석이 되어버린 꽃 화염을 보란듯이 과시하면서.

그런데 잘못은 누구에게 있는 걸까? 나무에게? 극도로 흥분한 운전자에게, 혹은 복권에? 아니면 화가 북받쳐오른 조르주에게 똑같은 노여움으로밖에는 맞설 줄 몰랐던 그녀 자신이 잘못한 걸까? 그를 붙잡고 진정시켰어야 했던 것 아닐까⋯⋯ 만사 제치고 그 여자, 꽃다발 여자를 만나봐야 하는지도 모른다. 하지만 좀처럼 결심이 서지 않는다. 그렇게 되면 아직은 불투명한 상태로 남아 있는 무언가에 지나친 현실성을 부여하게 되고, 그녀가 짊어진 고통의 무게가 가중될지도 모른다.

그녀는 가던 길을 다시 간다. 자신이 왜 이 강변도로로 나왔는지 멍하니 잊고 있던 참이다. 그래, 산타클로스와 함께 찍은 아이들 사진⋯⋯ 이제 생각이 난다. 아, 저기 누가 상점 진열창 앞에서 어릿광대 행세를 하고 있다. 하지만 그녀가 찾는 사람은 아니다. 사진 속 인물보다 키가 작고 배가 나온 남자다. 저기 또 한 사람이 보인다. 그는 손님들의 주의를 끌려고 작은 종을 흔들며 클라스캥백화점 앞 보도에서 맴돌고 있다. 지루한 기색이다. 소리의 조화에 전혀 신경쓰지 않고 짧고 불규칙하게 종을 흔들어댄다. 사빈은 남자에게 다가가 폴라로이드 사진을 건네며 여기서 찍은 사진인지 확인하고 싶어한다. 그런데 그녀가 말을 꺼내기도 전에 산타클로스가 불쑥 반색을 한다.

"아, 조에와 형제들이군!"

"조에요?"

여자가 놀란 표정을 짓자 남자는 곧 고쳐 말한다.

"죄송합니다. 제가 착각했나봐요. 요즘은 아이들을 어찌나 많이 보는지!"

사빈은 같은 사진을 한 장 더 갖고 싶다며 가능한지 묻는다.

"안 될걸요. 이런 카메라엔 원판이 없어요. 하지만 전문가에게 부탁해 이 사진을 재촬영하는 방법으로 한 장 더 얻을 수는 있을 겁니다."

그녀는 실망한다. 이런 크리스마스 시즌에 사진사에게 그런 주문을 넣었다가는 일이 한없이 지체될 것이고, 그렇다고 낮 시간에 아이들을 데리고 다시 올 수도 없는 노릇이다. 앙드레가 빈틈없이 짜둔 스케줄이 뒤죽박죽이 되고 말 테니까. 그녀는 마음을 정하지 못한 채 그대로 서 있는다.

"원하시면 제가 그 일을 맡아드리죠."

"사진사 일도 하시나봐요?"

사진사 일도라고? 멍청한 질문이군. 그는 생각한다. 크리스마스 시즌에 산타클로스로 변장해 푼돈이나 버는 사람을 사진사로 보다니. 그가 일 년 내내 풀타임 혹은 파트타임 산타클로스로 일한다고 믿는 걸까? 저 여자는 어수룩한 걸까, 빈정대는 걸까? 그는 이런저런 해석을 자제한다.

"아뇨, 하지만 이런 일을 신속히 처리할 줄 아는 사람을 알거든요."

그녀는 제안을 받아들이고 폴라로이드 사진을 맡긴다. 그가 사흘 뒤에 사진을 결과물과 함께 돌려주기로 한다.

그녀는 자리를 뜬다. 원했던 일이 엉뚱하게도 묘한 방향으로 꼬이는 바람에 기분이 좀 언짢아진 채로. 이제 그녀가 걱정하는 대상은 찾던 남자가 아니라 사진이다. 남자는 그녀를 알아보지 못하는 게 분명했다. 그가 어제 강가에서 만난 그 사람이라 해도 말이다. 이젠 아무래도 좋다. 그 스냅사진을 돌려받기만 하면 된다. 가능하면 같은 사진을 확대해서. 스냅사진instantané, 순간의 포착! 이 말이 머릿속에 떠올라 딱 멈춰 선다. 묘한 울림이야, 그녀는 생각하며 머릿속에서 단어를 해체한다. In-stant-ané. 중학교 때 라틴어 수업을 들었던 기억의 동강들을 끌어모아 다시 단어를 해부하기 시작한다. 접두사 in은 '안에' '사이에' '위에'라는 의미이고, 동사 stare와 status는 '서 있다'라는 의미다. 그렇다면 대체 뭐가 서 있는 걸까? 무엇의 위 혹은 안에 있다는 거지? 순간Instant. 먼지구름 속 운모 알갱이처럼, 흐르는 시간 위에서 반짝이는 한 조각 응결체. 심연 위에 걸린 줄 위에서 아라베스크 곡선을 그려내는 곡예사의 우아함. 생각은 속도가 붙어 질주하다 헤매기 시작한다. 탄생의 순간, 신의 아이가 탄생하는 순간……

그는 첫눈에 그녀를 알아보았다. 활처럼 둥글게 휜 눈썹과 약간 허스키한 목소리, 멀어져갈 때의 두 다리도 알아보았다. 날씬한 소녀의 다리. 그녀가 사진 속 네 아이와 무슨 관계인지 궁금하다. 저렇게 젊은 여자가 그 아이들의, 적어도 그애들 모두의 어머니일 리는 없는데. 아이들의 이모나 고모일까? 그녀가 어머니라면, 어제 울면서 강가를 달려갈 때 품에 안고 있던 젖먹이의 어머니겠지…… 아들도 딸도 아니랬지…… 어쩌면 아이가 아니었는지도. 갑작스레 의심이 고개를 든다. 그러면 뭐지? 강아지? 아니면 새끼 고양이? 그가 전날의 우연한 만남에 대해 침묵한 건, 그 때문에 괜히 거북해질까 우려해서다.

그는 사진을 또 한번 들여다본다. 축제 기간에 짝이 되어 일하는 사진사 로베르에게 인화를 맡길 생각이다. 사실 요즈음은 온갖 연령의 수많은 아이들이 지나가는 걸 본다. 무수한 이름이 귓전을 스친다. 하지만 여기저기서 마주친 몇몇 아이만 기억한다. 가장 불손했거나 우스꽝스러웠던 아이, 누구보다 겁이 많았거나 밉살스러웠거나 천진난만했던 아이…… 어쨌거나 가뭇없이 사라지는 덧없는 기억들에 불과했다. 사진 속 네 아이는 조부모가 틀림없을 나이 지긋한 부부의 손에 이끌려 왔다. 수다스러운 남자아이 셋은 쉴새없이 질문을 해댔다. 그중 한 명은 나중에 크면 산타클로스가 되고 싶다고 했다. 그러자 다른 아이들도 저마다 장차 뭐가 되고 싶은지 이야기하다가 결국 소리를 지르며 싸웠다. 그는 분위기를 바꿔보려고 여자아이 쪽을 돌아보았다.

"그럼 넌?" 잠자코 있는 여자아이에게 그가 물었다.

아이가 대답했다.

"난 이담에 나무가 되고 싶어요."

기상천외한 선언을 쏟아놓는 아이들이고 보면 그리 놀라운 대답도 아니다. 하지만 그렇게 말하는 아이의 말투가 놀라웠다. 문제를 충분히 심사숙고해 사정을 잘 파악한 사람의 침착하고도 단호한 어투였다. 남자아이들이 사진을 찍으려고 그의 주위로 모이자 그는 여자아이 쪽으로 몸을 기울이고 속삭였다.

"어찌 보면 우린 이미 나무야. 손바닥을 봐. 포플러 이파리처럼 잎맥이 있잖니. 손가락을 펼쳐봐. 단풍나무 이파리 같지. 손가락을 다시 모으면 개암나무 이파리 같고…… 점점 커가며 선택할 수 있을 거야……"

그러자 소녀는 그의 손 안에 자기 손을 밀어넣고는 그의 귀에 대고 비밀을 털어놓았다.

"난 조에라는 나무예요. 아무한테도 말하면 안 돼요!"

6

사흘째 되는 날, 그는 백화점 앞에 나와 있다. 지나가는 행인은 얼마 없고, 지칠 줄 모르고 이어졌던 구매 행렬도 한풀 꺾여 잠잠해졌으며, 대대적인 선물 교환도 완결된 참이다. 구름 낀 하늘은 회백색이다. 그는 겨드랑이에 종이봉투를 찔러넣은 채 담배를 피우며 기다린다. 아스팔트에 닿는 메마른 구둣굽소리가 강변도로의 마비된 정적에 균열을 낸다. 저 여자는 걸음걸이도 말소리와 비슷하군, 단속적인 리듬에 엉뚱한 휴지休止, 라고 그는 생각한다.

클라스캥백화점의 진열창 앞에 다다른 그녀는 발길을 늦추며 좌우를 살피면서 손목시계의 시간을 확인한다. 여자가 그를 알아보지 못하는 것 같아 그가 그녀 쪽으로 간다. 그는 여자에게 형식적인 인사를 건넨 뒤 종이봉투를 내밀며 말한다.

"약속을 지켰습니다!"

그녀는 놀란 표정으로 그를 빤히 바라본다.

"몰라보겠어요. 수염도 없는데다 그렇게 입고 계시니……"

"크리스마스가 끝났으니 산타클로스들은 당연히 옷을 벗어야죠. 폴라로이드 사진하고 부탁하신 인화물이에요. 결과가 만족스러운지 확인해보세요."

그녀는 봉투 속에 든 내용물을 재빨리 훑어본 뒤 좋다고 말한다.

"얼마죠?" 그녀가 핸드백을 열며 묻는다.

그는 값을 모른다. 생각도 안 해본 일이다. 로베르도 대가를 요구하지 않았으니까.

"아, 그건 제 크리스마스 선물이에요."

그렇게 그는 로베르가 한 말을 되풀이한다. 그래도 이 선물은, 아무리 조촐한 것이라 해도 왠지 사리에 안 맞는 면이 있다. 두 사람은 서로 모르는 사이인데다 둘 중 더 가난한 사람은 그였으니까. 여자는 당황한 기색이 되어 값을 지불하겠다고 고집을 피운다. 합의를 보지 못한 두 사람은 보도 위에 우두커니 서 있지 않으려고 느린 걸음으로 무작정 나란히 발길을 옮긴다. 기이한 상황에 말려들었다는 느낌에 불현듯 사로잡힌다. 양쪽 모두 거기서 작별을 고하는 건 예의가 아닐뿐더러 무례하다는 기분마저 든다. 그렇다고 오래 지체해도 안 될 것 같아, 더 어색해질 수도 있는 침묵을 이야기로 채운다.

두 사람은 안개 속에서 옅은 잠에 빠져 있는 도시의 정적을 깨뜨릴까 저어하는 듯 나지막한 목소리로 이야기한다. 그들이 나누는 짤막한 문장들은 입가에서 올이 풀려 말없음표가 된다. 말은 혀에 올라앉는 순간 무효화되거나 부적절한 것이 되어 입안에서 사라진다. 그렇게 말은 와해되고, 생각은 분산되고, 시간은 초超시간의 괄호 안에서 흔들린다. 그는 양손을 호주머니 깊숙이 찌른 채 걸어가고, 그녀는 묘한 자세로 가슴 밑까지 끌어올린 핸드백의 가죽 손잡이를 양손으로 감싸쥔 채 걸어간다. 두 사람 다 방향을 잡지 못하고 둥둥 떠다니는 느낌이다. 각본도 줄거리도 주제도 없는 배역을 어떻게 소화해야 할지 모르는 채 즉흥연기를 해내지 않으면 안 된다. 그래도 일말의 감미로움이 깃든 거북함이다. 가벼운 당혹감에는 천진난만의 기미가 서려 있다.

백악처럼 하얀 하늘이 바스러지며 가는 비를 뿌리기 시작한다. 얼굴에 따끔따끔 와닿는 차가운 습기를 피하려면 당장 카페로 들어갈 수밖에 없다. 그곳에서 작은 원탁을 사이에 두고 마주앉은 뒤에는 들러리의 수동적인 태도를 버리고 즉흥연기자가 되어야 한다. 블랙커피가 든 잔 안에서 찻숟가락이 몇 번이고 달그락대며 맴돌다 찻잔 가두리를 톡톡 치고 나서야 두 사람의 대화도 활기를 띤다. 말이 다시 응결되면서 생각이 자리를 잡고 가지를 친다. 흐름을 회복한 시간이 빠른 속도로 달음질친다. 날이 저물기 시작해서야 두 사람은 헤어진다.

내가 너무 말이 많았어. 사빈은 집으로 돌아가는 발걸음을 재촉하며 자신을 꾸짖는다. 하지만 누가 잘못한 거지? 그가 연신 질문을 해댔잖아. 그녀 쪽에서 던지는 질문은 피해가면서. 사진이 시발점이 돼주었다. 사빈은 사진을 집게손가락으로 짚어가며 아이들을 나이순으로 소개했다.

"선생님 오른편에 서 있는 애가 앙리예요. 열세 살 반인데, 아주 모범생이죠. 어쩌면 지나치게…… 지나치게 학구적이고 진지해요…… 바닥에 앉은 애들은 르네와 엑토르, 열한 살 된 이란성 쌍둥이고요. 그리고 왼편이 마리, 곧 아홉 살이 되죠."

그녀가 벌써 그렇게나 큰 아이들의 어머니라는 사실에 그가 놀라자 그녀가 설명해주었다. 열일곱 살에 결혼했고 이듬해에 앙리가 태어났다고. 하지만 남편에 대해서는 얼버무리며 그저 갑작스러운 죽음의 원인만 언급했다. 마리에 이르러서는 입을 다물다시피 했고 아들들에 비해 훨씬 적게 말했다. 막내며 외동딸인 마리는 그녀에게 두고두고 근심거리였으니까.

아니야, 말을 너무 많이 한 건 아니었어. 그녀는 이렇게 스스로를 위로했다. 그 사람이 말이 없었던 거야. 할말이 전혀 없거나 거의 없다는 사실을 입증이라도 하려는 듯이 부정적인 답변으로 일관했지. '없다'라는 말을 계속 늘어놨으니까. 배우자도 여자친구도 없고, 아이도 없고, 형제도 없고, 부모도 일찍 죽어서 없고, 재산도 없고, 특별한 연고지도 없고, 전문적인 교육을 받은 적도 없고, 없고 없고 없고…… 그래도 꿈이나 계획, 바라는 것은 있지 않으냐고 그녀는 물었다. 그런 게 없는 사람은 없으니까. 그런 게 없다면 온전히 살아 있는 사람이라고 할 수 없으니까. 그는 미소로 그 말을 인정하면서, 자신은 온전히 살아 있다고 못박았다. 그런 식으로 서둘러 문제를 단락 짓고 또다시 그녀와 아이들에게로 화제를 돌렸다. 그의 이름은 피에르 제브뢰즈이며 나이는 서른두 살이라는 게 그녀가 그에 대해 알아낸 전부였다. 그는 일정한 직업 없이 재주껏 생계를 꾸려간다는 것과 거처를 자주 바꾼다는 사실을 짐작할 수 있었다.

"투르 드 프랑스* 선수처럼 전국 방방곡곡의 도시들을 일주하시는군요." 그녀가 말했다.

그러자 그가 빈정대는 투로 받아쳤다.

* 프랑스어로 '프랑스 일주'라는 뜻으로, 프랑스에서 매해 7월 3주 동안 열리는 세계적인 도로 사이클 경기.

"나름대로 그렇다고도 할 수 있죠…… 하지만 제 경우엔 수년이 걸리는 일주죠. 무슨 대단한 업적이 최후를 장식하지도 않고요. 차라리 투르 드 리앵* 선수라는 말이 맞겠어요. 저는 완성을 지향하지 않아요. 살아남는 일 자체가 제겐 이미 아주 절묘한 노동이거든요."

"누가 안정적인 일자리를 주겠다면 받아들일 건가요?"

"무슨 일인지, 조건이나 장소가 어떤지에 따라 달라지겠죠……"

그러자 그녀가 다짜고짜 제안했다.

"노르망디에 있는 원예용품 상점의 점원은 어때요?"

"무얼 파는데요? 난쟁이 도자기 인형요?"

그는 그녀가 그런 말을 무심코 꺼냈다 생각하며 계속 빈정대는 투로 말했다. 사빈 입장에서는 그가 오해를 하건 말건 괘념치 않고 혼자 마음을 접을 수도 있었을 것이다. 하지만 난데없이 떠오른 이 착상의 부추김을 받은데다 그의 반응에 기분이 상한 탓인지 그녀는 그가 제안을 진지하게 받아들일 때까지 물러서지 않았다. 그러자 그도 태도를 바꾸었다.

"제가 받아들인다면 어떻게 할 건데요?"

"결정을 번복하지 않고 한번 해보는 거죠."

---

* Tour de Rien. 프랑스어로 '무(無)의 일주'라는 뜻.

사빈이 도전장을 건넨 것이다. 잘 알지도 못하는 이 남자한테라기보다 자신에게 던진 도전장이다. 마침 직무상 과실을 범한 직원 한 명을 해고한 참이고 또다른 한 명과도 사이가 좋지 않다. 자신이 처한 곤경이 시아버지 귀에 들어가 시아버지가 당연하다는 듯 그녀 일에 간섭하려 들기 전에 어서 문제를 해결해야 한다. 환속한 이 산타클로스는 이 분야에 대한 전문지식도 경험도 없지만 아무래도 상관없다. 그는 해결사인데다 안 해본 일이 없으니 이 일에도 적응해나갈 것이다. 게다가 성실해 보이고 그녀가 좀처럼 느껴보지 못한 신뢰감을 준다. 어쨌거나 그녀 자신도 갑작스레 닥친 비극의 와중에 아무 준비 없이 상점의 경영권을 떠맡았지만 그래도 잘 감당해나가고 있지 않은가. 방금 전 충동적으로 선택한, 예기치 못한 지원자를 내일 다시 보게 될 것이다. 두 사람은 하루 안에 결정을 내려야 한다. 함께 일을 할 건지 말 건지. 시급한 일이었다. 모레면 아이들과 함께 집으로 돌아가야 하니까.

그는 사빈 베랭스의 제안을 곱씹으며 길에서 서성인다. 혼자 하는 험난한 '투르 드 프랑스'에 지쳐 있는 게 사실이지만, 그렇다고 한곳에 정착해 정해진 일을 계속하면서 에너지를 쏟을 마음이 정말로 있는 걸까? 아니, 자신에게 그런 에너지가 있기나 한 걸까? 계획이라면 예전에 몇 가지 세운 적 있다. 공부를 시작했고, 건축가가 되려고 했다. 하지만 도중에 모두 포기해야 했는데, 그저 공부만 포기한 게 아니었다. 꿈은 물론 현실을 지탱하는 모든 걸 포기하면서 활력소인 의지력마저 잃고 말았다. 그런데 이제 와서 새롭게 무언가에 의욕을 낼 수 있을까? "넌 네 아비처럼 무능한 인간에 불과해." 이 말을 그는 어린 시절 종종 들었다. 그 밖에도 상처가 되는 몇 가지 말이 그의 영혼에 곪은 딱지처럼 달라붙어 있다. 자신이 뭔가 모자라고 쓸모없는 사람처럼 여겨질 뿐 아니라, 무엇보다 미숙하고 어리석어 남에게 피해를 줄 수 있다는 걸 안다. 그런데 이 여자는 불안정하긴 해도 강한 의지력의 충동질을 받는 것 같다. 여자에게서 집요함과 혼돈이 동시에 느껴졌으니까. 그녀가 원한다고 단언하는 그것을 사실은 그녀 자신도 모르고 있다고나 할까.

그녀에 대해서는 착각을 했다. 그날 저녁 그가 보았던 여자는 아이를 품에 안고 강가를 달려갔던 게 아니다. 그 웃옷 속에 있었던 건 딸아이한테 크리스마스 선물로 줄 인형이 분명하다. 걱정했던 것처럼 자살할 생각이 있었던 것도 아니다. 그저 차고 건조한 바람에 떠밀려 긴장된 발길을 재촉하고 있었을 따름이다. 오히려 그 자신이 눅지근한 잿빛 바람에 이리저리 흔들리고 있는 느낌이다. 그 무엇도 그를 떠밀거나 다그치지 않았고 그의 마음을 끌거나 부추기는 일도 없다. 공간보다 시간 속에서 방황하고 있다고 할까. 일련의 그릇된 동작의 무미건조한 반복이며 도주, 결국은 정체停滯에 불과한 방황이다. 이제 그에게 주어진 기회를 붙잡아 무기력한 방랑 생활을 접고 일어서야 할까? 그는 마음을 정하지 못한 채 생각을 거듭한다.

어떤 목소리가 되풀이되는 생각의 성가신 고리를 툭 끊는다. 동전 한 닢을 구걸하는 걸인이다. 호주머니에서 동전을 뒤지다가 문득 묘안이 떠오른다. 다음날 사빈 베랭스에게 건네야 할 답변을 동전을 던져 결정하는 거다. 그는 제일 큰 동전 한 닢을 꺼내 걸인에게 쥐여주며 동전을 던져 어느 면이 나오는지 말해달라고 청한다. 뒷면이면 제안을 거절하고, 앞면이면 받아들이는 거다. 걸인은 히죽거리며 승낙했고 한참 동안 동전을 손에 쥐고 흔들다가 제멋대로 주문을 외운 뒤 과장된 몸짓으로 공중에 날린다. 미래를 점치는 마법의 힘이 내재된 순간이다. 동전이 그들 발치에 툭, 떨어진다. 두 남자는 허리를 굽히고 내려다본다.

"됐소?" 걸인이 번 돈을 호주머니에 넣으며 묻는다.

"글쎄요……"

내기꾼은 이렇게 대답하지만 우연의 판결이 내려진 뒤에도 당혹감을 지울 수 없다. 판결은 그의 호주머니에서 마구잡이로 튀어나온 뒤 자신보다 더 헐벗은 낯선 자의 손에 쥐여 순식간에 무르익고 허공에 날려 아스팔트 위로 납죽 떨어져내린 것이다. 어쨌거나 결정이 내려지자 마음이 편하다. 그는 도전하기로 한다. 그의 판단에 근거한 이른바 용의주도한 결심보다 우연의 판결이 낫다.

7

일곱 살 적부터 마리는 한 발을 무덤에 두고 있다. 그냥 비유로 하는 말이 아니다. 마리의 발 하나는 정말로 땅속에 묻혀 있으니까. 발목 부위에서 잘린 오른발이다. 걸음을 뗄 때면 언제나 먼저 나아가는 발. 높은 곳에 있는 물건에 닿으려 할 때도 우리는 그 발꿈치를 들게 되고, 공이든 뭐든 찰 때도 그 발로 차고, 돌차기 놀이를 할 때도 그 발로 뛴다. 그런 발이 다리에서 떨어져나간 것이다. 다리가 땅을 단단히 밟고 서고 유연하게 움직이고 뛰어오를 수 있게 해주는 그 발이 다리에서 분리되어 사라진 것이다.

그렇게 한쪽 다리로 균형을 잃은 채 마리는 철드는 나이로 접어들어 비뚤어진 자세로 그 시절을 보내게 된다. 그리고 균형을 되찾기 위해 이따금 과도한 상상력에 기대게 된다. 그런 식으로 처참하게 찢겨나간 현실을 눈에 보이지 않는 온갖 실로 고쳐 깁는다. 자신의 무사한 발은 홀로 자라 더 단단해지고 두툼해지고 시들겠지만, 다른 한 발은 우아한 모습으로 유년의 나라에 머무르게 될 거라 생각한다. 반드럽고 동그스름한 발꿈치와 은방울꽃처럼 볼록한 발가락으로. 없어진 발은 시간과 육신에서 해방되어 방랑의 삶을 살고 있는 게 분명하다. 제멋대로 까불거리며 마음 내키는 대로 춤도 추면서. 마리의 몸에서는 사라졌지만 시야에서는 사라지지 않은 발이다. 날이면 날마다 그 발은 밤낮없이 마리의 머릿속에서 절룩거리며 주위를 맴돌고 그녀와 함께 깡충거리며 뛰어다닌다. 그러다 변덕이 나면 토라지거나 지친 시늉을 하며 늑장을 부린다. 아니면 마음대로 행동할 자유가 있다는 걸 증명하려는 듯 감쪽같이 사라져버리기도 한다.

마리를 지구 표면에 떠받치고 있을 수 없게 된 이 유령 같은 발은 그녀를 지하세계로 들어가게 해준다. 진흙과 돌, 암흑의 내장으로. 그녀의 잘못으로 아버지의 몸이 내려간 곳이다. 어찌 보면 그녀 때문에 일어난 사고이기도 하니까. 아버지가 심카에 올랐을 때 마리는 뒷좌석에서 졸고 있었다. 그러다 아버지가 차문을 쾅 닫고 느닷없이 차를 출발시키는 바람에 퍼뜩 잠에서 깨어났다. 정신을 완전히 차렸을 때는 차가 도로를 질주하고 있었다. 차 안에 자기도 타고 있다는 걸 감히 드러낼 수 없었던 건 아버지가 말을 하고 있었기 때문이다. 누구랑 말을 하는지는 알 수 없었다. 아버지는 화를 버럭버럭 내며 소리를 질러댔고, 종잡을 수 없는 말들 사이로 돌연한 외침과 욕설이 새어나왔다. 마리와 오빠들에게는 엄격히 금지되어 있던 그 말들 중 일부를 뚜렷이 기억한다. "꺼져버려!" "제기랄, 제기랄, 제기랄!" "멍청한 넌!"…… 대체 누구한테 그런 욕을 하고 있었던 걸까? 설마 엄마한테는 아닐 테지! 어쨌거나 어머니는 그 자리에 없었다. 그 점이 이상했다. 운전자 옆에 아무도 보이지 않았다. 좌석은 비어 있었다. 아니면 아주 작고 말이 없는 누군가가 앉아 있었던 걸까? 어쩌면 아버지한테도 조에 같은 존재가 있을지 모르겠다는 생각이 들었다. 하지만 왜 그렇게 욕을 해대는 걸까! 친구한테 그럴 수는 없다. 나라면 조에에게 그렇게 소리를 질러대며 욕할 수 없을 텐데.

아버지는 차츰 조용해졌지만 엄청난 속도를 내고 있었고 운전도 거칠어서 마리는 멀미가 나기 시작했다. 전속력으로 질주하는 나무들이, 머리털을 온통 풀어헤친 거인들의 진짜 행렬이, 차창 너머로 보였다. 마리는 나무들에 정신을 집중해보려 했지만 멀미가 점점 더 심해졌다. 결국 참다못해 자리에서 벌떡 일어나 소리를 질렀다. "아빠, 차 세워주세요! 토할 것 같아요!" 혼비백산한 아버지가 "뭐야?" 소리를 내뱉자마자 차가 묘하게 휘청대더니 술 취한 짐승처럼 흔들리며 옆으로 미끄러졌다. 그리고 '아롱드'는 찢어질 듯한 굉음을 내며 완전히 멈춰 섰다.

아버지는 죽고 마리의 인형 앙젤도 짓이겨졌다. 그녀의 오른 발은 차체에 끼여 으깨어졌지만 조에는 무사했다. 기민한 유체流體의 속성을 가진 덕에 조에만이 온전히 살아남았다. 사고가 난 순간 차창 밖으로 내던져진 조에는 나무에 세게 부딪히는 대신 요정처럼 나무 속으로 침투해 거처를 바꾸었다. 마리는 조에가 때로 친구의 잘린 발을 편상화처럼 신고 논다고 생각한다. 이제 둘은 공통점을 갖게 된다. 둘에게는 각자의 방식대로 사용하는 발 하나가 있다는 것. 조에는 엉뚱한 상상력이 동하거나 멋을 내고 싶을 때 이 발을 사용하지만, 마리는 사물들의 외피 속이나 땅 밑 죽은 자들이 머무르는 곳 혹은 나무껍질 속으로 모험을 감행하기 위해 사용한다. 부식토와 점토와 바위 깊숙한 곳, 마그마가 꿈틀대는 곳까지, 마리를 다른 세계로 데려다주는 발이다.

마리는 지구의 심부에 자리한 이 마그마가 점액질의 거대한 심장, 우렁차게 울리며 빛을 발하는 검붉은 심장 같다고 상상한다. 찰랑대고 윙윙대고 둔탁한 소리로 으르렁대며 녹아 발효해가는 심장. 태곳적부터 이 땅에 머물렀던 광물과 식물과 동물, 그리고 인간 육신의 잔재들이 한데 뒤섞인 심장. 아버지의 육신도 이제 그곳에서 용해되어간다. 갈가리 찢긴 한줌의 살과 뼈는 검붉은 액체가 되어버린 무수한 물질들과 뒤섞여 비계와 체액과 수액, 양 기름과 피, 폭풍우와 불의 냄새를 풍긴다.

기상천외한 사건들이 수없이 언급되는 교리 시간에 들은 바로는 그리스도는 죽어 지옥에 내려갔다고 한다. 내려가다니, 대체 어디로, 어떻게 갔다는 말일까? 커다란 못이 관통한 두 발로 간 걸까? 마리는 지옥과 마그마를 동일시한다. 온 인류의 너덜너덜하게 해진 육신을 구멍 뚫린 발로 밟고 선 그리스도를 상상해본다. 그리스도는 대양처럼 광대히 펼쳐진 즙을 밟고 또 밟는다. 춤을 추며 밟는다. 두 발이 흥건히 젖고 겉옷 밑자락은 검붉게 물든다. 그가 살아 있는 자들의 땅으로 돌아올 때 그 모든 삭은 육신의 화염에 덴 발바닥에는 이 진홍색 흔적이 남아 있다. 그의 발자국들이 먼지 속에서, 모래나 물 위에서 번득인다.

사고가 나고 한참 뒤 마리는 플라타너스 둥치에 비스듬히 세워둔 꽃다발을 보았다. 그거야말로 반짝이는 상흔이 아니고 뭔가? 이 꽃다발은 아버지에게 모욕당한 보이지 않는 탑승자의 분노에 찬 붉은 비명일까? 아니면 마리에게 들려줄 놀라운 일들을 무수히 담고 있는 조에의 입일까? 주변 어른들한테서는 특별한 건 아무것도 배울 수 없을 것이다. 어리석게도 그들은 이른바 분별 있고 논리적이라는 설명을 늘어놓으며 뭐든 흥을 깨놓기 일쑤니까. 또 마리의 질문에 기꺼이 답해주고 싶은 마음이 들 때도 보통은 그녀의 말을 경청하지 않고 심지어 들으려고도 않는다. 질문을 던지면 몹시 불쾌하게 반응할 때도 있다. 무슨 어리석고 터무니없는 말이라도 들은 듯이 웃음을 터뜨리거나, 나이에 걸맞지 않은 호기심이라는 이유로 버럭 화를 내고 훈계를 하면서. 그래도 마리의 호기심은 잠시도 가만히 있지 못하고 사방에 코를 들이밀어 무례한 인상만을 심어준다. 호기심은 극성을 부릴수록 더 주체할 수 없는 것이 되고 만다.

학교에서 담임교사는 마리가 공연히 문제를 복잡하게 만든다고 꾸짖는다. 마리는 뭐든 꼬치꼬치 따지고 드는데다 역사든 기하학이든 문법이든 지리든 모든 과목에서, 특히 규율과 관련해 문제의 의미를 속속들이 파헤치며 궤변을 늘어놓기 때문이다. 그렇게 마리는 대상을 불문하고 언제나 모든 걸 이해하고 싶어한다. 그 외관뿐 아니라 내면까지 알려고 한다. 담임교사는 종내 마리를 '미스 왜'라고 부르게 되고, 급우들 역시 쉬는 시간이나 학교가 파하는 시간이면 다투어 이 별명을 불러댄다. 하지만 마리도 지지 않아, 급소를 찌르는 한마디로 자신을 방어할 줄 안다. 하지만 상대가 누구든 퉁명스러운 마리의 말씨와 태도는 적잖은 반감을 사며, 함께 어울리는 급우는 몇 명 있어도 진정한 친구는 없다. 조에가 그들을 대신한다. 어른들에게 마리는 자주 꾸지

람을 듣고 때로는 벌을 받기도 한다. 얼마 전에는 조부모에게 사달라고 했던 성탄절 선물을 못 받을 뻔한 일도 있다. 사전이었다. 마리는 현명하고 슬기로운 선택을 했다고 칭찬받았지만 그걸 선택한 이유를 털어놓자 좌중은 이맛살을 찌푸렸다. 단어들의 내장을 파헤치고 그 머릿속을 달리는 해충들을 추적하겠다고 선언한 것이다. 마리는 오만불손한 아이로 통하거나, 심지어 머리가 조금 돈 여자애 취급을 받는다.

일전에 백화점에서 만난 산타클로스는 마리를 비웃지 않았다. 오히려 마리의 말에 진지하게 귀기울였고 단순하고도 놀라운 말을 해주었다. 우리 모두가 이미 어느 정도는 식물이라고. 그뒤로 마리는 종종 손바닥에 새겨진 잎맥을 바라보곤 한다. 저녁이면 잠자리에서 수액냄새를 찾아낼 셈으로 양손에 코를 갖다대고 킁킁댄다. 왜 어른들은 변장을 하고 있을 때만 흥미로운 존재가 되는지 의아해한다. 어릿광대나 산타클로스, 곡예사, 아니면 거리의 악사나 군밤 혹은 아이스크림 장수, 가판대에서 꽃 파는 여자, 검댕이 잔뜩 묻은 얼굴에 두 눈만 반짝이는 굴뚝청소부, 유리 장수, 자신들이 뭐하는 사람인지 쉴새없이 외치고 다니는 칼갈이, 노점상, 고양이나 푸들이나 모자 쓴 명주원숭이를 데리고 다니는 손풍금 연주자 등등.

그 밖에도 걸인이 있는데, 이들이야말로 가장 흥미로운 부류여서 두려움이 뒤섞인 특별한 호기심을 불러일으킨다. 그들은 아무것도 팔지 않는다. 속임수를 쓰거나 마술을 부리지도 않고, 체력이나 손재주를 팔지도 않으며, 노래나 꽃이나 맛난 음식을 팔지도 않고, 날이 잘 드는 칼이나 새 창유리를 사라고도 하지 않는다. 눈을 씻고 봐도 그들에게는 재미난 구석이 없는데, 그게 놀라운 점이다. 더러운 누더기를 걸친 망측한 모습으로 악취를 풍기고 대낮에 아무데서나 잠을 자는가 하면 구부정한 자세로 터덜터덜 비틀대며 걸어간다. 누추한 보따리를 갖고 다니면서 혼자, 아니면 처음 마주치는 아무한테나 고래고래 고함을 질러대기도 한다. 혹은 마리가 조에와 함께 있을 때 그러듯 혼잣말을 하는 것처럼 보이는 이들도 있다. 하지만 언제나 상대에게 화가 난 사람처럼 소리를 지른다. 사고가 나던 날, 아버지가 차 안에서 그랬듯이. 그들은 걸어다니는 허수아비 같은 묘한 행색 덕분에 여기저기서 작은 동전—주일날 교회 헌금 바구니에 쩔렁쩔렁 떨어져 내리는 동전 같은—을 거둬들인다. 따지고 보면 주임신부들 역시 아무리 그럴싸한 옷을 입었어도 걸인이라 할 수 있다. 걸인 역시 교회도 없고 제의도 입지 않은 미친 사제인지 모른다. 아니면 낙오된 예술가이거나 코가 원래 붉은, 제멋대로 건들거리며 걷는 어릿광대?

그런데 마리가 보기에 이런 부랑자 중에서도 특히 흥미로운 부류는 여자 걸인이다. 훨씬 드물게 마주치는 이 여자들에게 마리는 매혹되는 동시에 겁을 먹는다. 그들은 절대적인 위반을 구현한다. 남자들에게는 가장 고상한 직업부터 가장 고된 노동에 이르기까지 거의 모든 것이 허락되고, 성스러운 삶이나 방탕한 삶, 모험 가득한 여행도 허락된다. 서로 치고받아도 되고, 땅에 침을 뱉거나 담배를 피워도 되고, 보란듯이 서서 오줌을 싸도 되고, 교회의 복사가 될 수도 있다. 당구나 축구는 물론, 여자들에게는 금지된 수많은 경기를 할 수도 있다. 반면 여자들에게는 어른이든 아이든 훨씬 적은 자유와 가능성이 주어진다. 그들은 엄중한 감시를 받으며, 몸가짐이나 말씨에 끊임없이 신경써야 하고, 사소한 일에도 겸손하고 예의바르게 행동하도록 주의를 받는다. 그렇다면 헝클어진 머리에 더러운 누더기를 걸친 여자들, 스타킹도 신지 않고 때로는 팬티조차 입지 않은 이 여자들은 대체 누군가? 언젠가 그녀가 사는 도시의 거리에서 그런 여자를 본 적이 있었다. 보도 한복판에 멈춰 선 여자는 누더기를 허리까지 걷어올려 맨엉덩이를 드러내고는 개처럼 양발을 벌린 채 쭈그려앉은 자세로 거리낌없이 바닥에 오줌을 누었다. 마리는 이 광경에 충격을 받았다. 경탄을 금치 못하면서도 미칠 것 같은 고뇌에 사로잡혔다. 그 거지 여자에게 수치심이라고는 없었다. 여자는 타인의 시선을 의식하지 않았다. 웃음거리가 되거나 비난받고 모욕당해도, 엉덩이를 걷어차여도 신경쓰지 않았다. 여자는 느긋하게 볼일을 마친 뒤 발 주변에 악취나는 노란 수련 같은 오줌이 번지도록 두었다. 정말이지 수생식물 위에 올라앉은 커다란 개구리가 떠올랐다. 그렇게 방광을 비운 뒤 공중으로 높이, 보도 끝까지, 아니면 차 보닛 위로 뛰어오르지 않을까 싶었다. 동화 속 이야기가 사실이라면, 인간이 양서류로 변할 수도 있을 것이다. 마리는 그날 마침 함께 있던 부모에게 물었다. 그 여자도 예전에는 마리 자신처럼 어린 소녀였는지.

"물론이지." 아버지가 대답했다. "하지만 너 같지는 않았을 거다."

완전히 안심할 수 있는 답변은 아니었다. 왜, 어떻게, 한때의 어린 소녀가 사람들이 보는 데서 오줌을 누는 여자가 되었는지 알고 싶어 마리는 질문을 이어갔다.

"불행한 일을 수없이 겪었을 거야." 어머니의 생각이었다.

"미친 여자지." 아버지가 못박았다.

그 두 의견이 이제는 마리를 불안하게 했다. 마리 역시 아버지가 죽고 자신의 발이 절단되는 불행을 겪었고, 머리가 돌았거나 정신이 살짝 나갔거나 미쳤다는 소리를 자주 들었으니까.

그래도 말言이 있다. 그 머릿속이 이와 무당벌레, 잠자리, 풍뎅이, 메뚜기로 우글대는 말들. 이제 마리는 사전을 소유하고 있으니 언어의 세계를 탐색할 수 있을 것이다. 단어장을 만들어 말들의 파생어와 동의어, 동음이의어, 합성어를 알아가고 그 뿌리를 파헤칠 것이다. 이 뿌리를 가지고 효험 좋은 탕약을 만들 수도 있겠지.

슬라이드 상영

Le diaporama

나무가 말한다. 우리는 쥐와 파리와
하이에나와 전갈의 형제들이라고.
_세르주 벨랑스*

* 프랑스 시인(1927~2010).

해가 저문다. 연극이 시작될 참이다. 십여 명의 관객이 일몰을 마주한 채 테라스에 앉아 있다. 석양에 얼굴이 모두 금빛으로 물들었다. 호박색과 진홍색 빛이 아롱대는 청동 가면을 쓴 듯한 그들의 모습은 고대 연극의 합창단원들이 각자 차례가 되어 노래로 무대를 채울 순간을 기다리며 조용히 앉아 있는 광경을 연상시킨다. 반짝이는 은빛 불꽃 같은 갈색 머리 여자를 제외하고는 그들 모두의 얼굴에 미소가 감돈다. 여자는 가끔씩 눈살을 찌푸리며 손가락으로 관자놀이를 누른다. 얼굴에서 아롱대는 빛의 가면이 떨어질까봐 두려워 쉴새없이 가면을 고쳐 쓰는 사람 같다.

해가 저물자 날이 선선해진다. 초가을이라 어느새 흙냄새도 대기의 맛도 슬그머니 달라져 있다. 정원에는 꽉대기가 부채처럼 펼쳐진 삼십 미터 높이의 거대한 느릅나무가 있는데 그 앞 말뚝들 사이에 흰 시트가 다양한 높이로 여러 장 널려 있다.

뒤죽박죽인 음향으로 이루어진 음악의 첫 소절이 울리자 발이 크고 가느다란 괴상한 새 두 마리가 나무둥치 뒤에서 모습을 드러낸다. 새들은 차례로 끽끽대거나 꺽꺽대며 조심조심 걷는다. 날개가 우스꽝스러울 만큼 작은 새들이다. 흰 장갑을 낀 사람의 손만한 날개가 어깨 높이에서 파닥인다. 원추 모양의 마분지 부리는 배 위로 늘어지고, 낡은 천조각들로 만든 깃털은 연푸른색이다. 등에 핀으로 고정된 꽃다발 같은 샛노란 풍선들이 무중력 상태의 달걀처럼 머리 위에서 흔들린다.

다리가 긴 이 새들은 진짜 바보 같은 모습으로 좌중을 매혹한다. 새들이 이상야릇한 음향의 리듬에 맞추어 가느다란 다리를 떨면서 싸움질하듯 나아오는 동안 빛줄기들이 나무를 싸고돈다. 그러다 호각소리가 한 차례 울리자 음악이 뚝 그치고 새 두 마리도 꼼짝하지 않는다. 그렇게 잠시 주춤하는 것 같던 새들이 미친 듯이 날개를 파닥이자 머리 위에 떠다니던 알들도 덩달아 요동치며 튀어오른다. 그 순간 느릅나무 발치에 동그란 빛이 형성되며 그 한복판에 선 '루아얄 씨'가 모습을 드러낸다. 그는 멋대가리 없이 몸에 꽉 끼는 흰 스키복 차림에 흰 운동화를 신었고 머리에는 턱없이 작은 검은색 중산모가 올라앉아 있다. 두 눈가는 빙 둘러 검게 칠했고, 같은 화장 펜슬로 흰 분칠을 한 얼굴에 환한 미소를 그려놓았다.

"신사 숙녀 여러분, 좋은 저녁입니다!" 그가 모자를 들어올리며 콧소리로 외친다. "여러분 모두에게 근사한 가뷔조뫼*가 되기 바랍니다. 이 말이 뭔지 모르는 분들께 일러드립니다만, 놀라울 만큼 다의성을 지닌 말이죠. 그건 축일이나 부활절, 성탄절……을 의미해요. 아니, 삼위일체 축일이면 어떻고 주현절이면 어떻겠습니까. 약혼이나 결혼, 탄생이라고 해도 좋고, 필요하다면 이혼이래도 상관없죠. 그 밖에도 여러 의미가 가능해요. 혁명, 여행, 구경거리, 재난, 깜짝 선물, 슬라이드 등등. 물론 '환영 인사'라는 의미도 있고요. 오늘 저녁엔 모든 의미가 오케이예요. 그러니 여러분 각자 마음 내키는 대로 의미를 부여하거나 뒤틀거나 멋을 가미하세요. 아시다시피, 복잡하게 할 수 있는데 굳이 단순화할 이유가 없잖아요?

당초에 고명하신 샤독 교수님께서 이제 여러분이 보시게 될

---

* 1968년 프랑스에서 방영된 자크 루셀의 애니메이션 〈샤독〉 시리즈에 나오는 말. 새를 닮은 우주 생물인 샤독들은 뇌가 고작 네 칸으로 나뉘어 있어 가·뷔·조·뫼, 네 글자만으로 세상 모든 것을 설명해야 한다.

슬라이드를 설명해주러 오시기로 했지만 장차 있을 노벨 논리학상 수상 소감 연설을 준비하느라 못 오시게 되어 대신 교수님의 탁월한 연구원 중 한 명인 자그붐 박사를 보내셨습니다. 그러면 만물박사인 자그붐 박사께서 베랭스랜드에 관한 짧지만 유익한 강연을 해주시겠습니다. 제 조수인 조뷔와 가뫼가 이제 여러분께 프로그램을 나누어드릴 겁니다."

호각소리가 다시 울리자 이번에는 우아하고 쾌활한 음악이 시작된다. 두 사람이 자신들의 외투를 뒤져 대충 접은 비행기 모양의 종잇장들을 꺼내 날리자 관객들이 일어나 낚아채거나 땅에 떨어진 것을 줍는다. 조뷔와 가뫼는 자신들이 야기한 혼란이 마음에 들어 퇴화한 앙날개로 힘껏 박수를 친 다음 "즐거운 가뷔조뫼! 즐거운 가뷔조뫼!" 하고 지저귀며 다시 날아간다.

자리에 다시 앉은 관객들은 종이 폭격기들을 펴 무릎에 놓고 프로그램을 읽는다. 쉿 왕고모는 관자놀이 문지르는 걸 잊는다. 팔미르에 이어 왕고모가 키우는 개 그를로가 그녀의 무릎을 빠져나가 날아가는 종잇장들을 쫓기 시작했기 때문이다. 품종을 알 수 없는 금빛 털의 이 작달막한 개 역시 선임견처럼 성대 수술을 받아 짖어도 소리가 나지 않는다.

프로그램

베랭스랜드의 즐거운 가뷔조뫼
슬라이드 상영 / 음향과 조명(상영 시간 무제한)

이 공연은 1976년 9월 29일
우르퓌빌의 집 정원에 마련된
임시 극장에서 베랭스-포스캉가家 사촌 극단이
처음이자 마지막으로 무대에 올릴 예정임.
배역은 다음과 같다.

조뷔 ······································ 엑토르 베랭스
가뫼 ······································ 르네 베랭스
자그붐 박사 ······························· 앙리 베랭스
지비* 복장의 루아얄 씨 ···················· 피에르 제브뢰즈
기타 등등 ······ ?…?…?…?…?…

관객:

여성	에디트 베랭스, 사빈 베랭스, 루이즈마리 슈브리에
남성	샤를람 베랭스
부부	마들렌과 알베르 포스캉, 솔랑주와 베르나르 포스캉
숙녀	마리 베랭스, 미셸 마를, 드니즈 셸, 에밀리 포스캉

해설자 ························ 무작위로 위에 이름이 언급된 인물 전부
영사기사 ······················ 세바스티앙 포스캉
의상과 분장 ··················· 미셸 마를
계통수 ························ 정원의 큰 느릅나무

음악(로베르 코엔솔랄**의 음악을 표절, 삽입) ······ 질 포스캉

사회자의 별난 멘트와 모호한 프로그램 탓에 어떤 관객들은 혼란에 빠진다. 그러나 샤를람은 종잡을 수 없는 말의 내용을 간파한다. 백 퍼센트 〈샤독〉***의 성격을 띤 이 야회의 구상자이자 연출자이며 배우인 손자들의 엉뚱함을 웃어넘길 수도 있으리라. 하지만 그들은 그가 팔 년 전에 텔레비전 방영물로 인기몰이를 한 〈샤독〉 시리즈를 얼마나 끔찍하고 어리석은 애니메이션으로 생각하는지 알고 있다. 매일 저녁의 이 분짜리 짤막한 영상물. 샤를람에게는 쓴 탕약이었지만 손자들에게는 행복의 묘약이 되어 장난기를 부추겼던 방영물.

---

* 〈샤독〉 시리즈에서 샤독과 대비되어 등장하는 우주 생물. 아무리 복잡한 일이라도 척척 해결해내는 우등 종족인 지비들은 샤독들의 어리석음을 비웃는다. 경제성과 효율성을 최고의 가치로 삼는 인간들의 모습을 돌아보게 하는 대상이기도 하다.

** 프랑스 음악가. 〈샤독〉 시리즈의 음악을 담당했다.

*** 제멋대로 모양을 바꾸는 행성에 사는 샤독들은 어느 날 지구로 이사하기로 마음먹고 그 과정에서 고통스러운 항해가 시작된다. 엉뚱하고 모자란 듯 보이는 그들은 계속 황당한 실수를 저지르지만 그래도 실패를 받아들이며 끝없이 도전한다. 〈샤독〉 시리즈는 기발한 언어유희와 유머를 통해 어른들의 편협한 사고방식을 뒤집어엎으면서 신선한 사고의 자유로움을 맛보게 해주어 프랑스인들의 사랑을 받았다.

이애들은 몸만 자란 어린아이들이고 자신은 늙은 바보에 불과한 걸까? 그는 이 시끌벅적한 어릿광대들을 바라보며 생각한다. 오늘 저녁 이 잔치에 끼어들고 싶은 마음이 조금도 없다. 사실 그런 마음이 든 적이 한 번이라도 있었던가? 그에게는 웃고 즐기는 능력이 항시 모자랐다. 게다가 아내가 죽은 이후로 나날이 악화되어간 의구심이 예리한 날을 세우고 있다. 사소한 일에도 마음속에 '하지만'이라는 의혹이 싹튼다. 의심과 유보와 반발을 야기하는 어렴풋한 '하지만'이 모래 알갱이처럼 슬그머니 끼어들어 생각을 마비시키거나 교란하고 긴장하게 만든다. 그러더니 이제는 엄청난 '하지만'이 내면에서 고개를 들며 꼭 다문 입술에서 신랄한 냉소가 새어나온다. 그는 정말이지 화가 나 있다. 제브뢰즈가 가족의 일원인 양 아들 조르주와 딸 마들렌의 아이들과 나란히 프로그램에 이름을 올린 것을 보며 걷잡을 길 없는 분노를 느낀다.

샤를람은 그를 좋아한 적이 없었다. 처음 그를 본 순간 '부랑'의 기미가 느껴졌다. 분명한 사회적 지위나 족보가 없는 사람이랄까…… 사빈은 오로지 이 신참자의 '탄탄한 경험'을 내세웠지만, 그에게 대체 무슨 경험이 있단 말인가? 부정직한 행위와 술책의 경험? 그즈음 앙드레는 그 남자에게 거의 관심을 두지 않았다. 사실 세상 무엇도, 누구도 앙드레의 관심을 끌지 못했다. 정신이 점점 황무지로 멀어져가 길을 잃고 말았으니까. 그녀가 죽은 것 역시 만사에 대한—그녀 자신에 대해서든 삶에 대해서든—이 물샐틈없는 무관심 때문이 아니고 무엇인가. 아들의 죽음과 함께 닥치긴 했지만 오래전부터 그녀 안에 잠복해 있던 병임이 틀림없었다. 그녀는 소리 없이 서서히 사그라졌다. 한 차례 반항의 몸짓도 없이, 마음의 고통과 무미건조함으로 진이 빠져. 생시에 이미 존재가 너무 희미해져, 죽고 나자 그녀에 대한 기억은 금세 사라져갔다. 샤를람도 그녀를 점점 더 먼 존재로밖에 여길 수 없게 되었다. 수십 년을 동고동락한 여자였지만 아무 특별한 감정도 남아 있지 않았다. 별다른 개성 없이 희미한 흔적밖에 남기지 못한 가엾은 여자, 앙드레. 하지만 그는 달랐다. 그는 주변 사람들에게 영향력을 행사하고 싶은 사람이며, 그에게서는 꿈틀대는 생명력이 감지된다. 항복할 생각이 없으며, 한 세기의 사분의 삼을 살아온 작금에 이르러서도 마치 사분의 일밖에 안 산 사람처럼 현재와 미래를 바라본다. 그는 폐기처분되지 않기를 간절히 원한다. 무엇보다 그의 가족 안에서는.

이 남자의 등장 직후, 나라는 대혼란에 휘말렸다. 거리마다 광분한 무리들이 쏟아져나와 "아스팔트 밑, 해변!"*을 외치며 거리의 배를 가르기까지 했다. 그러나 아스팔트는 그저 돌더미에 지나지 않았고 그 밑은 흙뿐이었다. 수천 년 전의 흙과 똑같은 흙이었다. 그들은 얼마나 소리를 질러댔던가. 시와 혁명을 버무린 절규가 되려는 슬로건에 얼마나 흠뻑 취했던가. 그 봄의 젊은 폭도들 모두가 그랬다! 그 지방도시에 도달한 소요의 반향은 상당히 위축되었고 타격도 제한적이긴 했지만 그래도 불손의 독보리와 무질서의 개밀이 은밀히 침투해 몇 년 안 되어 사방으로, 가족 내부에까지 왕성하게 퍼져나가는 걸 막을 길이 없었다. 앙리는 성장하면서 이 과도한 해방의 분위기에 저도 모르게 매료되었고 잇달아 두 남동생도 그랬다. 그들은 학업보다는 오락에 더 열중했고 만사를 비방하며 '자유'라는 말을 마구잡이로, 그 말이 진정 무얼 의미하는지 알고 있다는 듯 입에 올렸다. 형태도 알맹이도 없기에 감당하기에 너무 벅찬 말, 사람들의 용기와 상상력은 물론 지력과 의지를 두고 볼 때 그 크기나 무게나 깊이가 사람들 대부분의 역량을 넘어서는 말이었지만 말이다. 자유는 측량과 감시와 신빙성이 뒷받침되고서야 견딜 만하며, 안 그러면 고삐 풀린 망아지가 되어버린다.

* 68혁명의 구호 중 하나. 산업화와 도시화를 비판하는 의미를 띤다.

한편 반항의 기질을 타고난 마리는 괴벽에 가까운 항변 정신을 지겹도록 과시한다. 청소년기가 되자 마리는 아무 일에나 툭하면 반발해 규율이 엄격한 기숙학교에 가둬두거나 아니면 정신병원에라도 넣어 식구들로부터 격리시켜야 마땅한 지경에 이르렀다. 그만큼 마리는 수년에 걸쳐 식구들을 엄청난 긴장과 갈등 상황으로 몰아넣은 장본인이었다. 제브뢰즈는 자신과 전혀 관계없는 문제들에 관여하곤 했는데, 사빈은 몹시 무분별한 그의 충고를 따르는 편을 택해 결국 모두의 불행을 감수하면서 이 골치 아픈 딸아이를 집에 두게 되었다.

그렇게 제브뢰즈는 집안을 혼란에 빠뜨리며 가족의 일원처럼 눌러앉았다. 애당초 사빈이 판매원으로 고용한 그는 점차 직위가 높아져 상점의 관리와 운영까지 책임졌다. 그가 소임을 꽤 잘 이행했다는 점만은 샤를람도 인정해야 할 것 같았다. 하지만 여주인의 삶에까지 끼어들어 부당하고도 불법적인 방식으로 그 집 아이들의 '후견인'으로 자리잡게 되다니. 제브뢰즈는 자신의 역량과 권리의 한계를 넘어 베랭스가의 영지를 짓밟은 셈이었다. 샤를람은 그를 '밀렵꾼'이라 칭하며 암암리에 끈질긴 증오심을 품는다. 뻔뻔하게도 요리조리 농작물을 빼돌리는 소작농을 부리는 주인의 증오심이랄지.

이 침입자를 향한 샤를람의 원한에는 불투명하긴 해도 또다른 이유가 있다. 그는 제브리즈가 사빈의 정부情夫라는 세번째 지위마저 누리지 않나 의심한다.

공공연한 지위는 아닐지라도 어둠 속에서 간계를 부려 아이들을 암묵적인 거짓과 치욕 속에 살게 만드는 건 아닐까. 무엇보다 치욕 속에. 어머니가 고용한 남자가 몰래 어머니의 잠자리로 기어든다는 걸 알고도 아들들이 어떻게 모욕을 느끼지 않을 수 있단 말인가. 한때 그들의 아버지가 잤고 그들 역시 거기서 잉태되었을 잠자리인데. 그나마 이 밀렵꾼에게서 사생아가 태어나지 않은 걸 다행으로 여겨야 할 것인가! 1968년 5월에 닥친 전통 가치들의 붕괴, 〈샤독〉 시리즈, 지성과 취향에 대한 모독을 비롯해 손자들에 대한 이런저런 실망, 걸핏하면 분노를 터뜨리는 마리로 말미암은 불안…… 혐오감에 사로잡힌 샤를람은 이 모든 해악을 제브리즈와 동일시했다. 사회와 그의 가정에서 움트는 모순과 기능상애가 모두 제브리즈의 책임이라는 듯.

그런데 샤를람이 회한을 되씹는 동안 상대는 보란듯이 뽐내며 무사태평하게 익살을 부리고 있다. 그것도 앙리를 선두로 한 조르주의 아들들과 한패가 되어서. 누구보다 그를 혐오하고 경멸하고 내쳐야 마땅한 아이들이 아닌가. 그럴 순 없지! 그는 조명을 받고 선 느릅나무 앞에서 얼빠진 모습으로 뒤뚱대며 걷고 있는 지비를 험상궂은 시선으로 쏘아보며 내심 분노에 떤다. 어릿광대 협잡꾼 같으니! 마음놓고 건방을 떨며 나를 비웃는군! 어떻게 저 나이에 저토록 뻔뻔하게 나댈 수 있다지!…… 꺼져라, 기회주의자!

음악이 불협화음 속에 멈추었다. 자그붐 박사 역을 맡은 앙리가 경쾌한 걸음으로 무대에 등장한다. 앙리 역시 날짐승으로 분장해 공모자인 가뷔와 조뫼보다 다리는 짧아도 똑같은 날개가 달렸다. 정수리에는 용수철 세 개가 머리카락 대신 붙어 있고, 텁수룩한 턱수염은 녹색과 파란색 종이테이프로 되어 있다. 오른쪽 날개 끝으로는 기다란 나무 막대를 쥐고 있다. 루아얄 씨가 그에게 축하의 말을 한 다음 뒤로 조금 물러선다.

자그붐 박사가 세 차례 몸을 굽혀 청중에게 절하고, 요란한 헛기침으로 목청을 가다듬은 뒤 톤을 높여 잘난 체하는 목소리로 말문을 연다.

"오늘 저녁에 제가 다루려는 주제는 국가입니다. 물가와 주가

가 아니고 요가는 더더욱 아니죠. 이런 이상한 '가'들도 조금은 관련이 있겠지만 말입니다. 강가, 상가, 진가도 아니에요. 이런 것들도 상관이 없지는 않겠지만요. 제가 여기서 말하려는 건 최고 권력기관인 국가입니다. 제가 선택한 주제는 아주 모순적인 의미의 '국가'예요.

국가의 형성은 아득한 옛날에 시작되었지만 아직도 진행중이죠. 그게 눈에 띄지 않는 듯하면서도 줄기차게 요동치고 있는 것도 그 때문이고요. 그렇다고 온갖 실패나 일탈, 실수로부터 자유로운 건 아니죠. 제 스승이신 샤독 교수님의 말처럼, 부단히 노력하노라면 성공하게 되는 겁니다. 다시 말해 실패하면 할수록 제대로 할 확률도 높다는 거고요.

거기서는 벌집의 역동성이 지배적으로 드러납니다. 하지만 동면기는 물론 여왕이나 왕도 없어요. 권력은 아주 모호한 방식으로 행사됩니다. 복잡하게 분화된 교환 작용으로요."

이 부분에서 연사는 갑자기 입을 다물더니 손가락 꺾는 소리를 내며 외친다.

"영사기사, 시작해주세요!"

그러자 눈부신 광선이 느릅나무 앞에 펼쳐진 시트 하나에 가 닿은 뒤 다른 시트로 미끄러져내려 종국엔 우거진 이파리들 속으로 사라진다. 자그붐이 휘파람을 휙 불고는 시트 한 장을 가리키며 소리친다.

"코른지두유*! 영상을 보내요, 이리로!"

화면에 얽히고설킨 철로가 펼쳐지자 자그붐의 손에 들린 막대가 구불구불한 선로를 따라 전속력으로 달리고 그의 연설이 다시 시작된다.

"어디까지 설명했죠?…… 아, 그래요. 국가죠. 하고많은 '가'들 중에서 단연 국가죠! 보잘것없는 규모의 영토 안에 엄청나게 많은 인구가 살고 있어요. 온통 주름지고 부어오르고 칙칙한 이 영토는 몹시 초라한 양상을 띠지만, 거기서 무한한 에너지가 발산됩니다. 파헤치기만 하면, 아니, 펴올리기만 하면 나오는 에너지라고요. 그 부富와 활력은 거기 사는 무수한 주민들에게서 나옵니다. 그 사람들이 끊임없이 서로 전방위적인 관계를 맺고 일신해나가는 거죠. 그렇더라도 이 관계는 종종 위기에—미미하든 심각하든—처하곤 하죠. 세월이 흐르며 폭동이나 태업 혹은 이탈이 생기기도 하는데, 그렇게 되면 국가가 흔들리고 심지어 그 온전함과 안녕이 위협을 받습니다. 때로 국가는 시련을 겪은 뒤 활기를 되찾기도 해요. 혹은 엄청난 변혁의 부추김을 받아 넋이

* Cornegidouille. 알프레드 자리의 희곡 『위뷔왕』(1896)에 처음 등장한 단어로 놀라움과 경악을 나타낼 때 드물게만 사용된다.

나갈 수도 있고요. 물론 드문 일이긴 하죠. 하지만 '입에 쓴 약이 몸에 좋다'라든가 '진정한 패배는 오직 자기 자신에게서 온다'라고 말씀하신 제 조언자 샤독 교수님의 심오한 통찰력이 입증되는 이례적인 경우라고도 할 수 있죠.

분쟁과 정변의 목록은 다양합니다. 국가가 아주 작고 활기가 넘칠 경우엔 더더욱……"

철로 영상이 사라지고 제일 큰 시트에 곧 다른 영상이 떠오른다. 사람의 뇌다.

"아주 작고 활기가 넘치는 국가란 바로 뇌입니다. 문제는 이런 국가가 육십억가량 있다는 거죠. 저마다 자신만의 역사와 체제, 동맹 관계, 음모, 저항, 평화기와 전쟁기, 승리와 패배, 그리고 활력이 되거나 죽음을 불러오는 혁명이 있어요."

자그붐이 다시 말을 멈추고 손에 쥔 막대를 휘두르자 참모본부의 지도처럼 작은 국기들로 가득한 뇌의 그림이 화면에 떠오른다.

"저마다 개인사가 있죠. 그건 언제나 동일한 부류의 연방국에서 시작돼요. 다름 아닌 '가족'이죠. 동일한 부류인 건 분명하지만 상이한 데가 너무 많아서 여차하면 하찮은 차이가 발화물로 작용하기도 합니다. 이것 보세요!"

뇌가 사라지고 태양의 홍염紅焰이 담긴 환상적인 사진이 나타난다.

사빈은 잘난 체하는 자그붐 교수의 횡설수설을 한 귀로 흘려들으며 시조카들과 아들들을 바라본다. 저녁 한때 한번 더, 잠시 더 자기들끼리 유년의 놀이에 빠져 있는 아이들, 익살을 떨면서 신이 나 있는 아들들을 관찰한다. 엄마 품에서 자신들이 필요로 하는 온전한 공간을 찾지 못한 채 어떻게든 그곳을 떠나려고 안달을 부리던 아이들. 이제 그들은 모두 집을 떠나 더 큰 도시에서 학업을 계속하고 있다. 몇 년 지나면 아마도 더 멀리 떠나겠지. 저마다 더 먼 타지를 꿈꾸면서. 그 타지에서 그들은 지금과는 다른 방식으로 살 것이고, 그 먼 곳에서 더 크게 심호흡하게 될 것이다. 이해할 수 있는 일이다. 자신도 과거에 그랬고. 이애들보다 더 어린 나이였다. 겨우 열일곱 살에 부모와 함께 살던 집을 버리고 떠났으니까. 부모가 서로 사랑하지 않았던 것처럼 그녀도 부모를 사랑하지 않았다. 그래서 일찌감치 결혼해 그들의 우울한 세계로부터 달아났다. 사빈이 떠나고 얼마 되지 않아 부모도 헤어졌다. 그렇게 허겁지겁 도망치기 위해 딸이 떠날 순간만을 기다렸다는 듯. 그후 오랫동안 사빈은 부모와 연락이 두절된 채 지냈다.

내 품이라! 이상한 말이군. 그녀는 생각한다. 사빈은 어린 아들들을 느긋이 무릎에 앉히고 안아줄 여유를 누린 적이 한 번도 없었다. 가정에서든 일터에서든 늘 처리해야 할 일이 많았다. 그렇다. 아이들과 놀며 시간을 보낼 여유가 없었다. 아이들의 응석을 받아줄 여유도 마음먹은 만큼 낼 수 없었고, 아이들의 학업에 신경을 써주지도 못했다. 우선 상점을 지키고 장사가 되게 해 다섯 식구의 생계와 독립을 확보해야 했다. 가족을 부양해야 한다는 절박감에 끊임없이 시달렸다. 그렇다고 모든 게 용서될 수 있는 건 아니라는 걸 그녀도 안다. 사실 그녀는 애교 있는 성격이 아닌 데다 무슨 환상을 품거나 하지도 않는다. 오히려 매사에 냉정한 태도로 임했고 신경써서 가꾸는 외모도 차가운 인상을 준다. 업무상 만나는 사람들 앞에서 변함없이 유지하는 공손한 태도는 냉정한 성격에 드리운 우아한 베일이고, 유머를 발휘하는 순간에도 얼굴 표정은 변함이 없다. 무엇보다 기억이 얼어붙어 있다. 선명히 떠오르는 무수한 추억이 있긴 해도, 그것들은 투명 물감으로 엷게 칠한 표면 아래서 고요한 부동의 상태로 졸고 있다. 요컨대 사빈의 기억은 조르주가 복권으로 딴 돈처럼 휴면하고 있다.

그렇다면 그녀가 아들들에 대해 알고 있는 건 뭘까? 그들의 성격, 강점과 약점, 목소리, 발소리, 좋아하는 것과 싫어하는 것, 머리카락 냄새와 살결을 안다. 눈을 감은 채 그들의 손을 만져보고 규칙적인 숨소리만 들어도 누가 누군지 식별할 수 있을 것이다. 하지만 그것만으로 한 사람에 대해 전부 알고 이해한다고는 할 수 없다. 조르주를 통해 이미 깨달은 사실이 아니던가. 그녀가 열다섯 살에 만나 열일곱 살에 결혼한 남자였다. 그후 밤낮으로 함께하며 그의 근심, 그가 씨름하는 것, 그의 행복과 계획을 공유했다. 그리고 십이 년간 네 아이를 낳아 함께 기른 남자였다. 하여 그를 세세한 점까지 속속들이 안다고 믿었다. 하지만 내면의 비밀을 두고서는 완전히 무지했다. 그의 감정과 사고, 욕망의 점차적인 표류와 이탈에 대해서도. 그 '꽃다발 여자'와의 관계는 언제부터 시작된 걸까? 그 여자한테 정말로 빠져 있었던 걸까? 어쨌거나 거르지 않고 그 플라타너스 둥치를 장미로 장식하는 숨은 미망인은 사랑의 기억을 변함없이 생생히 간직하고 있는 게 분명하다. 그러면 사빈은 자신에 대해서는 얼마만큼 분명히 알고 있는 걸까? 그녀는 기억과 의식, 욕망, 두려움을 피상적으로 감지하며 살고 있다. 활동적이고 단호한 여성의 외관 속에서 실제로는 좀 얼이 빠진 상태로 부유하고 있다. 그렇다면, 조르주와 나눈 사랑에서 탄생한 이 세 젊은이에 대해 환히 안다고 할 수 있을까? 그들의 꿈과 두려움, 내면의 현기증 역시 그녀는 모른다. 그들의 내면에 자리한 어둠에 대해 알 수 없고, 그들 몸안에서 어렵사리 길을 터가는 발소리도 들리지 않는다. 그들이 간직한 비밀의 냄새와 꿈의 결도 감지하지 못한다.

마리라면 그녀에게는 누구보다 가깝지만, 다른 누구보다 터무니없이 낯설고 걱정스러운 아이이기도 하다. 최근 들어 절제된 모습을 보여주긴 하지만, 예전의 발작만큼이나 갑작스레 닥친 이 일시적인 소강상태가 계속 이어질까? 아니면 그건 그애를 사로잡고 갉아먹는 광적인 조급증이 잠시 자리를 내어준 진정 상태에 불과한 걸까? 무수한 사건들 가운데 특별히 사빈의 머릿속에 떠오르는 일이 있다. 언젠가 마리가 오빠들에게서 훔쳐낸 폭죽으로 정원을 잔뜩 어지럽힌 일이다. 붉은 봉숭아를 심어둔 정원 화단이 몽땅 폭발해 엄청난 굉음과 함께 꽃들이 사방으로 흩어졌는데 그런 짓을 하고도 마리는 변명을 하는 대신 되물었다. "그러면 안 돼요? 참을성 없는 꽃이라고도 하잖아요.* 난 이름을 곧이곧대로 이해했을 뿐이에요."

마리는 사사건건 말꼬투리를 잡으며 최근 몇 달 전까지도 적잖은 해악과 불화를 퍼뜨렸다.

* 프랑스어 impatiente('참을성 없는'이라는 뜻의 여성형 형용사)에는 '봉숭아'라는 의미도 있다.

그런데 피에르가 있었다. 천운으로 엮이게 된 이 남자는 이미 구 년째 그녀와 일하며 매사에 앞장서서 버팀목이 되어주었다. 또 공과 사를 가리지 않고 난관이 닥칠 때마다 때맞춰 개입할 줄도 알았다. 그가 없었다면 사빈도 마리 앞에서 백기를 들고 말았을 것이다. 샤를람을 선두로 한 주변 사람들의 이구동성의 권유에 못 이겨 마리를 시설에 맡길 결심을 했을 것이다. 이런 시련으로부터 마리를 구해준 사람이 피에르였다. 비록 시간이 걸리긴 했어도 그는 나머지 삼 형제와도 친구처럼 지낼 수 있게 되었다. 아주 충직한 사람이었다. 비 내리던 어느 날 작은 카페에서 처음으로 이야기를 나누면서 예감했던 것보다 훨씬 더. 한마디로 좋은 남자다. 하지만 이유 없이 돌연 어두워지며 자신을 닫아버려 상대를 당황하게 만드는 남자이기도 하다. 무엇보다 자신의 사생활에 대해 절대 입을 열지 않는다. 그와 함께한 지 수년이 지난 지금도 그녀는 그의 젊은 시절이나 가족에 대해 아는 게 거의 없다. 그를 처음 고용할 당시 신상 서류를 보면서 부모의 이름이 독특하다는 생각을 했다. 파콤 제브뢰즈와, 결혼하기 전 성姓이 베르강스였던 셀레스트. 호적상으로 그의 이름은 에프렘이고 피에르는 가운데 이름에 불과하다. 이름이 바뀐 걸 그녀가 지적하자 그는 간단명료하게 답변했다. 호적에 이름이 오르던 날 실수가 있었다고. 집에서는 한 번도 그를 호적대로 부르지 않았고 자신은 늘 피에르였다고. 파콤과 셀레스트라는 정감어린 구식 이름을 지닌 그의 부모에 대해서도 그녀는 좀더 듣고 싶었지만 왠지 그래 봐야 소용없다는 느낌이 들었다. 그녀 역시 부모에 대해, 또 외롭고 갑갑했던 유년기에 대해 언급하고 싶지 않았으니까.

피에르와 그녀. 두 사람은 각자의 자리를 지켰다. 둘 중 누구도 일과 우정이라는 이중의 관계를 연인 관계로 발전시킬 생각을 하지 않았다. 게다가 사빈은 그에게 연애 감정을 느껴본 적이 없었다. 피에르는 욕구보다는 우애의 감정을 불러일으키는 남자다. 그녀는 생각한다. 이상한 일이야, 선량함이 에로틱한 매력을 발산하지는 않으니 말이야. 그의 매력은 차원이 달라. 보다 신중하고 영속적이랄까. 그래서 더 절절한지도. 그렇다. 사빈은 그가 애인이기를 바라지 않았고, 앞으로도 그럴 터였다. 지난 몇 년 동안 다른 남자들과 관계를 가졌지만 어김없이 그녀의 일과 가정 외부에 존재하는 남자들이었다. 그들 중 누구도 조르주가 발했던 매력, 찬란하고도 도발적인 매력을 행사하지는 못했다. 피에르는 전적으로 난외의 범주, 무게를 헤아릴 수 없는 범주에 속해 있다. 그것이 장점인지 단점인지는 사빈도 잘 모른다. 어쨌거나 세상에서 별 비중을 차지하지 못한다는 건 행운인지 모른다. 너무 눈에 띄지도, 욕구를 불러일으키지도 않고 홀가분히 지낼 수 있다면, 그래서 환멸과 상처에도 덜 노출된다면. 그렇게 아무도 모르게 제 갈 길을 갈 수 있겠지. 단조롭긴 해도 평화로운 길임이 틀림없다. 타오르는 불꽃과도 같은 조르주 대신 마침내 그녀는 아이들과 자신 주위에 수수하지만 견고한 보호책인 루마와 피에르를 두게 된 셈이다.

느릅나무 밑에서 자그붐 박사는 횡설수설 설명을 이어간다.

"베랭스가는 이런 평범한 집단의 표본이죠. 여기서 '평범하다'는 말은 보잘것없다거나 무미건조하다거나 저속하다는 의미가 아니라 그저 무수한 가족 중 하나라는 의미예요. 그렇다면 제가 다른 가족이 아닌 이 가족을 택한 이유는 뭘까요? 이 가족에 관한 한 저는 진지한 고증 자료와 훌륭한 소식통을 갖고 있죠. 결코 무시하지 못할 이점이에요…… 이 나라 현자들의 말을 빌리면, '이점엔 단점이 끼고 단점에도 이점이 끼기' 마련이지만.

그렇다면 언제 어디서 하나의 가족이 시작되는 걸까요? 하나의 결합이 이루어질 때마다 새로운 결합이 탄생하고, 그 새싹이 다시 그루터기가 되죠. 오래된 뿌리들은 차츰 밤 속으로 스며들어 조용히 해체됩니다. 그것들이 썩으며 형성된 부식토는 쉴새없이 변신하는 나무에 영양을 공급하고, 수액 속에 들어가 흐르고, 줄기에서 배어나오죠. 때론 사방에서 끼쳐오는 향내와 뒤섞여 독극물 냄새를 풍기기도 하고요."

연사는 열정적인 억양이 되어 과장된 몸짓으로 떠든다.

"독극물과 향기, 가시, 마디, 꽃과 열매, 기생식물, 착생식물, 접붙인 가지, 베어낸 자리, 구멍 등등 계통수에는 없는 게 없어요."

다음 순간, 뒤틀린 나무와 껍질이 반쯤 벗겨진 나무, 겨우살이와 담쟁이덩굴, 버섯이 가득한 나무가 담긴 사진들이 한 화면에서 다음 화면으로 단속적인 리듬으로 이어진다.

가족은 언제 탄생하는가에 대한 의문이 어느 날 마리를 큰 혼란에 빠뜨린 적이 있었다. 중학생 시절, 학기 초 영어 수업 시간에 교사가 학생들에게 종이를 한 장씩 나눠주었다. 거기에는 줄기가 둘로 갈라진 도식화된 나무가 있었는데 가지들이 이파리와 열매 대신 흰 직사각형들로 장식되어 있었다. 학생들은 그 빈칸들 속에 이제 막 배운 '아버지, 어머니, 형제……'에 해당하는 영어 단어를 채워넣어야 했다. 정확히 네 세대를 아우르는 계통수였다. 식물은 무슨 조각상처럼 땅 위에 얹혀 있는 게 아니라는 걸

나무 밑에 그려진 한 움큼의 뿌리가 일깨워주었다. 하지만 그런 어린뿌리로는 나무가 서 있을 수 없겠다고 마리는 생각했다. 조금만 바람이 불어도 나무는 쓰러져버릴 것 같았다. 심카를 우그러뜨린 나무는 유달리 튼튼했는데…… 차체에 부딪히는 충격을 받고도 꼼짝하지 않았으니까. 그래서 마리는 머릿속을 떠나지 않는 자신의 강박관념이 그렇듯 '패밀리 트리'에 길고 견고하며 땅속 깊숙이, 마그마까지 도달하는 뿌리를 그려넣었다. 그리고 뿌리에 희미한 환영들을 엉겨붙게 그린 다음 영어로 '내 선조들'이라고 비스듬히 써넣었다. '형제'라고 써넣어야 할 칸은 세 개로 늘리고 '사촌'에 해당하는 칸도 그렇게 했다. '자매'를 써넣는 칸은 줄을 그어 지우고 '외조부모'에 해당하는 두 칸에는 각각 물음표를 적어넣었다. 어머니는 오래전에 자신의 부모와 관계를 끊었고 마리는 그들을 한 번도 만나지 않았으니까. 끝으로 '아버지'에 해당하는 칸에는 가위표를 하고 직사각형, 아니, 테두리가 들쭉날쭉한 나뭇잎처럼 보이는 타원 하나를 추가해 별다른 설명 없이 '내 친구'라고 기입했다. 교사는 그녀가 작성한 엉뚱한 답안을 그리 탐탁지 않게 여기며 주의를 주었다. 지금은 연습 시간이지 만화나 끼적이며 노는 시간이 아니라고. 결국 마리는 형편없는 점수를 받았다.

'내 친구'라는 말을 복수로 쓸 수도 있었을 것이다. 그 당시 친구는 둘이었으니까. 언제나 그 모습 그대로인 조에와 엄마의 고용인 피에르 제브뢰즈. 피에르는 마리에게 각별히 마음을 써주었다. 상냥하면서도 재미있는 사람이었다. 그는 마리가 좋아하는 놀이, 즉 말들의 의미를 미주알고주알 따지는 놀이를 함께하곤 했는데 상당한 기량을 발휘했다. 어머니를 제외하고 꾸밈이 없는 어른은 그가 처음이었다. 우정과 신뢰와 공감을 나눌 수 있는 사람이기도 했다. 마리는 그에게만 조에에 대해 말했고 사고 이야기도 들려주었다. 눈에 보이지 않는 여자에게 욕을 해대던 아버지에 대해서도. 어머니와 오빠들 앞에서는 철저히 침묵을 지킨 이야기였다. 피에르는 잠자코 듣기만 했지 질문은 하지 않았다. 그리고 다음날 마리에게 오르페우스와 그가 사랑한 나무 요정 에우리디케에 대한 이야기를 들려주었다.

그는 별의별 이야기를 다 알고 있었고 직접 이야기를 꾸며내기도 했다. 그런 식으로 마리의 상상의 세계 속에 새로운 인물을 들여놓았다. 몇 살인지는 몰라도 조에와 나이가 동갑이고 비슷한 괴벽을 지닌, 젤리라는 이름의 소녀였다. 피에르가 이야기를 큼직큼직한 칸의 모눈종이에 옮겨 적으면 마리는 다양한 색깔의 색인카드가 있는 붉은 버찌 색 파일에 그것들을 정리해두었다. 그 짤막한 이야기들 속에서는 조에와 젤리는 물론 작은 짐승이나 돌멩이, 나무, 구름 혹은 단순한 말言도 주인공이 될 수 있었다. 어느 날 마리가 그에게 말했다.

"난 오래전부터 요다음에 크면 나무가 되고 싶단 생각을 했어요. 하지만 지금은 책이 되고 싶어요. 한 장 한 장을 바람과 벌레, 햇빛과 비, 새와 달빛으로 쓴 나무책이요. 봄이면 새로운 이야기가 만들어져 여름에 빛을 발했다가 가을이면 잎이 떨어지고 겨울이면 사라지겠죠. 그렇게 끝없이 다시 시작될 거예요."

하지만 청소년이 된 마리는 이런 유희에서 완전히 돌아서며 유치한 이야기에도 흥미를 잃었다. 조에와 젤리에게서도 등을 돌리고, 자신의 비밀과 꿈과 별난 생각을 토로하는 일도 그만두게 된다. 점차 내면으로 침잠한 마리는 얼마 안 가 분노에 지배당한다. 신체의 불구 탓에 한층 가혹해진 분노다. 절단된 발에 대한 분노, 의족 때문에 늘 다리를 감춰야 하는 데서 오는 분노, 수많은 활동과 취미 생활을 할 수 없는 데 대한 분노, 어떤 남자의 마음에도 들 수 없을 거라는 생각에서 비롯된 분노. 자신을 떠난 다리가 땅 밑에서 깡충거리며 마그마까지 종종걸음으로 내려가고 있다는 기발한 상상과도 끝이었고, 스스로를 최면에 들게 한 유치한 위안거리들과도 끝이었으며, 말들이 살랑대는 나무책의 환상과도 끝이었다. 그렇게 완전히 딴사람이 되어 상상의 능력을 비웃었고 지어낸 이야기의 매력에 넘어가지도 않았다. 현실을 냉정히 직시하기로 결심한 것이다. 나의 절단된 발은 뭘까? 이미 오래전에 해체되어 사라져버린, 짓이겨진 살점과 뼛조각. 조에, 젤리, 에우리디케와 온갖 요정들은 다 뭐지? 흉물스러운 망상. 아버지는? 누가 뭐래도 오르페우스는 아니지. 짐수레꾼처럼 욕을 해대는 엉터리 운전수에 불과하다. 나무들은? 언젠가 폴 발레리의 시에서 읽은 것처럼 "쓸모없는 가지들로 치장하고 (……) 한결같이 닫혀 있는 하늘을 쉴새없이 두드려대는" 영원한 수인囚人. 꼴좋네! 그럼 말은? 매력을 모조리 상실하지 않은 건 그것뿐이었다. 하지만 그녀가 말에서 찾는 건 더이상 뿌리가 아닌 가시였다. 마리는 독기를 품은 가시 돋친 말을 고르는 데 선수였다.

그런데 정말 그녀가 말을 골랐던 걸까? 말이 마리에게 달려든 건 아닐까? 이제 패를 쥔 사람은 마리가 아니었다. 주객이 전도되어 말이 실권을 쥐고 그녀를 조종하면서 그녀의 머릿속에서 이를 찾고, 골 안에서 진드기를 찾고, 혀 위에서 나방을 찾으며 놀았다. 마리는 거역할 수 없는 힘에 밀려 불쾌한 말을 내뱉고 독설과 욕을 쏟아놓았다. 그것들은 노포弩砲로 쏘아올린 구슬처럼 입안에 떠올라 치아에 부딪히다 입술 사이로 터져나왔다. 그녀가 괴로워할수록 말들은 더 짓궂고 기세가 등등해져, 종내 악마에 들린 듯한 형국이 되었다.

마리는 무뚝뚝하게 말하고 쳐다보고 행동하면서 주변을 진공 상태로 만들었다. 자신이 사랑스럽거나 달가운 존재가 아니라는 걸 그런 식으로 스스로에게 입증해 보였다. 함께 사는 엄마와 오빠, 루마와 피에르를 비롯해 그 누구한테도 마찬가지였다. 특히 피에르한테 그랬다. 상냥하기 그지없는 이 수호천사는 한때 그녀를 경이로운 거짓 세계에 머물게 했고 미련한 짓에 불과한 순진성을 지킬 수 있게 해주었지만, 이제 그녀는 사랑을 하고 싶지도, 사랑을 받고 싶지도 않았다. 스스로를 사랑하지 않았고 혐오하기까지 했으니까. 하지만 피에르는 마리가 심술을 부려도 맞서기만 할 뿐 그녀를 내치지 않았고 그 매정한 거부와 모욕을 참고 받아들였다. 무슨 사랑으로 저러는 걸까? 아버지의 사랑? 연인 혹은 삼촌, 친구의 사랑? 아니야. 저건 개가 바치는 사랑이야, 라고 마리는 단정지었다. 비천한 개의 인내심은 신경을 더한층 자극했고 그 충성심도 화를 돋울 따름이었다.

어느 날 이 두 발 달린 개의 비길 데 없는 애정이 마리의 화를 불같이 돋우는 일이 일어났다. 석 달 전 그녀의 생일 때 일이었다. 피에르는 선물을 건네기 전, 만년에 '그림에 미친 노인'이라 불렸던 호쿠사이*라는 사람에 관해 이야기해주었다. 이 사람은 화병에 후지산의 풍경을 그려넣었는데 화병이 깨지자 조각을 이어붙이고 그 자리에 금줄을 그려넣어 깨진 자국을 강조했다고. 추락의 기억을 새겨넣어 화병을 더 아름답게 만들려 했다는 것. 그는 이야기를 들려준 뒤 마리에게 작은 벨벳 주머니를 내밀었다. 마리는 주머니에서 살짝 뒤틀린 가는 고리들로 이어진 작은 금사슬을 꺼냈다. 은은한 빛을 발하는 순금 발찌. 내 장애를 기리며 끔찍한 의족을 오히려 떠받들겠다는 건가? 이 멍청한 인간은 얼마만큼, 또 언제까지, 그 못 말리는 선량함으로 나를 괴롭히려는 걸까? 그렇게 나를 궁지에 몰아넣어 항복하게 만들 속셈인 게지. 마리는 잠시 장신구를 바라보다가 아무 말 없이 반 토막을 내어 바닥에 내동댕이쳤다.

"호쿠사이가 이걸 보면 어떻게 할까요?" 마리가 빈정대며 물었다.

그는 아무 대답 없이 어깨를 으쓱하며 마리의 눈을 똑바로 들여다보았다. 마리가 처음 보는 눈빛이었다. 냉혹하고도 차분한 시선. 얼음처럼 투명하고 초연한 시선. 그녀 자신의 얼굴을 비출 따름인 시선. 그녀의 지속적인 난폭성이 얼마나 부질없으며 그녀

* 가쓰시카 호쿠사이(1760~1849). 일본 에도시대의 화가로 삼만 장이 넘는 그림을 그렸다고 하며, 고흐를 비롯해 프랑스 인상파 화가들에게도 영향을 주었다.

의 심술이 얼마나 어리석은 짓인지를 말해주는 시선. 마리는 처음으로 자신과 대면하고 있었다. 매사에 집요하게 반발하며 삶에 딴지를 거는, 비꼬인 절망 속에 꽁꽁 묶인 소녀. 더이상 그는 보이지 않았다. 그는 상대의 모습을 고스란히 비춰주는 티 없이 맑은 거울이었다. 마리는 그의 따귀를 갈기려고, 거울의 요술에서 벗어나려고, 손을 쳐들었다. 그러나 피에르는 날아오는 손을 제지하며 팔을 힘껏 밀어냈다. 결국 그 일격은 암초에 부딪힌 물결처럼 되돌아가 그녀의 입을 덮쳤다. 피에르는 돌아서서 아무 말 없이 방을 나가버렸다. 마리 역시 그를 부르지 않았고 용서를 빌지도 않았다. 비웃지도, 더는 무례한 말을 내뱉지도 않았다. 그저 그가 나가는 모습을 지켜보았고, 문이 닫힌 뒤 그가 멀어져가는 발소리를 들었다.

누구의 발소리일까? 발소리는 현관에서 울리다가 문턱을 넘어섰고 자갈 깔린 통로에서 점점 희미해지더니 끝내 잠잠해졌다. 마리는 몸이 갈라져 자신의 일부가 떨어져나가는 느낌이었다. 분노로 기진맥진한 밤의 일부일까. 아니면 정반대로, 그렇게 달아나는 건 매혹에 찬 무엇인지도 몰랐다. 거부당하고 추방당하고 굴욕을 맛보기 전에 오랫동안 몽상과 두려움과 환희를 먹고 자랐던 유년의 일부인지도. 그녀가 경이감에 사로잡혀 숲의 요정들 이야기를 믿던 시절 말이다. 요정들은 나무들의 몸속에 살며 그 껍질 밑을 유연하게 날아다녔고 수액의 향내에 싸여 가느다란 목소리로 노래를 불렀지. 플라타너스 둥치를 거처로 삼았던 조에도 그 순간 그렇게 달아나버렸다. 마리가 청소년이 될 때까지 함께한 도깨비불 같은 어린 소녀 조에. 마리가 거만한 태도로 쫓아낸, 영력을 지닌 자매. 마리의 분신이기도 한 꼬마 요정 악마. 오랜 세월 구석진 곳에 숨어 있던 이 조에가 한 차례 따귀에 끌려 나와서는 해방되기 무섭게 달아나버렸다. 조에와 젤리. 육신도 힘도 미래도 소유하지 않았으면서 놀라운 일들로 가득한 한없이 유연하고 교활하고 내밀한 삶을 영위하던 미친한 왕녀들.

마리는 사슬 두 조각을 주워 주머니 속에 다시 넣었다. 그리고 수년간 자신을 괴롭혀온 분노에서 놓여났다. 내면에 깊은 정적이 자리잡았다. 배와 머리와 입 속에서 우글대던 불충한 말들이 일제히 침묵했다. 정신이 번쩍 들면서 자유로운 몸이 되었음을 느꼈다. 마리는 피에르에게 그 사건을 두 번 다시 언급하지 않았지만 이제 피에르와는 보다 초연하면서 안정된 관계를 유지한다. 피에르 역시 그 사건을 상기시킨 적이 없었고 마리의 태도에 닥친 깊은 변화에 대해서도 입을 다물었다. 그 사건은 원한이나 굴욕감으로 인해 두 사람 사이에 봉인된 비밀이라기보다는 각자 자기 자신과 맺은 비밀이 된다. 자신의 예기치 못한 일부, 아직은 충격으로 인해 뿌옇지만 잃어버렸다가 되찾은 그 일부와 맺은 비밀이다. 각자에게 실체가 다른 그런 비밀을 공유할 수는 없다. 저마다 자신의 입장에서 그 어둠의 깊이를 가까스로 헤아려 볼 수 있을 따름이다. 한 차례 충돌이 있었다는 것, 이 충돌이 마리에게 천재지변을, 피에르에게는 균열을 일으켰다는 걸 그 누구도 짐작하지 못한다.

"언제 어디서 가족은 시작되는 걸까요?" 자그붐 박사는 다시 말을 잇는다. "답변이 불가능한 질문이죠. 하지만 '해답이 없다면 문제도 없다'는 건 누구나 아는 말이고, 따라서 만사형통인 거죠. 저는 그저 약 칠십오 년에 걸친 베랭스 일가의 역사와 아울러 그 지파인 포스캉가의 역사를 간략히 언급해보겠습니다. 태곳적으로 거슬러올라가는 건 다음 기회로 미루고요. 이제 기사에게 영사기를 돌려달라고 청하겠습니다. 아주 힘차게, 사력을 다해 돌려주세요. 안 그러면 험악한 일이 닥칠 수 있다는 것 말고는 아무 일 없겠지만 말씀입죠."

가뷔와 조뫼는 이제 마분지 부리를 벗고 재등장한다. 각자 무대 위 조명을 받으며 자리잡는다. 한 사람은 입에 트럼펫을 대고 있고, 다른 한 사람은 손에 심벌즈를 들고 있다. 식구들이 한 명씩 등장할 때마다 그들의 악기에서 소리가 울려나온다.

에디트는 도저히 견딜 수 없어 소리를 못 내는 개를 품에 안고 몰래 그곳을 빠져나온다. 그리고 일층에 있는, 예전에 조르주의 서재로 사용되었던 방에 틀어박힌다. 에디트가 잘 수 있도록 사빈이 소파를 잠자리로 꾸며둔 방이다. 그녀는 방문과 덧창을 닫고 옷을 벗어 잠옷으로 갈아입은 뒤 귀마개로 두 귀를 틀어막는다. 에디트는 종손자들이 자기를 '쉿 왕고모'라는 괴상한 별명으로 부른다는 사실을 안다. 꼭 맞아떨어지는 별명이라는 생각이 든다. 그 별명을 지어낸 아이들 스스로 믿는 것보다 훨씬 더.

그래, '쉬이이잇……!' 세상이 그 소란법석에 약음기를 달아주었으면. 바깥세상의 소음이 멈췄으면. 빛나는 정적 속에서 의미 있는 단 하나의 목소리, 사랑했던 단 하나의 웃음소리, 그녀를 뒤흔들어놓았던 단 하나의 숨결이 솟구쳐 울려야 했다. 그녀의 유일무이하고 배타적인 사랑, 금지된 사랑인 조카 조르주의 것 말이다. 그녀는 조르주와 열세 살 차이였다. 그녀보다 열일곱 살이나 많은 오빠 샤를람은 일찌감치 오빠라기보다는 아버지의 권위를 행사했다. 아버지보다 더 엄한 권위였다. 그런데 얼마 안 가

조카인 조르주가 모든 지표를 흐려놓았다. 조르주는 집안의 막내였던 그녀에게 늦게야 생긴 남동생의 자리를 차지하게 되었다. 그러다 에디트가 대모로 지명되면서 조르주는 그녀에게 영적인 차원의 아들이 되었고, 그녀는 자신이 맡은 역할을 매우 꼼꼼히 수행하며 자부심을 느꼈다. 그러나 모든 기쁨의 이면에는 그림자가 드리우기 마련이어서 이 젊은 대모는 곧 걷잡을 수 없는 질투가 싹트는 것을 느꼈다. 조르주보다 사 년 먼저 태어나 조르주와 늘 붙어다니는 질녀 마들렌과 특히 올케인 앙드레에 대한 질투였다. 심각하다고는 할 수 없는 시샘이었다. 에디트는 오랫동안 조르주를 보지 못했을 때만 그런 고통에 시달렸다. 하지만 오빠와 한 도시에 살고 있었던데다 휴가는 오빠의 가족과 함께 보내는 걸 원칙으로 삼았기 때문에 대자代子인 조르주를 그렇게 보지 못하고 지내는 경우는 드물었다. 그런데 조르주를 향한, 우정과 모성애가 반씩 섞인 사랑이 음색을 바꿔 쉰 소리의 새된 불협화음을 내기 시작했다.

난데없이 닥친 변화였다. 매해 여름 샤를람과 앙드레가 별장을 하나 빌리는 바스크 지방 강가에서 어느 오후에 일어난 일이었다. 조르주는 딱 열여섯 살이었다. 하지만 키가 훌쩍 자란데다 무척 늠름한 모습이어서 소년이라기보다 젊은 남자 같았다. 에디트는 테라스의 파라솔 그늘 아래 앉아 있었는데, 조르주가 별장으로 이어지는 비탈길을 걸어올라오는 모습이 보였다. 그는 수영복 차림이었고 한쪽 어깨에 수건을 걸치고 있었다. 젖은 몸에서 물과 반짝이는 빛줄기가 줄줄 흘렀다. 매일 오후면 똑같이 반복되는 광경이건만 그 순간만큼 에디트의 마음을 흔들어놓기는 처음이었다. 그날따라 유난히 투명한 공기 탓이었을까? 햇살이 금가루처럼 부서지고 맵싸한 향기를 품은 미풍이 불던 날이었다.

젖은 머리를 흔들며 테라스로 다가오는 조르주는 더이상 저 아래 작은 강에서 올라오고 있는 소년이 아니었다. 오빠의 아들도, 열여섯 살 소년도 아니었다. 바위와 조약돌과 풀숲에서, 송진 냄새와 빗물처럼 흐르는 햇빛 속에서 모습을 드러낸 조르주는 그 누구의 아들도 아니었다. 첫 비행을 시도하는 꿀벌의 나이일 수도, 짙푸른 능선이 뚜렷한 산들의 나이일 수도 있었다. 그는 개벽開闢의 밀사였고, 눈뜨는 육신과 눈부신 나신, 욕망의 밀사였다. 에디트는 심장이 쿵쿵 뛰는 것을 느꼈다. 가슴속에서뿐 아니라 배와 옆구리, 음부에서도. 이제는 심장이 아니라 주먹이 그녀의 몸속 여기저기를 강타했다.

"아야!"

조르주가 갑자기 길에 멈춰 서서 비명을 질렀다. 발에 가시가

박힌 것이다. 그래도 그는 절뚝대며 계속 걸었는데 그걸 본 에디트는 허겁지겁 달려가 조르주가 테라스 계단을 오르고 발꿈치에 박힌 가시를 뽑도록 도와주었다. 이 가시는 버리지 않고 기념품처럼 메달 속에 넣어 항시 목에 걸고 다녔다.

그날 밤, 그녀는 잠을 이룰 수 없었다. 물과 햇빛, 따스한 바람과 향내가 점점이 묻어나는 그 젊은이의 몸 때문에 열에 들떠 뜬 눈으로 밤을 지새웠다. 그 불면의 밤을 보내는 동안 초라하고 무미건조한 자신의 삶이 적나라하게 모습을 드러냈다. 서른에 가까운 나이였지만 결혼을 하지 않았고, 성관계 없는 일시적이고 하찮은 연정이 두세 차례 스치고 지나갔을 뿐이었다. 친구도 없었고, 자신의 직업에도 별 흥미를 못 느꼈고, 오빠의 가족에 접목된 상태로 가족의 삶에 동참하고 있을 따름이었다. 성적인 욕망에 시달렸던 적은 한 번도 없었고, 사실 그런 일에는 거의 무지했다. 자신의 몸에 대해서조차 잘 알지 못했다. 그런 그녀 안에서 느닷없이 솟구치는 이 욕망은 대체 뭘까? 어이없이 숨통을 조여오는 욕망이었다. 어이없다기보다 충격적이고 혐오스러운 욕망…… 이제 겨우 유년기를 벗어난 조카이며 대자에게 그런 욕망을 느끼다니! 그러나 그녀 안에 움튼 욕망은 일체의 해명을 불허했다. 그것은 조심성과 금기, 법을 비웃으며 다짜고짜 자기 몫을 요구했다. 결국 에디트는 자리에서 일어나 실내복을 꿰입고 방에서 나왔고 어두운 복도를 더듬으며 조르주의 방까지 살금살금 걸어갔다. 땀이 났다. 밤의 심부까지 퍼져 있는 습기 탓이라기보다 신중과 책략을 요구하는 두려움 탓이었다. 그녀는 발끝으로 아주 천천히 숨을 죽이고 걸었다. 발에 납덩이를 단 것만 같았지만 마음은 공기처럼 가벼웠다.

이윽고 문이 나타났다. 소리 없이 문손잡이를 돌리고 방안으로 들어갔다. 방은 복도보다 덜 어두웠다. 어슴푸레한 여명이 덧창으로 스며들며 희미한 연회색빛을 퍼뜨리고 있었다. 에디트는 잠시 꼼짝 않고 선 채로 잠든 이의 규칙적인 숨소리에 귀기울이며 상대가 깊이 잠들었는지 확인했다. 두 눈이 우윳빛 어둠에 적응하자 그녀는 가구나 양탄자 혹은 마룻바닥에 둘둘 뭉쳐 던져둔 옷가지에 걸려 넘어지지 않고 목표물에 도달할 동선을 머릿속에 새겨두었다. 먹고 남은 사과 속과 비스킷 한 봉지가 침대 밑에 굴러다녔다. 그녀는 침대 가까이로 한 걸음 한 걸음 다가갔다.

드디어 목표물에 이르렀다. 조르주는 엎드린 자세로 잠들어 있었다. 베개에 이마를 묻고 두 팔은 머리 주변에 반원을 그리며 접혀 있었다. 걷어찬 이불이 침대 발치에 떨어져 있고, 돌돌 말린 시트가 등 절반까지 몸을 덮었다. 에디트는 시트를 들어올려 천천히 젖혔다. 평영으로 헤엄치는 사람의 자세. 근사한 등짝이다. 딱 벌어진 어깨와 가슴팍, 가는 허리, 곧은 등줄기. 근육은 윤곽이 고르고 단단한데, 특히 마름모꼴인 요부가 그렇다. 양옆이 살짝 파인 볼록한 엉덩이는 햇볕에 그을린 부위보다 하얘서 더 눈에 띄었고 살결도 한결 부드럽고 윤기가 도는 것 같았다. 그녀는 그 몸을 만져볼 용기를 내지 못한 채 그저 바라보기만 했다.

그러다가 그의 머리 쪽으로 몸을 숙여 머리카락과 목덜미의 냄새를 맡았다. 완전히 낯선 냄새는 아니지만 그렇게 가까이서 맡아보기는 처음이었다. 연이어 무릎을 꿇었고, 두 손이 그의 몸을 천천히 스치며 미끄러져내렸다. 살결을 더듬지는 못한 채 그 온기만 포착했다. 도취감에 점점 나른해지고 무거워진 손바닥이 그의 머리와 어깨, 허리, 옆구리, 허벅지와 오금에 닿을 듯 말 듯 내려앉았다. 에디트는 접촉의 범위를 넓히려고 손을 활짝 폈고 검지 끝으로 둔부의 고랑을 이리저리 여러 차례나 스치며 지나갔다. 그 가는 고랑은 다른 부위보다 더 생생한 열기를 발산했다. 이 아슬아슬한 애무에 조르주는 소스라치며 몸을 뒤집었다. 두 팔은 여전히 머리 주변에 던져져 있고, 얼굴은 벽을 향한 채.

그 바람에 에디트는 기겁했지만 곧 걷잡을 수 없이 격하고도 달콤한 또다른 감정에 사로잡혔다. 조르주의 배와 가슴팍엔 갈색 톤의 크고 작은 점들이 흩어져 있었다. 그가 여름에 상반신을 벗은 채 나다닐 때 이미 알아채긴 했지만 그렇게 자세히 보기는 처음이었다. 방안의 어둠이 차츰 걷히며 희미한 새벽빛이 장밋빛으로 물들기 시작했다. 고불고불한 금갈색 치모 속에 성기가 마른 풀 둥지 속에 똬리를 튼 작은 짐승처럼 둥글게 감겨 있었다.

그녀는 가늘고 윤기나는 털을 손끝으로 스치며 그중 하나를 새끼손가락에 살짝 감아보았다. 그런 다음 몸을 숙여 그의 몸 가장 은밀한 부위의 냄새를 깊이 들이마셨다. 한 번도 맡아본 적이 없는 냄새, 그런데도 왠지 모르게 마음을 사로잡는 친숙하고도 자명한 냄새였다. 무미건조하면서도 강렬한, 종잡을 수 없는 냄새. 송악 냄새 같기도 하고, 패랭이꽃이나 제라늄의 이파리 냄새 같기도 했다. 향료를 넣은 빵 혹은 녹아 산패한 버터 냄새, 마르멜루 젤리, 아니면 갓 짠 우유 냄새…… 그 모든 향내와 악취가 뒤섞여 함께 녹아들거나 서로를 밀어냈다.

시각과 촉각과 후각. 미각만 빠져 있었다. 그녀는 성기를 감싼 황갈색과 연보랏빛의 주름진 피부를 입술로 스치며 혀끝을 갖다 댔다. 솜털이 드문드문 난, 더 많이 주름지고 보랏빛이 선명한 고환에도 그렇게 했다. 이 접촉에 조르주는 또 한번 몸을 떨었다. 성기도 소스라쳐 똬리를 풀면서 무성한 치모 사이에서 꼿꼿이, 아직 크기는 그대로인 채 일어섰다. 그녀가 혀끝으로 성기와 음낭을 계속 찍어대자 음경이 포피에서 모습을 드러내며 잠든 이의 입에서 가느다란 신음소리가 터져나왔다. 그 순간 에디트는 그지없이 감미로운 관능적인 불안에 휩싸였다. 이제 앞뒤 재지 않고 대담하게 혀로 피부를 핥았고, 부풀고 딱딱해진 성기를 마침내 입안에 넣었다. 잠자는 이의 숨결이 점차 단속적이고 낭랑한 소리로 변하더니 종내 희미한 신음소리가 되어 꺼져가며 몸이 들썩이고, 음경에서 들척지근한 맛의 따듯하고 끈적끈적한 액체가 흘러나왔다. 조르주가 완전히 깨어나 사태를 파악하기 전에 에디트는 그의 몸에 다시 시트를 덮어주며 중얼댔다. "쉿…… 자거라, 자…… 이건 꿈이야, 꿈, 꿈속의 애무…… 자거라, 자……" 그리고 그녀는 방을 빠져나와 서둘러 자신의 방으로 돌아갔다.

조르주는 그렇게나 깊이 잠들어 있었을까? 정말 아무것도 못 본 걸까? 이 물음이 그녀를 아침까지 괴롭혔다. 다음날 내내 조르주는 고모 앞에서 거북한 기색을 전혀 내비치지 않았고, 평소보다 그녀를 더 피하거나 찾지도 않았다. 에디트 역시 평소처럼 자연스럽게 행동했다. 그래도 그녀 안의 의혹은 가시지 않고 오랫동안 남아 있었다. 두 사람 중 누가 더 속임수를 쓰며 누가 더 거짓말을 하고 있는 걸까? 에디트일까, 조르주일까? 두 사람 중 누가 상대에 대한 내밀한 힘을 보유하게 된 걸까?

그녀가 몰래 조르주의 방에 침투하는 일은 더이상 없었다. 그의 잠든 몸을 은밀한 애무로 뒤덮는 일도 없었다. 에디트는 애정과 신중함이 균형을 이루는 예의 거리감을 다시 유지했다. 하지만 그 8월 밤에 감행했던 모험을 잊지도, 후회하거나 부정하지도 않았다. 오히려 그 기억을 생생히 간직하기 위해 애썼다. 아니, 기억이 아니라 찬란한 빛을 발하는 사건이었다. 시간을 초월한 은총의 순간, 감미로운 기적, 새로운 날의 도래였다! 그녀는 기억과 감각과 상상의 모든 힘을 끌어모으고 동원해 그날 밤 자신이 경험한 느낌과 감정, 깨달음을 보존하고자 했다. 그 방안의 것이라면 아주 사소한 것들까지, 바닥에 굴러다니던 물건이며 옷가지, 먹다 남은 사과 속, 마룻바닥 오리목에 쌓인 먼지, 시트의 주름, 잿빛에서 장밋빛으로 방을 물들이던 미명까지 머릿속에 놀랄 만큼 또렷이 각인되어 있었고, 조르주의 몸에 대한 기억은 더한층 생생했다. 에디트는 그 몸의 형태와 색깔, 근육, 피부의 점들을 망막 속에 생생히 간직했고, 손끝에 닿던 살결과 털도 고스란히 느꼈다. 머리털과 가슴, 성기의 강렬한 체취, 그 몸이 뱉어낸 정액의 맛도 그대로였고, 숨결이 낮고 감미로운 신음소리로 변하고 급기야 거친 헐떡임이 되어가던 과정을 순수하게, 티 한 점 없이 순수하게 보존했다. 이제 내면에, 살 속 깊숙이, 조르주의 몸과 젊음, 조르주가 맛본 오르가슴을 영원토록 지니게 된 것이다.

오르가슴! 그녀는 그걸 조르주에게 선사한 첫번째 여자일 터였다. 꿈의 내밀한 현기증과 함께 아무도 모르게 아낌없이 베풀어진 선물이었다. 그렇다, 에디트는 그의 육신을 경이에 젖게 한 첫번째 여자가 될 것이다. 그 순간까지 아무도 손대지 않았고 또 그렇게 죽을 숫처녀였다. 그런 상황에서 조르주가 그녀에게 사빈을 소개하고 집안에 들여놓았을 때 어떻게 그녀가 질투로 괴로워하지 않을 수 있었겠는가? 악의로부터 자유롭지 못한 질투였다. 조르주의 신붓감이 어떤 여자인지는 관심 밖이었다. 그 여자가 온갖 장점과 덕목을 갖추었다 해도 에디트의 즉각적이고도 결정적인 반감을 면할 수는 없을 것이었다. 하지만 에디트는 아무 내색도 하지 않았다. 올 것이 오고야 만 것이니까. 조르주는 삶의 평범한 수순을 밟고 있었다. 그후 네 아이가 태어났는데 그것 역시 순리에 따른 것이었다. 조르주가 살던 도시를 떠나 자기 가족과 함께 다른 곳에 가서 정착하게 되리라는 것 또한 예측 가능한 일이었다. 결국 그녀는 가족 행사가 있을 때만 조르주를 볼 수 있었다. 조카와 질녀의 아이들에게는 애정을 거의 느끼지 못했고 그들 모두와 거리를 두고 지냈다. 젊은 시절 대모로 지정되었을 때의 그 설레던 감정도 이제는 시큰둥해져 또다시 그런 모험을 감행할 마음이 내키지 않았다. 아니, 그런 마음을 낼 수도 없었다. 조르주가 마음을 독점하고 있었으니까.

조르주가 죽은 뒤 샤를람은 온통 앙리에게 정신이 쏠렸다. 앙리는 장남인데다 학구적이고 신중했다. 하지만 앙리에게서는 아버지가 발산하던 매력 대신 왠지 모르게 우울하고 불안한 분위기가 느껴졌다. 다소나마 아버지를 닮은 사람은 엑토르뿐이다. 아주 많이 닮았다고 느낄 때도 있다. 미소를 지을 때가 그렇다. 웃는 모습은 더 닮았다. 그럴 때면 에디트는 심기가 불편해져 엑토르에게 입을 다물라고 하고 싶다. 쉿, 쉿! 아무도 여름밤 방안의 유백색 어둠 속에 잠들어 있는 사람을 깨워서는 안 되지. 잠든 젊은이가 머금은 미소를 아무도 앗아갈 순 없어. 잠든 이의 평온한 숨소리를 터져나오는 웃음소리로 교란해서는 안 되고말고. 고조되어가는 쾌락과 함께 입에서 새어나오는 조용한 헐떡임을 방해해서는 안 되지……

마리로 말하면 오랫동안 집안의 속수무책 골칫덩이였다. 그래도 마리는 에디트의 관심을 끄는 유일한 인물이다. 에디트는 마리에게서 고통과 반항, 무절제라는 자신과의 공통점을 발견한다. 에디트가 일찍이 지녔던 욕구와 사랑의 능력은 피어나지 못했지만 그렇다고 후회하지는 않는다. 단 한 번 조르주의 침대 옆에서 그녀는 무모함을 한껏 발휘했었다. 그후로는 모든 게 꿈이었다. 불면증 환자의 끝없이 이어지는 꿈. 장차 마리가 어떻게 될지 궁금하다. 일찌감치 분노를 표출할 줄 알았던 아이다. 고통의 절규를 터뜨리는 용기를 낼 줄도, 대놓고 폭언을 쏟아놓을 줄도 아는 아이다. 에디트는 마리의 대담함과 무례함, 기발함이 부럽다. 에디트 자신은 조르주가 죽은 장소에 계절이 바뀔 때마다 남몰래 붉은 장미꽃 다발을 갖다두는 걸로 만족한다. 정원의 봉숭아들을 짓이기며 좋아하는 마리처럼 행동했어야 했겠지만 말이다. 현실에 대항해 분연히 일어나, 죽음을 가져다준 그 나무를 슬프고 경건하게 꽃으로 장식하는 대신, 거기에 불을 질러 횃불처럼 활활 타오르게 했어야 했는데. 하지만 그녀는 불을 붙이는 방법조차 모르지 않는가? 한번은 이 플라타너스를 불길 모양의 꽃다발로 장식하러 왔다가 문득 나무를 보며 그 죽음의 순간을 재현해보자는 생각이 떠올랐다. 조르주가 당한 사고를 똑같이 겪어보자고. 그래서 차의 가속페달을 밟은 상태로 나무를 향해 돌진했고, 나무둥치로부터 불과 몇 센티 거리를 두고 급정거했다. 차체의 흔들림으로 온몸이 떨렸지만 운전대를 꽉 잡은 양손은 떨지 않았고, 꼼짝 않고 정면을 향한 시선도 그대로였다. 조르주의 시선이 마지막으로 포착한 이미지를 눈앞에 둔 채로. 눈 깜짝할 사이에 일어났던 그 사건을 에디트는 몇 분 길이로 늘여 온전히 자신의 것으로 만들었다.

사빈에 대한 감정은 애초의 적개심이 세월과 더불어 무심함으로 바랬을 뿐, 별로 달라지지 않았다. 샤를람이 사빈과 제브뢰즈—뭐든 척척 해결해내는 무던한 남자—의 관계를 의심하며 자신에게 속내를 털어놓았을 때도 관심이 없었다. 남편을 잃은 여자가 누구와 놀아나건 알 바 아니었다. 차라리 잘된 일이거나 기뻐할 일인지도 몰랐다. 그렇게 되면 조르주의 가장 충실한 연인이라는 자신의 자리가 증명되는 셈이니까. 앙드레는 침묵 속에서 기력이 다할 때까지 가슴속에 맺힌 응어리로 초췌해져갔다. 에디트는 더 끈기가 있었다. 그녀는 환희의 원천이자 고통의 원천이기도 한 비밀을 삼십 년 가까이 혼자 간직한다.

쉿 왕고모! 그렇다, 그녀에게 꼭 맞는 이름이다. 절묘하게 들어맞는 이름.

가족사진들 중에서 추린 일련의 영상들이 슬라이드를 통해 하나씩 차례로 떠오르기 시작한다. 이날의 야회는 가족의 최고 연장자 샤를람을 기리기 위해 계획된 것이어서 그의 사진이 맨 먼저 등장한다. 한 화면에 발가숭이 아이가 유쾌한 표정으로 엉덩이를 쳐들고 털이 긴 양탄자 위에 엎드려 있다. 생후 몇 개월이 지나 찍은 그의 첫 사진이다. 다른 시트에 동일한 연령의 앙드레를 담은 사진이 나란히 나타난다. 슬라이드는 그렇게 계속 둘씩 짝을 지어 이어지며 전속력으로 시간을 타고 내려가 이윽고 앙드레 시몬 잔 이베트 가르벨과 샤를아메데 조르주 도나 베랭스의 결혼식 사진이 등장한다. 사빈이 보기에 유년기와 청소년기의 샤를람은 두드러진 점이 전혀 없는 평범하고 심지어 따분하기까지 한 모습이지만, 그런 그는 나이들어가며 점점 당당한 기품을 갖춰간다. 하지만 그의 아내는 역순을 밟아, 명랑한 소녀에서 꽃다운 처녀로, 그러다 차츰 생기를 잃고 경직된 모습이 되어간다. 마치 하나가 다른 하나를 흰개미의 열성으로 서서히 갉아먹은 느낌이다. 단체 사진에는 에디트 왕고모의 모습이 자주 등장한다. 오빠의 그늘에서 느지막이 돋아난 새순처럼. 세월이 흘러도 그다지 변한 게 없다. 갈색 머리엔 흰머리가 거의 없고, 얼굴에도 주름이 별로 없다. 딱딱하고 무뚝뚝한 외향도 그대로다. 조르주는 고모가 보기보다 덜 엄격한 성격이라고 했다. 좀 이상한 데가 있긴 해도 그게 오히려 매력이라고. 하지만 개의 성대나 제거하는 완고한 노처녀의 어디가 대체 매력적이라는 건지, 사빈은 자문해본다.

조르주와 마들렌이 그 뒤를 이어 각자 자신의 짝인 사빈 드레오와 알베르 포스캥을 데리고 나오며 이 두 커플은 부부가 된다. 자그붐 박사는 점점 더 상황을 통제하지 못하고 횡설수설하는데 가뷔와 조뫼 역시 난데없이 소란을 피운다. 환등기도 말썽이어서 슬라이드가 계속 걸리는 바람에 영사기사가 애를 먹는다. 다음 세대의 차례가 되자 혼란이 극에 달해 결국 샤독의 무리는 무람없이 허풍을 늘어놓으며 즐거워한다. 이들 세대는 삶에 거리낌이 없다. 베랭스가 아이들과 포스캥가 아이들의 사진이 번갈아 등장한다. 세례와 첫영성체, 이곳저곳에서 보낸 방학.

마들렌과 알베르 포스캉 부부가 너무 지쳐 더이상 남아 있을 수 없게 되자 사빈과 마리가 그들을 방까지 데려다준다. 그날 밤 집은 여관으로 변했다. 손님들에게 자신들의 침대를 내준 베랭스가 아들들은 사촌들과 함께 몇 킬로미터 떨어진 여인숙으로 자러 갈 것이다. 그사이 슬라이드가 넘어가는 속도가 점점 빨라진다. "어디로 가는 건지 모를 땐 최대한 빨리 가야 합니다!" 자그붐 박사가 외친다. 그러자 그의 공모자들 모두가 다투어 샤독의 문구를 인용한다. 멈추지 않고 이어지는 사진들 속에 산타클로스 주변에 모인 베랭스가의 네 아이 사진이 끼어든다. 앙리는 차려 자세로 꼿꼿이 머리를 쳐든 모습이다. 마리는 환한 미소를 지었고, 르네와 엑토르는 산타클로스의 발치에 책상다리로 앉아 있다. 시트 위에 재현된 사진은 확대 과정에서 부옇게 희미해졌지만 대신 생각지도 못한 세부 사항들이 모습을 드러낸다. 넓고 판판한 광대뼈와, 마찬가지로 판판한 마름모꼴 콧등, 찢어진 눈꺼풀, 좀 불안정하긴 해도 직선적인 시선. 샤를람은 고개를 빼고 눈살을 찌푸린 채 그 모습을 하나하나 더 자세히 살핀다. 세바스티앙이 영사기를 조작하는 데 또 애를 먹고 있어 슬라이드가 잠시 꾸물대는 틈에 사진을 관찰할 시간이 있다. 변장한 남자는 몸이 대부분 가려져 있지만 그래도 그가 누군지 알아볼 수 있다. 아이들과 그 남자 자신은 샤독 놀이에 정신이 팔려 있어 슬라이드에는 별로 관심이 없다. 사빈과 마리가 돌아온 순간 영사기가 몇 차례 요동을 치더니 다시 작동하기 시작한다.

야회가 끝나갈 즈음에는 몇 안 되는 사람들만 남았다. 쉿 왕고모와 포스캉 부부, 루마도 차례로 떠나고, 베르나르와 솔랑주도 요람 속에서 잠든 에밀리를 데리고 가버렸다. 사빈과 마리, 마리의 사촌들이 데려온 여자친구들은 테라스를 떠나 샤독들이 연극 장비를 정리하는 걸 도우러 간다. 하지만 샤를람은 자리에 달라붙은 듯 꿈쩍도 하지 않는다. 그는 곰곰 생각에 잠긴다. 며느리가 그를 속인 것이다. 며느리는 그 '점원'을 애당초 그녀가 말한 대로 구인 광고를 내어 구한 게 아니라 길거리에서 데려온 거다. 담배꽁초를 줍거나 매춘부를 낚아오듯! 그런 다음 망설임 없이 승진시키고 그에게 집은 물론 자기 방까지 문을 활짝 개방한 거다. 더는 의심의 여지가 없었다. 설마 했지만 그의 생각이 적중한 것이다. 제브뢰즈는 사빈의 정부다.

며느리는 조르주 대신 무얼 가져다놓은 건가! 거리의 어릿광대, 낯두꺼운 호객꾼, 만신창이가 된 천한 부랑자…… 저간의 사정은 알 수 없지만 조르주가 죽은 뒤 일 년 반도 안 된 시점이었다. 두 사람은 더 오래전부터 사귀어온 건지도 모르지. 모리배들 같으니. 생각이 거기에 미치자 피가 거꾸로 솟는다. 샤를람은 마침내 자리에서 일어나 집안으로 들어가 그가 쓰기로 한 앙리의 방으로 걸음을 옮긴다.

그렇게 이층에 이르는 계단 꼭대기에 다다랐을 때 샤를람은 제브뢰즈와 마주친다. 지비로 분장하기 위해 앙리의 방에서 옷을 갈아입었던 제브뢰즈가 급히 옷을 찾으러 올라왔다가 막 내려가려던 참이다. 피에르가 그에게 밤 인사를 건네려는 순간 상대는 피에르의 얼굴에 퉤, 침을 뱉고는 거만한 걸음걸이로 가버린다. 문이 쾅 닫히자 집안에 다시 정적이 내려앉는다. 피에르는 층계 맨 윗단에 못박힌 듯 서 있다. 옷 보따리를 배에 꽉 끌어안고 있다. 상체는 계단 밑의 무언가를 바라보거나 아니면 배를 주먹으로 강타당한 사람처럼 수그린 자세다. 반쯤 벗다 만 흰 지비 복장의 소매가 허리를 따라 늘어지고, 고무줄로 고정한 작은 중산모는 왼쪽 귀로 쏠려 있다. 얼굴에 묻은 침이 그의 몸을 마비시킨다. 침은 얼굴에 땅거미를 드리웠고 끈적끈적한 고름이 찬 종창 같아서 닦아버릴 수도 손을 댈 수도 없다. 침이 못이 되어 그를 옴짝달싹 못하게 만든다. 아무 생각도 할 수가 없다. 정신이 허공을 향해 열리고 희뿌연 안개 속에 끈적끈적 들러붙는다. 얼음 화살촉 같은 찌릿한 전율이 두개골 밑에서 솟구쳐 발꿈치까지 곤두박질친다. 체념의 서늘한 현기증으로 몸이 떨려오고 입매가 일그러지며 이가 딱딱 마주친다. 몸을 움직이고 소리를 지르고 아니면 울기라도 해서 이 불결한 침의 오욕으로부터 벗어나고 싶지만 불가능한 일이다. 침이 그를 마비시킨다. 소리를 지르지도 울지도 움직이지도 못하는 와중에 숨이 막히고 가쁜 숨결이 이 사이로 새어나온다. 체념의 싸늘한 고독으로 진땀이 난다. 눈가에 칠한 먹물과 입가에 그려넣은 미소에서 진물이 배어나고, 검은 침 얼룩이 진다.

밖에서 목소리와 웃음소리가 들린다. "여러분 모두 즐거운 가뷔조뫼 보내세요!" 저녁 인사 대신 이렇게 외치는 소리도 들린다. 차문이 닫히는 소리가 들리더니 차 두 대가 출발해 천천히 멀어져간다. 샤독들은 여인숙으로 가기 전 나이트클럽에서 한판 더 벌이려는 것이다. 사빈과 마리는 이미 모두가 잠들어 있을 집으로 소리 없이 돌아온다. 현관 불을 막 끄려는 순간 두 사람은 이층에 꼼짝 않고 서 있는 괴상한 형체를 발견한다. 루아얄 씨가 어릿광대보다 더 우스꽝스러운 모습으로 옷을 반쯤 벗은 채 층계

참에 비스듬히 기대서 있는데 마치 팔이 넷인 것처럼 보인다. 희고 통통한 팔 두 개가 허벅지를 따라 비스듬히 늘어져 있고, 여윈 두 맨팔은 불룩한 배처럼 보이는 보따리를 감싸고 있다. 올빼미 눈을 하고, 검댕이 덕지덕지한 창백한 얼굴에는 천치의 미소가 떠올라 있다. 두 여자는 터져나오는 웃음을 간신히 누른다. 웃음의 발작을 어떻게든 참아보려고 몸을 비비꼬다보니 눈물까지 나온다. 그가 저 위에서 그들에게 외친다. "웃지 마요! 웃지 마요!" 하지만 그의 입에서는 그르로가 낑낑대는 나지막한 소리만큼이나 애처로운 발성만 찌익찌익 새어나온다.

머리끝부터 발끝까지 단숨에 관통한 차디찬 전율이 이제 번개처럼 역방향으로 달려 다리와 등줄기와 목덜미를 차례로 훑고 그의 팔 안으로 퍼져나간다. 그는 품에 안고 있던 옷을 놓아버리고 무슨 몸짓인가를 한다. 여전히 몸을 비틀며 웃어대느라 정신이 없는 두 여자를 따라하는 것만 같다. 머리부터 가슴께까지 털이 뽑힌 거위가 뼈만 앙상한 날개를 허공에 파닥이는 동안 굵직한 종유석처럼 뭉쳐진 날개 깃털이 그 옆구리를 치고 있는 모습이랄까. 그는 자칫 균형을 잃을 뻔하지만 곧 저승사자에게 쫓기는 사람처럼 계단을 달려내려온다. 그리고 희희낙락하는 여자들 앞을 질풍처럼 지나 문을 열고 밖으로 달려나간다. 모녀는 몇 분이 지나서야 웃음을 진정시키고 가쁜 숨을 가다듬기 위해 몸을 편다. '이렇게 실컷 웃어본 게 얼마 만인지 몰라.' 사빈은 눈을 훔치면서 생각한다. '피에르 저 사람, 정말이지 못 말리는 어릿광대야!'

"그런데 아저씬 어디로 간 거예요?"

마리가 테라스로 나가 주변을 둘러보며 묻는다. 그러나 어두운 밤이어서 아무것도 분간할 수 없다. 사빈이 마리 곁으로 다가와 나지막한 소리로 부른다. "피에르! 피에르!……" 마리도 따라 부른다. "우우! 피에르!" 아무 소리도 들리지 않는다. 두 사람은 도로로 이어지는 좁은 길까지 내려가 사방에 대고 그의 이름을 외쳐댄다. 우선 마을이 있는 방향, 이어 목초지 방향, 그리고 소사나무와 호랑가시나무 숲이 우거진 방향에 대고서. 나뭇잎 소리와 밤새 소리만 들릴 듯 말 듯 그들의 귓전에 와닿는다. 아주 낯익은 소리들이건만 이상하게도 어렴풋한 불안감이, 침묵의 균열이 느껴진다. 두 사람은 여전히 기다린다. 그러다 똑같이 머뭇거리며 한목소리로 밤에 대고 묻는다. "피에르……?"

피에르, 피에르, 동서남북을 향해 소리쳐 부른 이 이름이 난데없이 알맹이 없는 무기력하고 텅 빈 울림을 전해온다. 피에르, 피에르, 발설되기 무섭게 사라져버리는, 부서지기 쉬운 다공질의 말. 사빈은 언젠가 제브뢰즈의 신분증명서에서 본 적 있는 이름을 문득 떠올리고는 소리친다. "피에르에프렘?" 모호한 지대에서 끌어낸 이 이름의 무게가 실리면 자신의 외침이 보다 견실해지기라도 할 것처럼.

"들어가요." 어머니의 입에서 나온 말을 제대로 알아듣지 못한 마리가 말한다. "가랑비가 내리기 시작해요."

베랭스가의 아들들과 그들의 포스캉가 사촌들, 여자친구들은 나이트클럽에서 유쾌한 가뷔조뫼를 한참이나 이어간 뒤 여인숙으로 돌아간다. 에디트는 잠자리에 들지 않고 등을 꼿꼿이 세운 채 시선을 한곳에 집중시키고 아직 이불을 젖히지 않은 침상에 걸터앉아 있다. 잠들기 전에 책을 읽는 습관이 있어 서가에서 읽을거리를 찾던 참이다. 독서광과는 거리가 먼 조르주는 탐정소설을 제외한 소설은 조금만 읽어도 금방 지루해하곤 했었다. 그러나 에디트는 평소에 탐정소설은 거들떠보지도 않는지라 그런 유의 소설은 굳이 꺼내들지도 않았다. 그러다 한 서가 끝에서 살짝 찌부러진 양철 상자 하나를 발견한다. 상자에 손가락을 갖다대자 울퉁불퉁한 감촉이 손끝에 기분좋게 와닿는다. 예전에 어머니가 손수 구운 과자를 넣어두곤 했던 상자라는 걸 알아챘다. 요리에는 소질이 없었던 어머니였지만 제과에는 뛰어나 아몬드가 들어간 튈이나 버터를 넣고 구운 크라클랭, 오렌지 마카롱은 타의 추종을 불허했다. 에디트는 어머니가 만들곤 했던 이 세 가지 과자의 맛이 입안에 감도는 느낌이 들었다. 그녀는 긴 의자로 돌아와 앉은 다음 무릎 위에 상자를 놓고 뚜껑을 살짝 열었다. 설탕과 버터, 구운 아몬드, 오렌지 껍질의 따스한 냄새가 퍼져나오길 기대하면서. 하지만 상자 안에서 찾아낸 건 잡동사니와 얇은 엽서 묶음뿐이었다. 실망은 오래가지 않았다. 그보다 더 강렬한 감정이 그녀를 사로잡아 점점 더 주체할 수 없게 되었다.

상자 안에 시선을 던진 순간 몇 가지 물건이 시야에 들어왔다. 맨 먼저 눈에 띈 건 검은 결이 진 회색 조약돌이다. 언젠가 조르주가 시냇가에 앉아 던진 이 돌은 물위를 보란듯이 가뿐히 튀며 날아올라 강 건너편 풀숲에 떨어졌었지. 잇달아 페세타 동전 몇 개도 눈에 띈다. 스페인에 가서 함께 점심식사를 할 때면 탁자에 팁으로 놓아두곤 했던 동전들을 조르주가 슬쩍한 것이다. 조르주가 할아버지한테 받은 상아 공깃돌, 우편물을 미처 개봉하기도 전에 떼어내곤 했던 우표들도 눈에 띈다. 그런가 하면 그가 갈레트나 쿠론 같은 주현절 과자보다 더 탐냈던, 그 과자 속에 숨어 있던 잠두콩…… 추억이 밀려와 머릿속에서 이리저리 교차

했다. 에디트는 이 물건들이 천연 진주나 금화라도 되는 듯 하나씩 집어들어 손바닥에 올려놓고 찬찬히 음미했다. 그런 다음 봉투를 열어 같은 식으로 엽서를 음미했다. 한 장, 두 장, 세 장…… 유년의 추억이 이어진다. 엽서 뒷면에 붙어 있는 꽃잎과 클로버, 삽화가 든 뱅자맹 라비에의 우화. 그녀는 삽화 밑의 글귀를 읽고 또 읽어 외울 지경이 된다. "홍수가 난 숲속에서 무슨 일이 벌어진 걸까? 수백 개의 작은 배가 들쥐와 뾰족뒤쥐, 물쥐와 다람쥐를 실어나른다. 그런데 이 임시변통의 곤돌라들은 모두 나막신 모양이다. 무슨 기이한 일이 벌어진 걸까? 사실은 두더지 레글리스가 홍수가 난 숲속에서 쥐 형제들 모두의 생명을 구한 참이다." 네 장, 다섯 장. 아이가 자라고, 전쟁이 일어난다. 꽃과 클로버는 이제 아이의 마음을 끌지 못한다. 소년의 의식 속에 떠들썩한 세상의 굉음이 파고든다. 용감한 두더지 레글리스에게 구조된 작은 쥐들 대신 해방된 파리로 입성하는 르클레르와 드골 장군의 사진이 등장한다. 물위를 떠다니는 나막신을 제치고 일군의 탱크가 전면에 부각된다. 에디트는 여섯번째 엽서를 뒤집는다. 돌연 이해할 수 없는 광경을 목도한다. 얇은 필름지 밑에 돌돌 말려 있는 검정 실 한 올. 대체 이게 뭐지? 그해에 죽은 르클레르 장군과 관련이 있는 걸까? 그렇더라도 나선형으로 말린 실이라니, 이해가 안 간다. 그녀는 얼굴을 더 바싹 갖다대고 바라본다. 집중해 살피느라 고개가 기울어지고 눈살이 찌푸려진다. 그러다 갑자기 몸을 곧추세우고 경악의 외마디 소리를 터뜨리며 손을 입에 갖다댄다. 피가 얼굴로 치솟아 이마에서 목까지 붉게 물든다. 귓속이 코르크마개로 막은 듯 먹먹한 소음으로 시끄럽게 웅웅거리고, 입으로 올라갔던 손이 무기력하게 떨어져내린다.

그렇다면 조르주는 알고 있었던 거다. 그날 밤 자신이 오르가슴에 휩싸였던 게 무슨 마법에 걸려서가 아니라는 걸. 한 여자가 몸을 기울여 그를 애무하고 성기에 입을 맞추고 입술과 혀를 갖다댔다는 걸. 그 여자가 고모였다는 걸 알고 있었던 거다. 처음부터 알았던 거다! 머리카락 한 올이 그녀가 저지른 중죄를 증명하고도 남았다…… 한데 죄목이 정확히 뭐지? 도둑질, 강간, 정신착란, 유괴, 능욕, 음란죄, 배신? 그녀의 행동을 어떻게 규정지을 수 있을까? 하지만 그후 조르주는 그녀에게 눈곱만큼의 적개심도 드러낸 적이 없었다. 혐오감이나 경계심도 내보인 적이 없다. 오히려 머리카락을 무슨 부적처럼, 행운의 흔적처럼 간직했다.

그러니까 그는 알고 있었던 거다. 부끄럽지만 감미로운 비밀을 두 사람은 각자 자기 자리에서 간직하고 있었던 거다. 그 일이 있고 조르주는 밤마다 그녀를 기다렸을까? 그녀가 그의 방에 다시 오기를, 그의 곁에 눕고, 그렇게 두 사람이 연인이 되기를 기대했을까? 그녀가 그 기대를 저버린 걸까? 그는 그녀를 어떻게 생각했을까? 나중에 아내에게 비밀을 털어놓았을까? 그랬다면 어떤 말로?

조르주는 알고 있었던 거다. 그런데 에디트가 저지른 일(그건 결과적으로 도둑질이었을까, 선물이었을까?)을 나중에야 안 걸까? 사빈에게 연락을 받은 샤를람과 앙드레는 곧 차를 몰고 병원으로 갔고 에디트도 그들과 합류했다. 조르주는 온몸이 흰 시트로 덮여 있었다. 의사는 시신을, 적어도 그의 얼굴은 보지 않는 게 좋겠다고 충고했다. 감당하기 어려운 모습일 수 있다고. 사빈도 샤를람도 충고를 무시할 생각이 없었다. 의사의 난감한 표정은 충분히 설득력이 있었다. 게다가 마리가 수술을 받는 중이었다. 앙드레는 아들의 망가진 얼굴은 아니더라도 손이라도, 손만이라도 보겠다고 했다. 통보받은 이 어이없는 일이, 아들의 죽음이 현실임을 확인하려 했던 걸까? 기다란 천 쪼가리 밑에 누워 있는 게 아들이라고 어떻게 단언한다지? 아들의 손이라면 알아볼 것이다. 그 손을 다시 한번 꽉 잡아보고 싶었다. "손도 훼손되었습니다, 아주 많이"라고 의사는 경고했다. 그래도 앙드레는 침대까지 걸어가 발이 놓인 쪽의 시트를 걷어올렸다. 발 역시 사고를 비켜가지 못했다. 앙드레는 얼굴을 돌리고 발작적으로 고개를 저으며 영안실을 빠져나갔다. “안 돼, 안 돼, 안 돼”라고 말하려는 듯. 그 어이없는 사건에 대한, 식별할 수 없을 만큼 망가진 아들의 모습에 대한 단호한 거부였다. 모두가 가고 없는 방에 에디트 혼자 잠시 남았다. 그녀는 시트를 젖히고 눈앞에 드러난 광경을 직시했다. 의사가 말한 대로였다. 얼굴은 알아볼 수 없을 만큼 짓이겨지고 가슴팍도 움푹 패어 있었다. 가슴의 점들도 더는 알아볼 수 없었다. 어깨와 무릎의 뼈가 빠지고 팔뚝과 정강이가 찢겨 있었지만 몸 한복판은 멀쩡했다. 에디트는 조르주의 아랫배에 뺨을 갖다대고 잠시 그렇게 남아 있었다. 그런 다음 두번째이자 마지막으로 그의 성기에 입을 맞춘 뒤 다시 시트를 덮었다. 텅 빈 방안에는 시큼한 냄새가 배어 있고 강렬한 조명 아래 얼얼한 정적이 감돌았다.

죽은 자들은 사람들이 그들의 몸을 둘러싸고 무어라 말하고 행동하는지 알까? 그녀는 궁금했다. 죽은 자는 잠을 자는 것도, 꿈을 꾸는 것도 아니다. 죽은 사람을 달콤한 거짓으로 속이거나 기만할 수는 없다. “자거라, 자, 이건 꿈이야, 꿈속의 애무, 꿈속의 입맞춤……”이라고 속삭이는 건 부질없고 어리석기까지 한 짓이리라. 그렇다, 죽은 자는 잠을 자는 것도, 꿈을 꾸는 것도 아니다.

겉보기에 그는 철저히 부재하며 무감각하다는 인상을 주지만, 그렇다고 시신에 불과한 것은 아니다. 그러면 그는 무얼 하고 있는 걸까? 이동하는 중이다. 발견하는 중이다. 그는 또다른 삶의 방식을 경험중인, 살아 있는 사람이다. 환한 대낮에 익숙한 사물들 사이를 오가며 이 지상에 머무르는 사람들에게 그렇듯 그에게도 낯설기만 한 방식이다. 다른 데서 다른 방식으로 활동하는, 살아 있는 사람. 그는 생각이 명료해지고 예리해져도 전혀 소리를 내지 않는다. 이 젊은 사자死者를 새로운 삶의 작업에서 돌려세우기 위해 제지하거나 만류하거나 유혹하려 해서는 안 된다. 하여 에디트는 한때 오르가슴에 마비된 몸 곁에서 자신이 속삭였던 말들을 되풀이하지 않았다. 거짓말을 하지 않았다. 그저 단호한 음성으로 말했다. "넌 잠든 게 아냐, 꿈을 꾸는 것도 아냐, 정말로 죽은 거야. 그러니 가버려!"

그의 몸에 처음으로 아찔한 감동을 선사하고 그의 감각을 흥분시켰던 여자인 에디트는 또한 그의 몸을 기리는 마지막 여자가 된다. 가죽을 벗긴 짐승처럼 고깃덩이에 불과한 살점이 되어버린, 차마 눈뜨고 볼 수 없는 그 몸을 마지막으로 포옹하는 여자가 된다. 정결하고도 대담한 입맞춤으로 절대적인 고독 속에서 그를 축복하는, 첫번째이자 마지막인 단 한 명의 여자.

한 가닥 끈질긴 기억이 어렴풋이 떠올라 그녀의 입안에 퍼져나간다. 녹은 버터와 달걀노른자, 흑설탕, 구운 아몬드, 바닐라 열매, 오렌지 마멀레이드, 그리고 젊은 남자의 정액과 따듯한 피부, 소독제로 문지르고 딱지가 앉은 그의 찬 피부에 대한 기억. 그녀는 침상에 살짝 걸터앉은 채로 결국 잠이 든다. 무릎 위에 놓인 기념품 상자 속에 두 손을 늘어뜨린 채.

옆방에서는 샤를람이 잠에서 깨어 있다. 복용한 수면제가 너무 약했거나, 그보다는 그날 있었던 야회가 지나치게 신경을 자극했는지 모른다. 이 가정에 들러붙어 철없는 아이처럼 해죽대면서 사방에 코를 들이미는 제브뢰즈를 도저히 참을 수가 없다. 반쯤 눈을 뜬 그의 입에서 "쳇!" 경멸의 한숨이 새어나온다. 계단에서 있었던 짧은 해프닝이 머릿속에 떠오른다. 그 불한당의 낯짝에 침을 뱉어주었다. 칠칠치 못한 옷차림으로 땀을 뻘뻘 흘리며 제 집도 아닌 집을 온통 헤집고 다니는 놈! 침은 저도 모르게 뱉었지만 후회하지는 않는다. 벌써 오래전에 그런 모욕을 당했어야 할 인간이다. 결국 그 꼴을 당한 거고, 제대로 당한 거다. 오늘 당장 그 모사꾼에게 한바탕 시비를 걸 판이다. 알랑대는 '산타클로스'. 기둥서방 '지비'. 어떻게 사빈은 조르주를 저런 걸로 대체할 수 있었을까! 같은 질문이 또 한번 그를 괴롭힌다. 넓적한 아가리에다 주걱 같은 코를 하고, 째진 눈꺼풀 안의 눈은 구정물 빛깔인 멀대라니! 그는 팔꿈치를 괴고 몸을 일으켜 머리맡 등을 켜고 수면제가 든 상자를 찾아 알약을 반으로 쪼개 삼킨 뒤 다시 눕는다. 한시바삐 제브뢰즈와 끝장을 봐야겠다고 마음먹으며 어떻게든 몇 시간 더 자보려고 애쓴다.

같은 층 맞은편 방에서는 두 숨소리와 어린아이의 옹알이가 평화롭게 뒤섞인다. 엄마의 젖을 실컷 빨고 난 어린 에밀리가 손가락 장난을 한다. 엄마와 아빠 사이에 누운 아이는 두 사람의 이마와 코에 번갈아 손끝을 갖다대며 더듬거린다. 아이는 젖만 배불리 먹은 게 아니라 양옆에 누운 커다란 두 몸의 내음과 온기에도 후끈 달아 있다. 한줄기 빛이 눈앞에서 떨리자 아이는 생글대며 "아!" 하고 탄성을 발하더니 이제는 몰두해 있던 장난을 그만두고 빛을 잡으려 한다. 그러나 움직이는 빛에 자극되어 바동거리고 칭얼대다 곧 울음을 터뜨린다. 엄마가 잠결에 아이의 배에 손을 얹는다. 그러자 아이는 마음이 진정되면서 스르르 눈이 감기고 곧 잠이 든다. 그렇게 졸음이 집안을 맴돌며 이층 방들을 소리 없이 오가다 되돌아와 머물거나 떠나간다.

사빈과 마리가 거실 소파에 잠자리를 마련한 일층에서는 졸음이 지그재그로 나아가며 상영된 슬라이드에서 슬쩍한 영상들과 말들을 잠든 이들의 머릿속에 불어넣는다. 이렇게 야회의 슬라이드 영사는 계속 이어지지만 순서는 뒤죽박죽 충돌해 종잡을 수가 없다. 마리의 눈꺼풀 안쪽에서는 깊디깊은 우물이 아가리를 벌린다. 마리는 우물가에 기대서서 저 아래 반짝이는 동그란 잿빛 물을 내려다본다. 목이 말라 물을 마시고 싶지만 도르래 줄 끝에 양동이가 달려 있지 않다. 그래도 돌멩이는 던져볼 수 있겠지, 마리는 생각한다. 하지만 돌멩이도 보이지 않는다. 주변 바닥이 풀 한 포기 나지 않은 마른땅이다. 결국 마리는 돌멩이 대신 이름을 던진다. "아빠! 자그붐! 그를로! 앙드레 할머니! 알베르! 지비! 에디트! 앙리! 엄마! 샤독! 솔랑주! 루마! 르네! 마들렌!……" 야회가 진행되는 동안 불렸거나 언급된 이름들이 하나씩 잇달아 떠오른다. 큰 소리로 발해진 이름들은 공동空洞 속으로 떨어져 울림이 확대되더니 광물질이 된다. 각각의 이름이 돌멩이가 되어 "풍덩" 물속으로 떨어지면 주름진 수면에 언뜻 얼굴 하나가, 발설된 이름과는 상관없는 얼굴 하나가 나타난다. 모든 게 뒤죽박죽이다. "질! 미셸! 샤를랑!……" 각각의 이름이 불릴 때마다 둔탁한 소리가 화답해온다. "엑토르! 세바스티앙! 에밀리! 조뫼! 에프렘!……" 우물 속에 던져진 마지막 이름에는 풍덩, 하는 동굴 속 음향이 화답해오지 않는다. 이 이름돌멩이는 다른 이름들처럼 수직 낙하하는 대신 솜털이나 나뭇잎처럼 천천히 소리 없이 떨어져내린다. 떠오르는 얼굴도 없고, 잿빛 물만 은은한 광채를 발한다. 마리는 몸을 숙이고 귀기울인다. 그러다 미미한 속삭임을 감지한다. 마리는 잠결에 한숨지으며 몸을 뒤척인다.

사빈의 눈꺼풀 밑에서는 눈이 내린다. 그녀는 웅크리고 앉아 가벼운 눈송이를 모아 눈사람을 만들려고 한다. 하지만 뭉친 눈덩이들이 손가락 사이에서 바스러져 모래처럼 줄줄 흘러내린다. 그럭저럭 눈사람 혹은 모래 사람이 만들어진다. 하지만 길게 누운 무형에 가까운 형체다. 바닥에 몸을 누인 사람 같은 이 형체는 세월에 닳고 닳아 잘 알아볼 수 없는 중세의 기사나 왕비 혹은 왕자나 성녀의 조각상처럼 보인다. 누운 형체가 푸석푸석해진다. 눈 혹은 모래로 된 외피에 금이 가서 무너져내린다. 안은 텅 비어 온통 뼈뿐이다. 대퇴골, 늑골, 견갑골, 척골, 장골, 쇄골. 그러나 두개골과 척추, 지골은 없다. 사빈은 이 뼈들을 분류해 작은 무더기들로 쌓아놓는다. 쇄골 무더기가 무너져내린다. 이 뼈들이 길게 늘인 S자 모양으로 구불구불 일렬로 나열된다. 그 순간 목소리가 들려온다. "Sentier의 S, Soleil의 S, Saga의 S, Sarabande의 S, Sifflet의 S, Semainier의 S, Salut의 S, Sabine의 S."* 마지막 부분에 이르자 소리가 반복된다. '사빈'이라는 말의 두 음절 사이가 살짝 끊어지며 또박또박 되풀이해 들려온다. "누구죠?" 사빈이 여전히 꿈속을 헤매며 묻는다. 그녀의 말은 시야를 벗어난 곳에서 들리며, 그녀의 모습은 보이지 않는다. "사—빈사—빈사—빈……" 그렇게 애타게 부르는 소리가 어디서 오는 건지도 분간할 수 없다. 그녀가 말한다. "하긴 좋아하는 이름도 아니잖아. 부모가 내게 준 건 전부 싫어."

땅바닥에 백악처럼 희고 멀쩡한 골반이 굴러다닌다. 장골 표면에 무어라 쓰여 있는데, 모양새가 꼭 날개에 눈알 무늬 같은 글자가 새겨진 석화된 커다란 나비 같다. 그녀는 낯선 알파벳으로 이루어진 글자들을 손끝으로 더듬어 글귀의 의미를 군데군데 해독한다. "사빈은 노간주나뭇과에 속하는 관목이다. 지중해에…… 오용되면 독성을 띠며…… 경련, 복통, 출혈…… 침상엽과……" 나비 모양의 골반이 꿈틀대더니 날개를 파닥이며 무겁게 날아오른다. "제비나비야." 조르주가 꿈을 꾸는 여자의 시야 속에 나타

* 프랑스어로 Sentier는 '오솔길', Soleil는 '태양', Saga는 '전설, 영웅담', Sarabande는 '사라반드 무곡', Sifflet는 '휘파람', Semainier는 '주간 근무표', Salut는 '구원'이라는 뜻.

나 말한다. "엄청나게 큰 제비나비, 한데 색깔을 잃었네. 난 내 복권을 잃었고. 너 때문이야. 넌 뭐든 잃기만 하지, 멍청한 여자!" 그는 어깨를 으쓱한다. 사빈은 소스라쳐 잠에서 깨어난다. 양어깨가 덜덜 떨린다.

자신이 어디에 있는지 알 수 없다. 자신의 방이 아니다. 아, 그래, 거실에 있었지. 그녀는 생각한다. 아직 밤이다. 몇시인지는 알 수 없다. 열이 좀 있는 것 같다. 밖에서 감기에 걸린 모양이야. 이불을 뒤집어쓰지만 꿈속에서 들은 마지막 말이 마음을 들쑤셔놓는다. 곁에 누운 마리가 긴 한숨을 내쉬며 어떻게든 편히 쉴 수 있는 자세를 찾으려는 듯 쉴새없이 몸을 뒤척인다. 결국 자리에서 일어난 사빈은 안락의자로 가 거기 놓인 담요로 몸을 감싸고 담배를 피워 문다.

다음날 늦은 아침 베랭스가의 아들들은 자동차 경적을 울리며 집 마당으로 내려선다.

"즐거운 가뷔조뫼!"

입에서 떠나지 않는 이 말을 이 순간 아침 인사 대신 외쳐댄다. 날씨가 좋아 정원의 보리수 그늘 아래 긴 탁자를 펴고 모두 식사를 한다. 잠시 피에르 제브뢰즈를 기다리지만 늑장을 부리는 그를 계속 기다리지 못하고 먼저 식사를 시작했고 그렇게 식사를 마친다. 커피를 내오는 사빈은 피에르가 보이지 않아 걱정스럽다. 전날 밤부터 아무도 그를 보지 못했으니까.

"그런 식으로 떠나다니, 이상해. 그렇게 갑자기…… 모르겠어……" 그녀가 말한다.

그녀는 전날 밤 피에르가 분장한 모습 그대로 계단 꼭대기에 서 있는 걸 마리와 함께 보았다는 사실을 털어놓는다. 의기소침하게 서 있는 그를 보며 두 사람은 그가 익살을 부리는 줄 알고 웃음을 터뜨렸다고. 그는 계단을 냅다 달려 내려와 둘둘 만 옷가지를 층계참에 버려둔 채 밖으로 나가버렸다. 두 사람이 그를 불렀지만 허사였다. 마치 밤 속으로 증발해버린 것 같았다. 그런 괴상한 옷차림으로 대체 어디로 간 걸까? 아파트 열쇠도 윗옷 호주머니 속에 남겨둔 채로. 그의 소형 오토바이도 철문 근처에 그대로 있었다.

“히치하이크로 오거나 걸어올 거예요. 걷는 걸 굉장히 좋아하잖아요.” 르네가 말한다.

앙리의 말로는 피에르는 열쇠 없이도 자기 집에 들어갈 수 있단다. 문을 잠그는 걸 자주 잊어버리기 때문이다. 그리고 세바스티앙의 짐작대로라면 피에르는 근방에 사는 애인을 보러 간 것일 수도 있다. 그렇게 사라진 지비를 두고 저마다 추측을 늘어놓으면서 그가 달콤한 방탕의 밤을 보내러 어딘가 간 거라는 둥 농담을 한다.

“그 얘긴 그만두자. 더 재미난 얘기도 분명 있을 텐데!”

장난기 섞인 말들일지언정 그 몹쓸 인간에게 그처럼 관심이 쏠리는 데 짜증이 난 샤를람이 내뱉는다. 그래도 그 사기꾼이 인근에 여자를 두고 있다는 암시는 기분 나쁘지 않다. 위선을 떠는 며느리의 자존심을 갉아먹는 말일 테니까. 그는 냉혹한 시선으로 곁눈질하며 사빈을 살핀다. 그가 보기에 오늘 그녀는 얼굴이 몹시 창백하고 불안한 표정에 눈가가 거무스레하다. 변명의 여지없는 증거야, 그는 경멸의 눈총을 던지며 생각한다.

·

오후에는 모두 떠날 채비를 하고 사빈과 마리, 루마만 남는다. 피에르는 그날 저녁은 물론 다음날, 다음다음 날에도 나타나지 않는다. 결국 사빈은 경찰에 실종 신고를 하지만 예기치 못한 답변을 듣는다. 제브뢰즈는 성인이니 어디를 가든 무엇을 하든 자유라고. 위험한 인물이 아닌 다음에야 그를 찾기 위한 공개수사는 아무래도 지지부진할 수밖에 없다고. 앙리와 르네, 엑토르는 그의 실종 소식을 듣고 놀라지만 지나치게 상심하지는 않는다. 아무 말 없이 그렇게 가버리다니, 이상한 일이긴 하다. 마지막으로 피에르를 보았을 때 평소와 다른 데가 없었으니까. 함께 무대에 올릴 연극을 준비하면서 무척 즐거워하는 모습이었는데. 하긴 그에게 종잡을 수 없는 면이 있기는 하다. 사생활과 관련해서도 아는 바가 거의 없다. 어쩌면 갑자기 마음이 바뀐 건지도. 지비나 샤독이 아닌, 다른 세계를 꿈꾸게 된 걸까. 그들도 청소년기를 보내며 나름대로 그런 욕구에 몸이 달아올랐던 날이 있었으니까. 바로 그거다. 피에르는 영원한 소년인 거다.

그사이 샤를람은 달콤한 승리의 도취감에 젖어 있다. 그 거머리 같은 인간을 제거하는 게 그렇게 간단한 일일 줄이야. 퉤! 하고 내뱉은 침 몇 방울에 사라져버리다니. 달갑잖은 인간이 불결한 기름때처럼 녹아 없어진 것이다. 첫번째 경고가 떨어지기 무섭게 걸음아 날 살려라 내뺀 걸 보면 녀석도 어지간히 혼이 난 게 틀림없어. 손가락을 탁 튀기거나 눈을 한 번 깜박이거나 카메라 셔터를 찰칵 누르는 시간밖에 걸리지 않은 장면을 샤를람은 머릿속에 다시 떠올려보려고 한다. 요컨대 침을 퉤! 하고 뱉은 만큼의 시간이었다. 경쾌하고 무람없는 태도로 밤 인사를 건네던 녀석의 굳게 다물린 아가리와 마른 양어깨가 떠오른다. 우쭐대는 위선자의 그 멍청한 미소에 대뜸 침으로 응수하자 녀석의 멀건 두 눈에 서리던 경악의 빛도 떠오른다. 새대가리 같은 사빈이 들려준 마지막 광경은 생각만 해도 아찔한 기쁨을 안겨준다. 녀석이 보이지 않는 덫에 걸려 버둥대다 목이 잘린 날짐승처럼 달아나는 꼴이라니. 그런데 그 패주의 현장을 둘은 장난으로 여긴 거다! 그래도 샤를람은 마음을 놓지 않는다. 도망친 녀석이 혹시라도 돌아올 엄두를 낸다면 두 번 다시 이곳에 발붙이지 못하고 당장 발길을 돌리게 만들 것이다.

전진하라 자손들이여…

Allons z'enfants…

나무가 나무 속에서 아우성친다.
나무가 나무 속에서 기도한다.
단 한 마디. 나무이게 해달라고!
나무란 뭘까? 숲과 선박과 시詩 들의 광기에
사로잡혀 끝없이 달아나는 그건 뭘까?
내가 그곳에 없다면…
_로제 지루*

* 프랑스 시인(1925~1974).

1

그 밤에 그는 한참을 달렸다. 털이 반쯤 뽑힌 큰 수거위처럼. 숨결에서 휘파람소리가 나고, 상체에서는 땀과 가랑비가 줄줄 흘렀다. 그렇게 밤 속을 지그재그로 무작정 달렸다. 숨이 차오르고 근육의 힘이 풀릴 때까지. 마침내 심장박동이 느려지면서 기진맥진해 쓰러졌다. 먼저 무릎이 꺾이고 상반신이 앞으로 고꾸라졌다. 머리를 양팔로 감싼 채로 얼굴이 바닥에 떨어졌다. 그는 울지도 비명을 지르지도 신음소리를 내지도 않았다. 그렇다고 무언가를 숙고하거나 몽상에 잠긴 것도 아니었다. 입과 두 눈이 진창에 닿을 듯 말 듯 반쯤 벌어진 채 무감각한 상태로 빠져들었다. 입술과 이에서 축축한 흙의 쓰고 끈적끈적한 맛이 느껴졌고, 눈은 불투명한 암갈색이었다. 아직 남아 있던 일말의 의식이 진흙 속에서, 둔탁함 속에서 해체되었다.

그는 새벽녘에야 몸을 일으키고 반쯤 벗다 만 스키복을 마저 벗었다. 젖은 스키복이 피부에 불쾌하게 달라붙었다. 진흙투성이 정신은 여전히 멍멍하고 아무 생각도 할 수 없었다. 그는 흙으로 돌아가, 어렴풋한 인간의 모습에 불과한 점토질 몸으로 생각했다. 발바닥에서 목덜미, 이마에 이르기까지 온몸으로 더 편히 숨쉬기 위해 옷을 모두 벗어던졌다. 그가 두려워하는 건 오로지 인간이었지만, 목을 빼고 고개를 좌우로 돌리며 포식동물의 접근을 살피는 동물처럼 냄새를 맡았다. 하지만 후각은 아직 예민하지 않았다. 게다가 땀구멍에서 그가 그토록 두려워하는 포식동물들의 냄새가 나서 그 냄새를 피하려다 자신을 피하는 꼴이 되었다.

그는 한참을 더 걸었다. 발의 살갗이 벗겨졌다. 철로가 눈에 띄었다. 그는 기찻길로 내려가 조차장이 있는 곳까지 기찻길을 따라갔다. 그러자 커다란 곡선을 그리는 수많은 레일이 보였고, 회색 젖꼭지 수십 개를 일렬로 이어놓은 모양새의 탱크차들과 트럭들과 화물열차들이 늘어서 있었다. 그는 화물열차들을 따라 걸었다. 어느 지점에 이르자 어렴풋한 소음과 움직임이 느껴지면서 무슨 냄새가 났다. 후텁지근하고 자극적인 냄새였다. 한 차량의 문을 열자 소리와 냄새가 밖으로 새어나왔다. 그는 차량 안으로 훌쩍 뛰어오른 다음 문을 닫았다. 안에는 빽빽하게 들어찬 소들이 제자리에서 발을 구르고 콧김을 내뿜으면서 희미한 불협화음을 내며 울고 있었다. 그는 소들 사이로 비집고 들어가 밀짚으로 덮인 구석진 바닥에 웅크리고 앉았다. 짐승들 사이에 있으니 따스하고 기분이 좋았다. 기차는 아침나절에 출발해 여러 시간을 달리면서 이 역 저 역에서 멈춰 서곤 했다.

차량에 실린 소들이 내리자 무임승차한 승객이 눈에 띄었다. 발끝에서 머리끝까지 온몸이 진흙투성이인 벌거벗은 남자가 차량 깊숙한 곳에 잔뜩 웅크리고 있었다. 남자의 몸에서는 사람과 소의 땀내와 묵은 쇠똥 냄새가 났다. "대체 누구지? 자기가 외양간의 아기 예수인 줄 아는 거 아냐?" 그를 발견한 사람들 중 하나가 외쳤다. 더럽고 덥수룩한 머리에 정신마저 흐리멍덩한, 묘하게 퇴색한 예수랄까. 아니면 지옥으로 내려갔다가 출구를 찾지 못한 예수라고 하는 편이 옳을지도 모른다. 소떼와 어떻게든 균형을 이루어보려고 온 구유 속의 어린양이 아니라면 말이다. 그는 사람들의 질문에 아무 대답도 하지 않았다. 외국인인가? 묵묵부답이네. 벙어리인가? 아무것도 이해 못하는 것 같은데. 정신박약인가? 그래도 위험해 보이지는 않아. 결국 사람들은 그를 병원으로 데려가 응급조치를 받게 한 다음 정신과로 보냈다. 이 사내가 누군지 알아내 익명에서 구해내려는 시도는 물거품이 되었다. 처음에는 그를 다양한 별명으로 불렀다. '구유의 신원미상자', '소치기', '괴짜', '나체주의자', '소들의 어린양', '소 예수'. 그러다 결국 마지막 별명이 우위를 점하게 되었다. 소 예수. 어울리는, 절반쯤 어울리는 이름이었다. 그에게는 예수의 무구함과 소의 온유함이 있었지만, 예수의 매력과 소의 힘은 부재했으니까.

실제로 그에게는 더이상 아무것도 남아 있지 않았다. 육신의 헐벗음보다 내면의 헐벗음이 더 심각했다. 단숨에 심연을, 공空을 건드린 참이었다. 그는 공空 속에 앉아 있었다. 아무것도 기대하지 않고 그저 시간을 죽이며 공원 벤치에 앉아 있는 노인들처럼, 시간이 방울방울 흐르도록, 삶이 고요하고 완만하게 지나가도록 내버려둔 채. 하지만 느릿느릿 흐르는 시간은 매 방울이 추억과 어두운 그늘, 엉클어진 섬광과 속삭임으로 꽉 차 있다. 그것들은 동굴의 둥근 천장에서 배어나는 물방울 같다. 시간의 물방울들이 즙 가득한 포도알처럼 익어 떨어져내린다. 바위투성이 심연을 가로지르는 기나긴 낙하다. 무겁고도 가벼우며, 눈에 띄지 않아도 찬란히 빛나고, 소리가 없지만 낭랑한, 이상한 낙하. 종유석과 석순이 그렇게 형성된다. 그 방울들이 다시 합쳐지면 뒤틀린 기둥이 우뚝 일어선다. 지하 깊은 곳과 산꼭대기, 암흑과 새벽의 여명을 잇는 거대한 탯줄이다. 그 과정은 수천 년이 걸릴 수도 있다.

소 예수 안에서는 팔 년이 걸렸는데, 인간의 차원에서 따지면 그 수천 년의 과정과 엇비슷하다.

2

피에르 제브뢰즈가 실종되고 며칠 뒤, 그가 달아날 당시 입었던 스키복과 운동화가 집 근처의 작은 숲속에서 발견되었다. 땅바닥의 낙엽들 사이에서 뒹구는 신발과 양말과 옷은 진흙이 묻어 더러워지고 이미 곰팡이가 군데군데 피었지만 핏자국은 전혀 보이지 않았다. 자연 상태로 돌아가기로 그가 마음먹은 걸까, 난데없이 숲의 인간이 되려 한 걸까? 그곳에 오래 숨어 있지는 못했을 것이다. 나무도 울창하지 않은데다 넓지도 않은 작은 숲이었으니까. 땅속으로 굴이라도 팠다면 모르지만 그건 별로 가능성 없는 일이었다. 홀랑 벗은 몸으로 숲에서 나왔으리라는 추측 역시 불가능했다. 벌거벗은 남자가 야외나 도로변을 나다녔다면 금세 사람들 눈에 띄고 말았을 테니까. 그렇다면 그는 거기서든 다른 데서든 옷을 갈아입은 뒤 먼저 입고 있던 옷가지를 버렸고, 아주 기이한 동기로 인해—특히 증언을 하겠다고 나선 샤를아메데 베랭스의 암시에 따르면—그 자신만이 아는 목적지로 달아난 것이다. 하지만 그 모두가 추측에 불과할 뿐, 단정지을 수 있는 건 아무것도 없었다. 결국 제브뢰즈 건은 별 볼 일 없는 시시한 미제 사건으로 종결되어 선반 한쪽에 먼지를 뒤집어쓴 채 남게 되었다.

사빈과 마리만 이런 미제 처리에 만족하지 못했다. 둘은 어이없는 탈주 행각으로 이어진 그 돌연한 광경과 그의 얼빠진 모습을 마지막으로 목격한 장본인들이었다. 그 당시 자신들이 엄청난 오해를 범했음을 깨달은 순간 두 사람은 그 장면을 수없이 되씹으며 세세한 부분까지 머릿속에 떠올렸다. 그렇게 피에르의 태도와 행동을 재검토하고 분석해본 결과, 그들이 그처럼 배를 잡고 정신없이 웃어대지 않았다면 눈치채고야 말았을 사소한 표징들을 집어낼 수 있었다. 옷을 반쯤 벗은 지비는 고뇌어린 놀란 눈이었고 몸이 펄펄 끓고 있었던 게 분명했다. 두 사람이 모르는 무슨 일이 있었던 게 틀림없다. 불길한 소식이라도 듣고 충격을 받았는지도. 그렇다면 대체 무슨 소식일까? 누구한테 전해 들은 소식일까? 어쩌면 자기 자신으로부터 들은 소식은 아닐까? 망각의 밑바닥에서 떠올라 갑작스레 닥친 계시일지도. 잃어버린 감각들이 느닷없이 되살아나 분기하는 경험을 사빈도 간혹 했었으니까. 난파당한 추억들이 예고도 없이 튀어나와 마음을 사로잡았던 경험. 그 순간에는 숨이 막히고 이성이 뒤집히고 사고가 정지했지만 그래도 그 공략에 굴한 적은 없었다. 그녀는 그럭저럭 균형을 되찾았고 마음속 동요를 묻어둔 채 평소에 살던 대로 다시 살았다. 그런가 하면 마리는 수다한 혼돈의 발작을 거친 뒤 짧지만 기이하고도 강렬한 내면의 지각변동을 거친 참이었다. 그 결과, 고통에 시달리는 자신의 격한 일부와 결별함으로써 짐을 벗어던지고 해방감을 맛보았다.

두 사람은 그날 저녁 일어났던 일을 끝없이 반추하면서 온갖 추측을 다 해보았지만 아무런 소득이 없었다.

두 사람은 피에르의 아파트로 갔다. 주인 없는 아파트에 들어간다는 게 꺼려지긴 했지만 그래도 이 방문에 일말의 기대를 걸었다. 어떤 정보나 흔적 혹은 그가 적은 글귀 하나라도 찾아낼 수 있기를 바랐다. 방 두 칸짜리 아파트에는 가구가 거의 없었고 장식품도 일절 없었다. 수도원의 질서와 간소한 분위기가 감돌았다. 벽장 안에는 다양한 크기의 상자들이 원래대로 포장지에 싸인 채 차곡차곡 쌓여 있었다. 포장지를 뜯지도 않은 게 분명했다.

주방엔 식기가 몇 안 되었고 먹을 것도 별로 없었다. 선반 위에 가지런히 정돈된 통조림 깡통, 씨 없는 작은 포도가 담긴 유리 항아리, 신문지로 덮어둔 감자 바구니, 접시에서 이미 썩어가는 과일들, 상자 안에 눕혀둔 포도주 병들이 전부였다. 여기저기 굴러다니는 개봉한 담뱃갑에서 사빈은 담배 한 개비를 뽑아 불을 붙였다. 필터가 없는 '지탄'이었다. 주로 황색 궐련을 피우는 사빈은 맛이 자극적인 이 담배를 얼른 꺼버렸다. 두 사람은 벽돌 위에 소나무 판지 세 개를 이어붙여 만든 서가의 책들로 시선을 옮겼다. 상당수의 역사책과 시립 도서관에서 빌린 소설들, 프랑스 안내 책자, 피레네 지역 전설 모음집, 건축 사전을 포함한 사전류, 두 권의 시 선집, 미술 서적과 잡지 몇 권이 꽂혀 있었다. 주로 현대미술을 다룬 책들로 클레, 샤갈, 브라크, 뒤피, 몬드리안, 마티스, 블라맹크, 피카소, 수틴, 드 스탈, 타피에스, 폴록 같은 이름이 눈에 띄었다. 개수대 위 벽에는 선 자세에서 시선이 닿는 자리에 클레의 복제화가 압정으로 고정되어 있었다. 풍경이 담긴 파스텔톤의 이 추상화는 수평과 수직의 선들로 가득했는데, 좀 휘어지거나 파열된 선들도 포함된 것이 비행기 안에서 내려다본 들판과 수면을 연상시켰다.

방에는 화가의 이름이 명시되지 않은 매우 큰 복제화 한 점이 침대 맞은편 벽에 고정되어 있었다. 클레의 그림보다 더 간결한 화폭이다. 이글대는 노랑과 오렌지색 위로 밝은 회녹색을 띤 흰 줄이 지나는데, 앞의 두 색은 푸릇푸릇한 반점들로 인해 더한층 강렬한 느낌을 전달하는 것이 마치 태양 한 자락을 옮겨다놓은 듯하다. 높다란 직사각형의 태양. 이게 바로 피에르가 눈을 뜨자마자, 또 잠자리에 드는 순간 즐겨 보던 것이다. 연초록과 연보라와 라벤더블루 빛이 감도는 황토 색상과 밀짚에다 서양자두를 섞어놓은 듯한 아맛빛 색상이 가볍게 떨리며 규칙적으로 교차하는 바둑판무늬 풍경은 그가 그릇을 씻으며 즐겨 본 것이다. 공간과 색채와 빛. 그러나 형상을 갖춘 건 없다.

머리맡 탁자 서랍 속에서 마리는 그리 두껍지 않은 마분지 서류철을 찾아냈다. 검은색 잉크로 '젤리'라는 여자 이름이 대문자로 쓰여 있었다. 그 순간 마리는 피에르가 예전에 자신에게 들려주려고 지어낸 이야기들을 떠올렸다. 마리의 친구였던 조에와 사귀라고 만들어낸 젤리라는 인물도 있었다. 마리는 피에르와 나누었던 내밀한 우정을 생각하며 자신이 그 서류를 가져가도 좋겠다 싶었다. 자신의 유년기 이야기가 분명 들어 있을 것 같았고, 금시초문인 이야기도 찾을 수 있을지 몰랐다. 마리는 조심스레 서류를 말아 이 뜻밖의 발견물을 어머니에게는 말하지 않고 가방 속에 넣었다. 그 안에 든 이야기들을 다른 누구보다 먼저 알아내고 싶었다. 어쨌거나 자신에게 들려줄, 혹은 들려주기로 되어 있던 이야기들이었다. 그사이 사빈도 딸아이 모르게 찾아낸 물건을 슬쩍했다. 양장본의 작은 사진첩. 사빈은 그걸 들춰보다가, 산타클로스로 분장한 피에르 주변에서 자신의 네 아이가 포즈를 취한 사진을 발견했다. 그렇게 두 여자는 혼자 차분히 감정해볼 속셈으로 각자 가방 속에 별것 아닌 노획물을 감춘 채 집으로 돌아갔다.

사빈은 예전에 클라스캥백화점에서 앙드레가 가져온 폴라로이드 사진을 앞에 두고 그랬듯이 이번에도 돋보기로 사진들을 하나하나 더 자세히 들여다보았다. 인물 사진보다는 풍경 사진이 더 많았다. 한 집을 여러 각도에서 찍은 사진 석 장, 어떤 정원을 찍은 사진 여러 장, 그리고 그 정원의 나무들을 근접 촬영한 사진 몇 장. 그중 하나인 거대한 보리수의 높다란 가지들 틈에 오두막 하나가 지어져 있는 게 눈에 띄었다. 동물원에서 찍은 사진들도 있었다. 오솔길들과 새 사육장들이 보였고, 털이 검은 물소 한 쌍과 들소 한 마리, 거대한 거북들도 보였다. 동물 사진은 모두 근접 촬영한 것들로, 카메라 파인더에 조심스럽게 초점이 맞춰진 거북의 얼굴에서는 놀랄 만큼 무표정한, 반쯤 감긴 눈이 뚜렷이 보였다. 말라비틀어지고 오그라든 노인의 머리를 연상시키는 모습이었다. 아니면 딱딱한 태지가 덕지덕지 붙은 보기 흉한 태아의 머리통 같다고나 할까. 절반은 목질, 절반은 광물질인 피부 속에서 화석화한 한 가닥 생명. 단단하게 굳은 물질의 표면을 스치는 가물가물한 의식.

그러다 인물 사진 몇 장이 이 사진첩에 다시 일말의 인간성을 부여하고 있었다. 검고 가는 눈에 예리한 눈빛이 독특한 매력을 풍기는 갈색 머리 여자와 키가 크고 마른 남자의 사진들이었다. 첫눈에 사빈은 이 남자를 피에르로 착각했지만 자세히 보니 그의 아버지거나 가까운 친척인 듯싶은 다른 사람이었다. 그다음에는 나뭇가지에 매단 그네의 나무 발판 위에 서서 웃고 있는 금발머리 어린 소녀의 사진. 연이어 꽃무늬 원피스를 입은 아가씨의 사진이 나왔는데 큼직한 허리띠가 가느다란 허리를 한층 도드라져 보이게 했다. 이 아가씨, 아니 젊은 여성은 조금 비스듬한 자세로 팔을 이마 쪽으로 들어 구멍이 송송 난 밀짚모자의 가두리를 잡고 있었다. 햇빛 조각들이 점점이 드리운 여자의 얼굴은 잘 보이지 않았지만 그녀가 미소 짓고 있다는 걸 짐작할 수 있었다. 같은 인물인 듯싶은 또다른 사진 역시 피사체가 양손을 들어 올려 부채처럼 펼친 손가락 뒤에 반쯤 가려져 있어 분간하기가 쉽지 않았다. 눈꺼풀이 도톰하고 홍채가 맑고 투명한 커다란 눈이 V자로 벌어진 두 손가락 사이로 카메라 렌즈를 응시했다. 전체 얼굴로부터 고립된 그 눈에서 오만함과 천진난만, 퉁명스러움이 뒤섞인 빛이 발산되는 것 같았다. 사빈은 소녀와 두 아가씨의 모습이 담긴 마지막 석 장의 사진을 늘어놓고 한참 동안 관찰하며 세 여자 사이의 관계를 찾아보려고 했다. 하지만 세 사진 모두 닮은 데라고는 격자 창살 같은 나뭇잎이나 밀짚으로 가려지거나 가로지른 손가락으로 분할되어 쉽게 알아볼 수 없다는 점뿐이었다. 뒤이어 산타클로스와 아이들의 사진이 나왔다. 피에르가 사진을 한 장 더 뽑아 아무도 모르게 개인 사진첩에 보관하고 있었다는 것에 사빈은 걷잡을 수 없는 감동을 느꼈다. 그와 동시에 이 사진첩에서 자신은 보이지 않는다는 사실이 고통스럽게 다가왔다. 나는 피에르에게 중요하지 않은 존재였을까? 그가 사랑한 몇몇 사람들의 무리에 나는 낄 자격이 없었던 걸까? 이 서글픔이 유치한 감정이라는 걸 의식하면서도 어쩔 도리가 없었다.

키가 크고 마른 남자와 갈색 머리 여자는 그의 부모인지도 모르지만 그 아가씨는 누굴까? 젊은 시절의 약혼녀? 아니면 잃어버린 사랑이거나 여자친구? 한 명인지 두 명인지도 확실히 알 수 없었다. 사빈이 아는 거라고는 그가 언젠가 그녀에게 털어놨고 그후로도 몇 차례 되풀이해 말했던, 그 자신은 완전히 혼자라는 사실이었다. 부모도 일찍 죽었고, 형제자매도 사촌도 아이도 없다고 했다. 그렇다면 그에게는 이미 과거사가 되어버린 단 한 번의 사랑밖에 없었던 걸까? 한데 이 사랑이 과거의 일이라는 건 또 어떻게 증명한담? 이런 의문들을 마리에게 털어놓을 수는 없었다. 뭐가 부끄러운지, 이유가 뭔지는 알 수 없었지만, 왠지 부끄러웠고 잘못을 저지르고 있는 것만 같았다. 피에르에게 스스로 금지해온 사랑을 느껴서일까? 아니면 무분별한 질투심 때문에? 어쩌면 딸도 피에르를 사랑하는지 모른다는 의심이 들어서일까? 이런 미심쩍은 마음에서 그녀는 침묵을 지켰다.

마리가 가져온 서류 안에는 생각지도 못한 것들이 들어 있었다. 잡다한 종잇장들과 다양한 질과 크기의 노트에서 뜯어낸 낱장들. 여기저기서 모아들인 종잇조각들. 개중에는 마분지나 화장지 조각도 있었는데, 모두 갈겨쓴 글씨나 그림이 있었다. 연필 스케치나 선들, 조리에 닿지 않는 글들도 간혹 눈에 띄었고, 간지로 분리된 수채화 몇 점도 있었다. 하지만 피에르의 글씨는 아니었고, 데생 몇 점에는 '젤리'라는 서명이 들어 있었다. 수채화에는 대부분 나이를 짐작할 수 없는 같은 여자의 얼굴이 담겨 있었는데, 젊디젊은 모델의 모습은 매번 변형과 과장, 상처, 심한 노화의 그림자가 드리워 있거나 심각하게 망가져 있기까지 했다. 같은 인물임을 알아보게 해주는 유일한 실마리는 동그란 눈꺼풀과 활 모양으로 꺾인 눈썹이었다. 그리고 극에서 극으로 돌변하는 응축된 시선. 그것은 투명한 시선에서 어두운 시선으로, 단호한 시선에서 동요하는 시선으로, 천진난만한 시선에서 난폭한 시선으로, 경계하는 시선에서 애원하는 시선으로 바뀌었다.

상충하는 시선을 지닌 이 소녀의 정체와 피에르의 관계를 알아낼 수는 없었다. 하지만 그 소녀와 최근까지의 자기 자신 사이에는 놀랄 만한 유사성이 있어 어떤 문장들은 마리 자신이 썼다고 생각될 정도였다. 마치 시공의 차이를 두고 말과 물음, 절규의 도적질이 일어난 것 같았고, 몇몇 세부 사항은 마리를 혼란에 빠뜨렸다. 때로 젤리는 스스로와 거리를 두고 대명사 '나'를 제삼의 인물로 취급했고 구두점을 생략하기도 했다. 문장의 말미에 마침표가 부재해, 마리는 매 문장이 끝날 때마다 고꾸라질 것 같은 느낌을 받았다. 말들의 표면 밑에서 아가리를 벌리고 있는 심연 속으로 수직 낙하하는 기분이랄까.

3

입안의 무언가가 눅지근한 바람처럼 흔들린다

나는 탄생의 시간을 갖기도 전에 떠나버렸다

사과 자두 복숭아를 깨물 땐 조심! 그것들이 도리어 널 깨물 수도 있으니
뇌우가 과일들의 씨 안에서 조용히 으르렁댄다

고통스러운 아름다움: 나무 탁자 위로 속눈썹 하나가 떨어져내리는 순간을 포착할 것
먼 데서 삐걱대는 고요하고 단조로운 도르래 소리를 들을 것

길을 가다 지하실 채광창 밑에 소복이 돋아난 범의귀와 금빛 물냉이를 알아볼 것

내 선조인 그대들을 비롯해 지금 그대들 대부분보다 내가 훨씬 늙은 건 아니라고 말하는 이 누구인가
천년의 지혜를 짊어진 나는 순진한 당신들 눈에 미치광이로 비칠까?

사생아와 불손한 여자들을 향한 평범한 사람들의 멸시는 세월이 갈수록 날이 서고 공포가 깊어간다

나는 말을 도둑맞았고 내가 보기에 좋은 곳 좋은 때에 말을 내뱉을 권리와 힘을 도둑맞았다
그들의 어리석음과 거짓과 위장에 괸 가스를 맹렬히 공박할 말들

세례 대신 나는 침의 성유를 받았다

오늘밤 파리 한 마리가 내 방 바닥에 와 죽었다
긴 임종
난 감정이 일체 배제된 완전한 공감의 상태로 그들을 바라보았다: 누군가가 파리를 임종을 나를 끈질기게 주시한다

내 성기—겉은 금빛 도는 분홍색 안은 캄캄한, 그리고 만지면 너무도 부드럽고 감미로운 성기 그 예쁜 음순은 내 입처럼 무수한 노래를 알고 열광적으로 재잘댄다 사람들이 내 입술을 입술이란 입술을 모두 꿰매놓지 않았다면 왜 이처럼 끔찍한 출혈을 내가 경험하겠는가 오 순교자인 내 입이여!

내 목구멍 속에서 사람들은 누구를 비웃는 걸까? 킬킬대고 침을 뱉어대며 누구를 험담하고 비방하는 걸까? 나를 물론 나를!

내 어머니가 땅에 묻혔던 밤—그지없이 정결한 밤

당신과 네가 그녀를 관도 없이 이불에 그녀의 혼수 이불에 싸 그대로 땅에 묻어 매장한 밤

그녀의 혼수 이불? 그렇다면—어떤 이불일까?

원일점遠日點의 나날 사람들이 나를 삶으로부터 무한히 먼 곳에 데려다놓는다

어떻게 책을 편담? 야수들을 풀어놓는 건 너무 위험한 짓

어떻게 입을 연담? 전쟁중인 위대한 시가 내 혀 위에 쓰러져 누워 있다

어떻게 눈을 뜬담? 나 자신의 그림자만 보게 될까봐 난 겁에 질려 있다 내 그림자는 태양에 박힌 못이다

내 안의 누군가가 낯선 이들과 이야기를 나눈다 암홍색 혀 안에서 소리 없이 말한다 쉴새없이 말하고 때론 비웃는다

깡충대며 달릴 페이지를 하나도 갖지 못한 말들의 쇠창살 뒤로 보이는 라벤더블루빛 하늘의 끔찍한 광휘

어머니는 내게 놀라운 사실 하나를 가르쳐주었다: 웃다 죽을 수도 있다는 것

바람엔 언제나 녹슨 쇠 맛이 배어 있다 바람은 쇠창살을 핥은 뒤에야 내 방안으로 들어온다

이 쇠창살 탓에 하늘은 영구히 줄무늬 파자마 차림이다 쇠와 공백의 이 파자마 속에 어떤 몸이 있기나 한 건지 난 의심하게 되었다

천상의 몸

난 정말이지 하늘의 살갗 그 장밋빛 새벽을 애무하고 싶고 그 쪽빛 상반신을 할퀴고 그 저녁의 피를 핥고 보라색 밤 속을 뒹굴고 구름에 올라타고 바람을 깨물고 번개를 씹고 싶다 그럴 날이 오리라

나는 사랑과 어우러진 전쟁의 범죄다
몹시 어설프고 몹시 난잡하고 단연코 금지된 어우러짐

정신없이 자라는 대나무처럼 부재가 자라나는 소리가 들린다
빽빽한 빽빽한 대나무!

그가 나를 낳았고　　　　　　　　　　　　당신이 나를 길렀다
그녀—그와 당신 사이에
우리 모두의 사이에서 너무도 혼자인 그녀 그녀와 나 그녀는 몸을 비틀며 웃는다 웃는 거북 그럼 넌? 넌 나를 내주었다
적에게 내어주듯 망각에 내주었다

나는 웃음의 발작을 전기충격의 발작과 맞바꿔야 했고 그 결과 모든 걸 잃었다

시원한 바람 속을 맨목으로 간다 경동맥을 자른다 경정맥을 짓이긴다

대지의 뱃속: 광막한 밤 여자들의 뱃속: 깊은 밤 사랑의 뱃속: 범람하는 밤 내 머리의 뱃속: 밤 밤 밤 거북들의 뱃속: 절반은 살 절반은

흙인 파충류의 밤 신의 뱃속?—우리, 산 자와 죽은 자들
신의 이름의 뱃속: 완벽한 밤
언어의 뱃속: 가지를 친 밤 이 모든 밤이 하나 되어 원을 그리며 파랑돌 춤을 춘다

참담한 감미로움: 내 두 아버지의 이름과 어머니의 이름
허나 허울뿐인 이름인걸?

소용돌이와 회오리—내 혀끝에서 작은 불길이 슬그머니 연기를 내뿜는다

내 두 입은 할말이 많다—눈에 보이는 입과 숨겨진 입 그것들을 침묵시키고 그것들을 얼어붙은 침과 시큼한 눈물로 부식시키고 그것들을 별 모양의 응결체들로 뒤덮는다

마침내 진실에 가닿게 될 그 길을 나는 찾는다
정상에 가닿게 될?

나는 얌전해야 하고 조용해야 하고 유순해야 하고 나는 무수한 명령 충고 협박을 받는다 나는 그것들에 콧방귀 뀌고 그것들을 무시해버리

고 그녀가 그것들을 무시하며 아낌없는 생명의 대가를 치르게 한다
내 생명의 대가

하느님—무수한 바보들이 침과 오물과 트림 웅얼댐과 눈물과 외침으로 더럽히고 오줌을 갈기거나 토해내 여전히 사용되는 이름 돌이킬 수 없이 새로운 이름을 발견해야 할 필요성 그렇게 할 수 없다면 당장 입을 다물어야 한다 이름 지을 수 없는 이에게 간청하려면 숨쉬는 걸로 족하다
숨쉬기 숨쉬기—가장 순결한 기도

오늘 나는 창살을 깨물려다 이가 하나 빠졌다 상처 난 혀에 감도는 쇠의 맛을 나는 소중히 간직한다

두 아버지—한 명은 내게 그의 눈을 주었고 다른 한 명은 그의 시선을 주었다 아니면 그 반대일지도

나는 침묵 속에 절규하는 법을 배운다 숨을 쉬듯 텅 빈 마음으로 증오하고 무無를 사랑하는 법을 배운다

정신병원과 동물원 미친 사람들과 짐승들 우리의 시선도 그렇게 부

패로 번득인다

유리 덮개 안에 놓아둔 시간의 부패 파손된 삶의 부패

젤리 젤리 젤리 내 이름을 아무리 부르고 중얼대고 끼적여도 대답하는 이 없다 나 자신조차 난 달아났다

저녁마다 나는 낮시간 동안 누군가가 망가뜨린 현실의 파편들을 맨손으로 모아야 한다 밤이면 그것들을 황금 송진으로 붙이지만 낮이 되면 황금은 빛을 잃고 송진은 녹아내리고 나는 모든 걸 다시 시작해야 한다

너—너도 말들도 나를 구할 순 없겠지

내 뱃속에서 어둠의 천체가 돈다 모든 여자들은 태초부터 뱃가죽 속에 어둠의 천체를 품고 있다

불그스름한 어둠의 천체 축축한 어둠의 천체 탐욕스럽고 허기진 어둠의 천체

달 지구 안구 태양 자궁 유방 유성 구강 바람의 천체—글로부스*!

---

* 라틴어로 '구(球), 천체'라는 뜻.

어둠에 대해 인간들은 무얼 아는가? 침입자가 되어 그 안에 스며들 뿐

당신은 아는가?

아니 당신은 아무것도 모른다 당신이 무얼 하는지조차 무엇보다 당신이 무얼 하는지를 그래도 당신은 열심히 고집스레 그 일을 한다

난 영원히 정액의 대가를 치른다

내 머릿속에서 발소리가 새의 종종걸음 소리가 들린다

삐걱대는 소리 찰랑대는 소리 한숨소리 씨근거리는 소리 씨근거리는 소리 날카로운 소리 새된 소리 찌륵대는 소리 교살絞殺

죽어서도 여전히 존재하는 탓에 내가 있는 곳이 어딘지 알 수 없게 되었다 아니 내가 정말로 존재하는지조차도

헛되이 기다리기 아무것도 기다리지 않기

장엄한 공포

내 어머니는 거북들의 공간에 매장되어 있다 백 살도 더 먹은 그들의 무거운 배 아래 누워 있다 인내와 권태로 무거워진 배 어떤 결실도

위로도 없는 끈질긴 기다림으로 무거워진 배

그 거북들 중 가장 큰 괴물 여왕의 이름은 팡틴이다

내일은 또다른 날이 아니다 내일은 오늘의 끊임없이 불어나는 벌이다

나는 너를 유다라 부른다 유다가 사람들이 말하는 그런 추악한 인간이 아니었다는 건 확인된 사실이다 유다는 교활한 인간도 돈에 매수된 인간도 밀고자도 아니었다 유다는 어리석고 멍청했다

선량한 마음으로 그는 최악의 일을 저질렀다 친구에게 도움이 된다고 믿으며 친구를 어둠에서 속히 나오게 하고 친구의 승리 친구의 영광을 재촉한다고 믿으며 쿵 모든 것이 실패했다 친구는 어둠으로부터 제대로 탈출했지만 함정에 걸려 대번에 암흑 속으로 굴러떨어졌다 어이! 죽은 자들 모두 일어서기를! 그들 모두가 절뚝거리며 저세상으로 떠났다 구명 밧줄이 있는 다른 곳

상냥한 암살자인 너를 더는 보고 싶지 않다 여기서든 저세상에서든 아무데서도

아! 무엇보다 저세상에서는 보고 싶지 않다

저세상—팽창하는 글로부스

팡틴 엘레팡틴Éléphantine 팡톰Fantôme 앙팡틴Enfantine*—야호! 엄마는 지복의 땅에 아무도 모르게 누워 있다

입의 쾌락: 소리 죽여 말하기—꽃시계덩굴 충성서약 모자이크 꽃대 속삭임 부조장식물 굴곡 청금석 용설란 엘레우시스의 사제 손풍금

두 아버지와 이중의 과오: 어둠 속으로 추방된 빛 백야에 드러난 어둠 과오는 다시 내게로 돌려졌다

글은 아무것도 구원하지 못한다, 치명적인 순간을 지연시킬 따름이다

정오에 나는 스파게티와 내 머리카락으로 금빛 도는 진홍색 부적 장식 끈을 엮었다

---

* 프랑스어로 Éléphantine은 '코끼리 같은', Fantôme은 '유령', Enfantine은 '어린애 같은'이라는 뜻.

4

젤리가 되는대로 뿌려둔 문장들은 여기서 멈추었다. 좀전의 데생들을 관통한 한바탕의 탈주가 이 산만한 글에서도 느껴졌다. 모종의 집념들이 두근대고 있었다. 하지만 누락된 부분이 너무도 많은 퍼즐을 끼워맞춰 판별이 가능한 형상을 도출해내기란 쉽지 않았다. 어느 정도의 시간 간격을 두고 쓰였는지도 알 수 없었다. 그 어디에도 날짜가 적혀 있지 않았다. 그렇게 젤리는 마리에게 미지의 인물로 남게 되었다. 그런데 이 인물은 정말로 존재한 걸까? 존재했다면 지금 몇 살일까? 아직 살아 있는 걸까? 하긴 마리 자신도 어린 시절 기분 내키는 대로 짤막한 글들을 끼적이곤 했다. 조에라는 이름으로 날 선 경구들을 끼적대는 가소로운 짓을 했었다. 그렇다면 젤리의 뒤에는 누가 숨어 있는 걸까? 어쨌거나 피에르는 아니다. 그렇더라도 왜 그는 고통과 광기의 그림자가 뚜렷한 이 이름을 마리의 상상 세계 속에 끌어들였던 걸까? 실제로 존재했는지 허구인지는 알 수 없지만 독을 품은 인물임이 틀림없었다. 주의깊고 헌신적인 피에르, 성가실 정도로 지칠 줄 모르는 인내심을 발휘하던 피에르는 보기와 달리 음흉한 인간이었던 걸까? 젤리라는 번민에 찬 영혼에서 추출된 독을 그가 재미삼아 마리의 상상 속에 주입했던 걸까? 아니면 이 젤리가 죄를 폭로하고 또 용서를 베풀기도 한 유다처럼 그는 어리석었던 걸까? 화해와는 거리가 먼 미약한 용서이긴 하지만.

현실과 환상, 부조리와 조리가 들쑥날쑥 쉴새없이 얽혀드는, 수수께끼 같고 지리멸렬하고 소실된 부분이 적잖은 이 이야기에 싫증난 마리는 느닷없이 탐색 작업을 중단하기로 마음먹었다. 차라리 후련했다. 어디로 가는지 알릴 필요조차 못 느낀 채 가버리기로 마음먹은 피에르가 아니던가. 어둠 속으로 달아나버린 가련한 유다가 아니던가. 결국 마리도 경찰의 방식대로 이 일을 미결 처리했고, 변변찮은 증거들밖에 찾을 수 없는 이 훔친 서류를 구석에 처박아두었다. 그렇게 자신의 과거와 오래된 공포, 분노의 발작도 함께 묻어두었다. 몇 달 앞서 그녀가 피에르의 선물을 내치던 날 촉발된 피에르와의 결렬, 자신의 성난 일부 역시 이제 와서는 무의미한 일이 되어버렸다. 오랜 세월 자신을 들쑤셔댄 이 목소리들을 더는 자극하고 싶지 않았다. 새로운 추락의 위협에, 젤리라는 마녀의 탄식에, 침묵을 명해야 했다. 고교생이었던 마리는 학교생활에 전념하며 결국 다른 문제들로 관심을 돌렸다.

이듬해 대학입학 자격시험에 합격한 마리는 우르퇴빌을 떠나 파리로 가 응용미술학교에서 학업을 시작했다. 뒤이어 루마도 가정부의 소임을 마무리짓고 이 집을 떠났다.

커다란 집에 혼자 남은 사빈은 전보다 더 많은 시간과 에너지를 일에 쏟게 되었다. 상점이 번창해감에 따라 그녀의 삶은 점점 의미를 상실했다. 어느 날 평소처럼 밤늦게 휑뎅그렁한 집으로 돌아온 그녀는 빈집의 공허와 삶의 공허를 뼈저리게 느꼈다. 차고 억센 손이 목덜미를 덥석 움켜잡아 꼼짝할 수 없게 된 느낌이었다. 그녀는 숨이 넘어갈 듯 신음소리를 내지르며 휙 뒤돌아보았다. 아무도 없었다. 거실 저쪽 맞은편의 커다란 벽거울에 비친 자신의 모습뿐. 거울 쪽으로 천천히 발길을 옮기자 거울 속 자신의 모습이 점점 커지며 분명해졌다. 좁은 일직선 길에서 마주친 상대를 향해 걸어가는 행인 같았다. 그러나 서로 지나치는 순간 흘깃 시선을 던질 뿐 상대의 눈을 직시하지는 않는 행인들과는 달리 사빈은 거울에 바싹 다가가 그 앞에서 발길을 멈춘 뒤 자신의 모습을 자세히 들여다보았다. 어린 시절부터 수천 번도 더 들여다본 모습이었다. 얼굴이나 몸의 이 구석 저 구석을 뜯어보거나 전체적인 표정과 자태, 옷맵시를 재어보고 꼼꼼히 살펴보기도 했었다. 하지만 이런 식으로 자신의 모습을 본 적은 한 번도 없었다. 즉흥적으로, 외모에는 관심을 두지 않고, 그녀는 자신의 모습을 바라보았다. 안색이나 몸의 선, 아름다움이나 외양에 대한 관심은 없었다. 그 무엇에도 누구에 대해서도 관심이 없었고, 자신의 이미지에 대해서는 더더욱 관심이 없었다.

그런 식으로 불시에 기습당하자 적나라한 놀라움과 불안한 흥분을 느꼈다. 그리고 난생처음 자기 자신으로부터 벗어나 헐벗은 자신의 시선을 보았다. 고요하고 강렬한 시선, 아무것도 반사하지 않는, 상대를 똑바로 바라보는 시선. 사빈 베랭스라는 이미 중년에 이른 여자를 향한 시선이 아니라, 단순하고도 강렬한 의미에서, 살아 있는 그녀 자신을 향한 시선이었다. 그녀는 살아 있는 여자였고, 인격체였고, 인간이었다. 하루살이 인생, 잠시 머무는 나그네, 언젠가는 죽을 운명인 여자였다. 수십억의 다른 사람들 사이에 존재하는 작은 수수께끼, 세상에 둘도 없는 미미한 존재이면서 덧없는 불멸의 존재. 엄청난 가능성이라고 한다면, 대체 무슨 가능성을 의미하는 걸까? 그녀는 침묵하는 상대를 마주하고 서서 잠시 상대의 시선을 견뎌냈다. 헐벗은 광채를 발하는, 집요한 인내심과 평온이 어린 시선이었다. 순간 상대가 던지는 무언의 질문들이 들려왔다. 먼 과거로부터 솟아나는 상대의 부르짖음에 귀기울였다. 깊디깊은 인간성으로부터, 피부의 땀구멍과 그늘진 눈동자, 거울의 이면, 순간으로부터 솟구치는 호소였다. 그녀는 혼란으로 인해 느닷없이 무거워지고 축축해진 눈꺼풀을 내리떴다. 그런 시선에 무어라 응답할 것인가? 당황하여 시선이 무심코 바닥으로 쏠렸다. 그러자 두 발이 눈에 띄었다. 나무 바닥에 얌전히 놓인 발. 온종일 걷고 밟고 몸을 이고 다니느라 지친 발. 발목이 드러나는 낡고 예쁘장한 분홍 가죽신 속에 기진맥진해 있는 발. 그녀는 미소를 지었다.

사빈은 신발을 벗은 다음 두 발을 들어 이리저리 움직이며 살펴보았다. 활처럼 휜 날씬한 발. 그러나 왼발은 불그름한 못이 박여 형태가 일그러지기 시작했고 발가락에는 굳은살이 잡혀 있었다. 그녀는 우스꽝스러운 자신의 상태에 미소 짓고는 다시 한번 거울에 맞섰다. 자신에게서 분리된 시선이 던진 물음에 갑작스레 답변이 떠올랐다. "일어나, 걸어!"라고 말하는, 두 발의 속삭임. 더 이상은 할말이 없었다. 제안할 무언가도 없었다. 그 시선에 담긴 긴장이 슬그머니 풀어지면서 진지함에 아이러니가 가미되는 것 같았다.

5

사빈은 상점의 경영권을 양도하고 집을 세놓았다. 그리고 자식들의 뒤를 이어 집을 떠났다. 그 결정에 주변 사람들은 놀라고 불안에 빠졌다. 특히 샤를람이 그랬다. 그는 며느리가 무슨 무모한 일을 꾸미는 게 아닌지 대뜸 의심부터 했다. 그런 식으로 그녀가 운영하던 상점과 가족이 살던 집을 저버린다면 모든 게, 그러니까 언젠가는 조르주의 아이들 차지가 될 유산이 흐지부지 사라지지 않을까 걱정했다. 결국 그는 자신이 즐겨 사용하는 무기를 동원해 손주들에게 불신을 주입했다. 이 무기가 르네와 엑토르에게서는 모종의 성과를 거두었으나 앙리에게는 먹혀들지 않았고 마리의 경우에는 참담한 실패로 끝났다.

조르주의 맏아들로서 일찌감치 샤를람의 총애를 받았던 앙리는 이미 여러 해 전부터 그의 영향력에서 벗어나 있었다. 그렇긴 해도 진지하고 고분고분한 소년이며 성실한 중학생이었던지라 샤를람이 교묘한 감언으로 은연중에 그를 복종시켜도 할아버지의 권위와 의견, 의지에 이의를 거의 제기하지 않았다. 그렇게 앙리는 피에르 제브뢰즈에 대한 샤를람의 반감을 나눠가졌다. 어머니가 뽑은 직원인 제브뢰즈는 곧 어머니의 친구요 마음을 터놓는 사람이 되었고, 지긋지긋한 여동생 마리와도 특별한 관계를 맺게 된 사람이었다. 사리사욕이 없었다면 그렇게까지 발 벗고 나서서 도움을 줄 수 있었을까? 그들 가정사에 그렇게까지 관여했던 걸 보면 과일 속으로 파고든 벌레가 아니었을까? 샤를람의 생각을 앙리도 받아들였다. 그 '밀렵꾼'이 어머니의 정부가 틀림없다는 샤를람의 암시에 괴로워하던 앙리는 피에르의 위선과 거짓의 증거를 포착할 속셈으로 어느 날 그의 아파트에 몰래 잠입했다. 하지만 앙리가 발견한 건 잘 정돈된 검소한 공간이었고, 미술과 역사 서적 몇 권, 그리고 철저한 절제였다. 벽장 속에는 개봉하지도 않은 선물 상자들이 쌓여 있었다. 호기심이 동한 앙리는 포장지를 찢거나 구기지 않으려고 조심하면서 몇 개를 열어보았다. 훔친 보석이나 돈다발, 무기나 마약 봉지 같은 꺼림칙한 물건들을 찾아낼지 모른다는 기대에서였다. 하지만 그런 건 없었다. 그저 옷가게나 기념품가게에서 포장된 물건들이나 세면도구, 문구, 조립용 물품뿐이었다. 싼 가격의 실용적이고 대수롭지 않은 선물들. 앙리는 이 상자들을 꼼꼼하게 다시 포장했다. 부정한 물건들을 하나도 찾지 못했다는 실망감보다는 자기가 받은 선물을 열어볼 생각조차 하지 않은 괴짜 제브뢰즈에 대한 당혹감이 더 컸다. 그 정도로 물욕이 없는 사람이었을까? 아니면 치졸하게도 자기가 받은 선물을 남에게 주어 재활용할 생각이었던 걸까?

이 아파트 세입자에 대해 몹시 안 좋은 편견을 지닌 탐정의 열정에도 불구하고 어떤 사기 행각의 실마리도 잡지 못한 그는 아파트를 떠나기 전 마지막으로 한번 더 그곳을 둘러보았다. 바로 그 순간 벽의 노란 얼룩에 눈이 갔다. 면적이 상당히 넓은데도 그가 그곳에 와 몇 번이나 방을 뒤지는 동안에도 알아채지 못한 얼룩이었다. 태양의 몸체에서 장방형으로 잘려 나온 빛의 커다란 웅덩이가 침대 맞은편에, 창문보다 밝고 당당하게 자리하고 있었다. 앙리는 거대한 포스터 앞으로 다가가 그 위에 두 손을 갖다댔다. 묘한 기분이 들었다. 노랑과 주황의 형상이 그의 손바닥을 어루만지며 살갗 밑에서 서서히 퍼져나가 심장으로 스며들고 눈 속으로 흘러드는 것 같았다. 그는 그곳에 온 이유를 잊어버렸다. 자신의 어머니를 유혹하고 몹쓸 누이를 꼬드겼을 남자에 대한 편견도, 이런저런 의심도 떠오르지 않았다. 모든 걸 망각한 채 형상을 조심스레 어루만졌다. 여자의 등과 팔, 배를 어루만지듯. 아이의 볼과 머리카락, 젊은 남자의 상체를 어루만지듯. 햇빛 혹은 무슨 꿈의 외피를 어루만지듯. 그러자 서서히 황홀감에 휩싸이며 엄숙하고도 경쾌한 행복감에 젖어들었다. 앙리는 제목을 알 수 없는 태양의 그림을 침대에 길게 누운 자세로 마주하고 한참 동안 응시했다. 그렇게 보고 있으려니 그 위로 한 얼굴이 떠오르는 것 같았지만 어떤 얼굴인지는 말할 수 없었다. 정확히 말해 얼굴은 아니었다. 그저 무언가가 도래할 것만 같은 가능성이랄지. 몹시 헐벗은 광채를 발하는 영예, 혹은 재현되기에는 너무도 강렬한 얼굴 같기도 했다.

한 가지 생각이 불쑥 머릿속에 떠올랐다. 기이하긴 해도 물리칠 수 없이 자명한 생각이었다. 혼자 있는 방에서 그런 그림을 동반자로 선택한 남자가 정말로 나쁜 사람일 리는 없다는. 이런 어이없는 확신으로 마음이 차분해진 앙리는 자리에서 일어나 곧 아파트를 나왔다. 그날 이후로 피에르 제브뢰즈를 편견 없는 새로운 눈으로 보게 되었고, 차츰 그와 우정의 관계를 맺게 되었다. 자기편을 잃게 된 샤를람으로서는 몹시 불쾌한 일이었지만. 어쨌거나 앙리는 피에르에게 그의 아파트에 들어가 집을 뒤졌다는 사실을 털어놓을 용기는 내지 못했고, 결국 그 그림을 그린 화가의 이름도 알아낼 수 없었다.

피에르의 야반도주에 앙리도 물론 놀라기는 했지만 그렇다고 불안에 빠지지는 않았다. 일이 일어났을 때 어머니와 마리의 걱정을 부추기고 나서지도 않았지만 샤를람의 가시 돋친 암시로부터도 등을 돌렸다. 그러나 시간이 지나며 앙리 역시 이 사건으로 인해 혼돈을 겪게 되었다. 피에르의 갑작스러운 도주가 납득되지 않았다. 왜 숲속에 그의 옷이 버려져 있었던 걸까. 자연 속으로 증발해버린 걸까. 이유나 정황은 알 수 없지만 제반 사정으로 미루어 피에르는 살해되었고 시신은 교묘히 은닉된 게 분명했다. 그러나 수사는 아무런 결실도 맺지 못한 채 종결되었고 졸지에 '제브뢰즈 건'은 미제 사건으로 남게 되었다. 앙리에게 이 '건'은 요컨대 풀리지 않는 의문으로 남았다. 현존했던 한 사람이 어떻게 그토록 갑작스레 무로, 침묵으로 화할 수 있단 말인가? 그렇다면 우린 안개처럼 불안정한 실체일까? 먼지 알갱이처럼 하찮은 존재일까?

결국 피에르의 아파트는 세입자가 돌아오기를 기다리다 지친 부동산 중개업자 때문에 비워내야 했는데 그사이 앙리는 피에르의 방에 있던 커다란 포스터를 가져왔다. 그제야 그는 복제화 뒷면에 붙은 라벨을 보고 화가의 이름을 알 수 있었다. 마크 로스코. 1953년에 그려진 대형 화폭의 유화. 앙리는 그림이 그려진 해가 자신이 태어난 해라는 사실을 간과할 수 없었다. 별로 대수롭지 않은 세부 사항이었지만 앙리는 이 그림에 애착을 갖게 되었다. '내가 잉태되던 순간을 담은 수태의 이미지일까? 아니면 내가 림보에서 벗어난 직후의 눈부심을 담은 그림일까?' 그는 제작 연대의 우연한 일치를 발견하고서 자문했다. 하지만 진정한 의문은 다른 데 있었다. 이 노랑의 맛과 소리와 색조를 어떻게 온몸과 마음으로 느낄 수 있을까? 근육과 심장의 조직 하나하나, 신경세포와 뼛속 깊은 곳에 이르기까지, 모든 감각과 뇌 표면의 주름 하나하나에 이르기까지, 어떻게 그것들을 느낄 수 있단 말인가? 어떻게 그 작열하는 빛 속에 용해되지 않고 침투하지? 시력과 의식, 호흡을 잃지 않고 이 빛을 즐길 수 있을까? 어떻게 지력을 총동원해 이 빛을 즐길 수 있을까? 데생이나 그림에 조금이라도 소질이 있다면 그 길로 모험을 떠나보겠지만 그런 재능이 없으니 그는 영원히 관객이요 증인으로 남을 수밖에 없을 것이다. 그는 보고 관찰하기를 좋아하고, 볼 줄도 안다. 그것 역시 재능이다. 아마도 덜 창조적이고 눈에 덜 띄는 능력이겠지만 마찬가지의 노고와 집중력, 인내를 요구하는 일이다. 결국 그는 자신의 호기심과 명석한 증인으로서의 통찰력을 충족시켜줄 르포르타주 사진 분야로 진로를 잡게 된다.

그림에 소질을 보인 건 마리이고, 마리가 이 일을 한다. 예기치 못하게 이루어진 일이었다. 어느 날 마리는 피에르가 이야기들을 정리해둔 버찌색 서류철을 다시 열어보고 싶은 마음이 들었다. 피에르가 그녀를 위해 지어낸 짧은 글들을 담담한 마음으로 다시 읽었다. 몇몇 이야기는 어설프고 순진한 구석이 있었지만 그래도 매력적이었다. 마리는 피에르의 방에서 슬쩍해 온 마분지 파일도 다시 열어 찬찬히 내용물을 살폈다. 환각에 사로잡힌 듯 휘갈긴 스케치들과 종잇조각에 끼적인 문장의 동강들. 그녀가 이것들을 처음 발견한 이후로 상당한 시간이 흘렀고 당시에 느꼈던 불편한 감정도 사라지고 없었다. 마녀의 억양을 지닌 젤리라는 미지의 여자를 더는 위협적인 존재로 여기지 않았고, 피에르의 생각을 두고 과다하게 신경쓰지도 않게 되었다. 가족이라는 둥지를 떠나 혼자 사는 법을 배우고 고된 학업에 매이면서 마리는 오랜 세월 자신의 공포와 고통, 분노, 그리고 혼란의 불씨를 들쑤셔댄 이글대는 내면의 거울로부터 돌아설 수 있게 되었다. 함정에 불과한 마술 거울이 마침내 빛을 잃은 것이다.

그러던 어느 날 피에르가 상상해낸 이야기들을 감상에 젖지도 불쾌감을 느끼지도 않고 다시 읽으면서 그것들을 재구성해 삽화로 장식해보겠다는 생각을 하게 되었다. 거기에 젤리에게서 훔쳐냈지만 그 안에 깔린 고통의 흔적은 지운 글들을 끼워넣을 작정이었다. 마리는 이 계획을 실행에 옮기는 데 여름방학을 몽땅 바쳤다. 그렇게 해서 '젤리의 좌충우돌'이라는 제목을 지닌, 소박하고 알록달록한 삽화가 든 붉은 톤의 얇은 책이 탄생했다. "정오에 나는 스파게티와 내 머리카락으로 금빛 도는 진홍색 부적 장식끈을 엮었다……"라는 문장으로 시작되는 책이다. 학교 학생식당이라는 평범한 장소를 배경으로 전개되는 이 글에서는 젤리라는 천방지축 소녀가 생각해낸 어이없는 짓들이 이어졌다.

여름 한철의 이 기분 전환은 어느새 예상했던 것보다 더 진지한 작업이 되어 있었다. 마리는 한 친구의 조언에 따라 아동 서적 전문 출판사에 원고를 보냈고 그로부터 다섯 달이 지나 출판 제의를 받았다. 그렇게 해서 정사각형의 작은 판형으로 발간된 『젤리의 좌충우돌』은 엄청난 판매고를 올렸다. 마리는 출판사로부터 괴짜 소녀 젤리가 벌이는 우스꽝스러운 모험과 재난 이야기를 더 만들어달라는 독려를 받았다. 이제 그녀는 세번째 책을 준비중이다. 이것 역시 '젤리 파일'에서 발췌한 한 문장으로 시작하지만 그 원천, 다시 말해 원래의 맥락에서 벗어나 제멋대로 상상의 나래를 펴갔다. 앞선 책들과 마찬가지로 조에 제브랭스라는 필명으로 출간될 책이었다.

성공이 이어진다. 첫 책이 출간된 이후로 마리는 열일곱 살 생일에 피에르에게 받았던 금 발찌를 발목에 차고 있다.

6

사빈은 코탕탱이라는 바닷가 마을에 있는 높다란 집 맨 꼭대기 층에 정착했다. 집 통유리창 너머로는 하늘과 물, 구름과 빛, 끝없이 펼쳐진 공간이 보였다. 사빈은 부단히 움직이는 허공 속에, 거기 매달린 침묵의 수족관 속에 살았다. 여름에는 해가 뜰 때 일어나 아직 어둠의 베일이 걷히지 않은 광막한 하늘을 바라본다. 장밋빛과 밀짚빛 여명으로 떨리는 얇디얇은 베일이다. 그녀는 이 빛이 서서히 방안으로 들어와 범람하는 모습을 지켜본다. 빛은 점차 찬란하고 광활한 금빛 파도를 이루며 부풀어올라 활기차게 넘쳐흐른다. 그렇게 저녁때까지 분홍과 주황과 자홍과 양홍과 진홍 금박이 들어간 강렬한 푸른색의 경이로운 비단 물결을 펼친다. 겨울이면 사빈은 해뜨기 전에 일어나 빛이 보자기처럼 소리 없이 펼쳐지며 서서히 모습을 드러내면서 여명이 용해되는 모습을 응시한다. 하늘이 비단처럼 반드러워지며 아롱진 광채가 우윳빛과 고풍스러운 상앗빛, 은빛이 되었다가 회백색이 되고 마침내 보랏빛을 띤다. 바다와 구름이 부단히 대화하고 해와 바람과 비가 은밀히 속삭이는 가운데 계절마다 살빛이 다르고 매 시각은 고유의 결을 지닌다. 그러다 빛의 노래가 쇠락하여 어두워지면서 때로 잿빛 일색의 파멸로 치달아도 일말의 광채는 어김없이 남는데, 마치 신비로운 역전에 힘입어 광막한 하늘 위로 반짝이는 빛이 덧입혀진 듯하다. 납빛이든 검정이든, 잇달아 나타나는 색깔은 그렇게 빛을 발한다.

자식들이 이따금 그녀를 보러 오는데, 엄마를 독차지하려고 언제나 따로 왔다. 사빈에게서는 왠지 유동적이고 불안정한 분위기가, 우울과 평온과 온정 사이의 딱히 규정지을 수 없는 무언가가 느껴진다. 늘 바쁘고 분주했던 그녀가 그처럼 느린 삶을 선택한 걸 보면서 자식들은 우선 놀라움과 염려의 마음을 감출 수 없었다. 그렇게 스스로를 격리하다가 쉬 왕고모처럼 되지는 않을까? 하지만 그녀에게 지루하지 않냐고 물으면 지루하지 않다고 했다. 전혀 지루하지 않다고. 다양한 모양의 하늘이 함께한다고.

다양한 모양의 하늘과 바다, 새, 바람이 그녀와 함께했고, 그거면 족했다. 지리적인, 그리고 정신적인 이주는 이제껏 영위해온 경직되고 산패할 위기에 처한 삶을 멀리 두고 바라볼 수 있게 해주었다. 조르주가 죽기 이전의 삶과 잇따른 긴긴 애도의 나날. 일과 아들들, 특히 딸을 돌보는 데 과도하게 쏟았던 에너지. 자식들이 떠나고 피에르가 사라진 뒤에 맛본, 자신이 쓸모없고 버림받은 존재라는 느낌.

어수선한 삶이었다. 태어날 때부터 단추가 잘못 끼워져 너무 일찍 책임과 근심거리를 떠맡았고 남편을 잃은데다 아마도 평생 단 하나였던 친구마저 갑작스레 잃으면서 송두리째 흔들리게 된 삶이었다. 그런 그녀가 이제 그 삶에 작별을 고했다. 삶이 휴식을 취하며 구속받지 않고 흘러가고 마음껏 숨쉴 수 있도록 내버려두었다. 거기서 무슨 의미나 매력을 찾아낼 때까지 그렇게 내버려둘 것이다. 몇 달이 걸리거나 평생이 걸릴 수도 있는 일이었다. 하지만 그녀가 이 땅에 발을 딛고 선 살아 있는 사람이기 위한 유일한 방법이었다. 거울에 비친 자신의 영상이 소리 없이 그녀를 불러세운 순간 깊이 생각해보지도 않고 선언한 일이기도 했다. 애초에 생각했던 것만큼 경솔한 응답은 아니었다. 응답은 곧이곧대로 실행에 옮겨졌다. 사빈은 시간으로부터, 타인들과 자신으로부터 한발 물러섰다. 그 모두를 더 깊이 있게 관조하고, 그 흐름과 견고함과 응집력을 헤아리고, 미지의 부분을 더 잘 탐색해보기 위해서였다. 그녀는 그저 살아 있음의 맛 자체를 음미했다.

우르피빌 집의 임대계약과 상점 운영 계약이 종결되는 시점에 사빈은 계약을 갱신하는 대신 재산을 두 아들에게 위임했다. 학업을 마치고 실습까지 끝낸 그들은 이 재산을 활용해 각기 사업과 요식업에 뛰어들고 싶어했다. 그녀는 조르주가 복권으로 받은 돈을 쓰기로 마음먹었다. 철저히 없는 것으로 해두었던 돈이었다. 그렇게 잊고 있다보니 돈이 불어났고, 오랜 시일 방치되어 엄청난 액수가 되었다. 사빈은 자신이 마음먹은 대로 살기에 충분한 이 돈을 마침내 꺼내 쓰기로 해 재산을 자식들에게 이양할 수 있었다. 곧장 재난으로 화했던 '행운'의 돈을 받아들이기로 했을 때, 결국 그 돈은 재산이라기보다 이탈과 소멸의 가능성이었다.

르네는 부모가 이십여 년 전에 시작한 사업을 떠맡았고, 엑토르는 가족이 함께 살던 집을 개조해 레스토랑을 연 뒤 이제 루마의 도움을 받으며 젊은 아내와 함께 운영한다. 불안정한 직업을 택한 앙리는 우르피빌 집 정원의 낡은 움막을 작은 오두막으로 고쳐 잠깐씩 다녀가기만 한다. 그런가 하면 대부분의 시간을 파리에서 머무는 마리는 다락방에 화실을 꾸민다. 그렇게 해서 그들은 유년기를 함께한 이 장소에 저마다 자신만의 공간을 갖게 되며, 루마 역시 이곳에서 예전에 감당했던 역할을 되찾는다. 사빈만 그들로부터 동떨어져 산다. 그녀는 이제 그 어느 때보다 소외된 존재다. 자식들의 동아리로부터 벗어나 떠돌며 줄타기 곡예를 벌이는 어머니, 외로운 여자다.

*

가족이 모이는 날이나 축일이면 그녀도 우르푀빌에 가지만 오래 머무르지는 않는다. 더이상 자기 집 같지 않다. 루마에게 자신의 자리를 내어준 이후로 루마가 어머니 역할을 성실히 수행하면서 점점 더 이 집 안주인처럼 행동하며 사빈을 손님으로—특별한 손님임이 틀림없지만 잠시 체류하는—취급하게 된다. 샤를람이야말로 우르푀빌을 제 집처럼 여겨 생각날 때마다 이곳에 와 한참을 머무르곤 한다. 그는 앙리를 지배하는 데는 실패하지만 대신 쌍둥이 형제에게 영향력을 미치며 매사에 충고를 아끼지 않아 그들의 가장 내밀한 삶에까지 자신의 흔적을 남긴다. 요컨대 엑토르는 딸의 이름을 샤를로트라 짓고, 르네는 아들의 이름을 샤를조르주라 지어 벌써 샤를로주라 부른다. 전통은 지속되고, 유산은 보존되며, 마침내 질서가 자리잡는다. 미래가 보장되며, 샤를람은 만족한다. 아니, 부분적으로 만족할 뿐이다. 다른 식구들에 대해서는 불만이다. 제일 못마땅한 건 물론 마리다. 어린 시절부터 마리는 걸핏하면 눈살을 찌푸리게 만드는 사건을 터뜨리기 일쑤더니 이제는 돼먹지 못한 그림들을 되는대로 그려넣은 두서없는 이야기들을 아이들에게 들려주고 있었다. 설상가상으로 아이들과 부모들이 그걸 좋아했다. 한때 끔찍한 샤독이 어른 아이 가리지 않고 모두를 열광시켰던 것처럼. 그나마 마리가 예명을 사용한 건 다행이었다. 한데 이 예명이라는 것도 괴상하기 짝이 없었다. 조에 제브랭스라니, 얼마나 한심한 이름인가! 얼룩말과 스라소니의 혼종, 아니면 브랭드쟁그brindezingue와 브랑크branque를 잘게 부순 이름?* 또 발목에 찬 금 발찌는 어찌나 천박한지!

사빈과 관련해서는, 그렇게 집을 떠나 고집스럽게 혼자 떨어져 사는 게 못마땅했다. 사실 그녀는 가족이나 가문, 전통의 계승 따위를 존중하거나 관심을 가진 적이 없었다. 그런데 이제 일도 하지 않으면서 무엇으로 생활하는 걸까? 남자라도 생겨 생활비를 받는 걸까? 따지고 보면 샤를람은 사빈을 진정으로 좋아해본 적이 없었다. 철저히 독립적인 성격에 냉정한 아름다움이 왠지 부자연스러운 며느리였다. 하지만 아무 앞에서나 굽실댈 수도 있

---

* 프랑스어로 얼룩말은 zèbre(제브르), 스라소니는 lynx(랭스)다. brindezingue는 '술에 취한, 이상한', branque는 '바보'라는 뜻.

는 여자였다. 그녀가 고용했던, 이름은 생각나지 않고 '밀렵꾼'이라는 별명만 기억나는 그 가난뱅이 기둥서방 같은 녀석 앞에서 그랬듯이 말이다. 그렇다, 정말이지 샤를람은 사빈이 마음에 들지 않는다. 솔직히 인정하긴 어려워도 그녀를 보며 늘 경탄을 금할 수 없었던 게 사실이지만, 복종시킬 수 없는 며느리를 좋아하지는 않는다. 구겨진 이 자존심 뒤에는 더 생생한 상처가 숨어 있다. 며느리의 사랑을 받는 데 실패한 시아버지라는 상처였다.

에디트 역시 그의 역정을 돋우는 존재가 되어 있었다. 저앤 대체 왜 저런다지? 에디트는 완고한 태도를 벗어던졌고, 늘 끼고 살았던 두통과 소음에 대한 병적인 공포도 떨쳐냈다. 흰머리가 생기기 시작하면서 머리를 짧게 잘라 밝은 구릿빛으로 염색하는가 하면 그녀에게 있을 법하지 않던 기발한 취향의 옷을 입고 다닌다. 그를로가 사고로 죽은 뒤에는 레글리스라는 개를 새로 구했는데, 털이 검은 이 건장한 개는 낮고 우렁찬 소리로 마음껏 짖어댔다. 책을 읽거나 두통을 비롯해 온갖 통증을 다스리면서 조용히 칩거하던 에디트는 이제 외출을 하고 여행을 하며 무슨 일에나 부산스럽게 나댄다. 양궁 수업을 듣고 행글라이더 비행도 배운다. 하기로 마음만 먹는다면 권투나 투포환도 하지 말라는 법이 없었다. 남들은 차분히 자리를 잡는 육십대에 이르러서야 이 새대가리 같은 누이동생은 그동안 저축해둔 에너지를 모조리 사용하기, 아니, 낭비하기 시작하다니. 샤를람은 여동생에게 닥친 이 때늦은 젊음의 폭발이 우스꽝스럽고 당치않게 여겨졌다. 그런 만큼 사빈이 너무 일찍 자신의 내면으로 침잠하는 것이 못마땅했다. 이런 엇바뀐 행동은 두 여자 어느 쪽에도 어울리지 않는 해괴망측한 짓으로만 보였다.

그사이 앙리는 사진기자가 되었다. 위험천만해 보이는 이 직업을 샤를람은 경멸조로 '쌈닭 사진가'라 부른다. 아프리카나 아시아, 라틴아메리카, 근동에서 벌어지는 그 모든 싸움질을 어쩌겠다는 걸까? 동족상잔에 빠져 있는 그 먼 동방의 나라들과 그가 대체 뭐가 '가까워서'? 분규와 살상이라면 유럽도 넌더리가 날 만큼 겪지 않았던가. 아무튼 샤를람은 살육이라면 지긋지긋했다. 제일차세계대전이 그의 청소년기에 거대한 그림자를 드리웠다. 이십 년 후에 닥친 제이차세계대전은 과거의 기억을 되살려내며 더한층 암울한 그림자로 옥죄어왔고 그다음에는 식민지들의 독립전쟁이 확산되었다. 저마다 제 몫의 독립을 요구한 것이다. 그러니 제자리에 얌전히 머물러 있는 편이 좋다. 사람들이 어떤 식으로 나자빠져 죽는지 가까이 가서 볼 필요가 뭐 있단 말인가. 결과는 언제나 매한가지다. 도살장의 악취. 그런데 앙리가 감히 그것들을 증언하겠다니 얼마나 가소로운 노릇인가! 각자의 증언은 상충하거나 모순되며, 전쟁으로 전쟁을 몰아내다보면 결국 모든 전쟁은 매한가지가 되고 만다. 게다가 어느 누구도 학살에 직접 연루된 이들을 대신해 증언할 수 없다. 희생자와 살인자의 위치가 왕왕 뒤바뀌기도 하지 않는가. 그렇다. 둘은 뒤바뀔 수 있다. 선한 자들과 악한 자들의 집단을 반으로 싹둑 갈라 울타리 양쪽에 세워둘 수 있는 게 아니다. 이도 저도 아닌 평범한 인간들이 존재할 따름이며, 이런저런 상황이 졸지에 그들을 꽁꽁 얼어붙게 하거나 미친 듯한 열광에 빠뜨릴 수도 있다. 오늘 고문당하는 사람이라도 상황이 바뀌기 무섭게 고문자가 될 수도 있는 노릇이고, 어제 천벌을 두려워하지 않았던 전능한 형리도 자신의 처지를 한탄하며 불의에 항의한다. 사람들에게 전권을 부여하고 온전한 방종을 허용해보라. 순식간에 대다수가 권리를 후안무치하게 오용하고 남용할 것이다.

샤를람은 인류를 변변찮은 존재로 보며 종종 도스토옙스키가 상상해낸 대심문관을 생각한다. 그리스도가 세상에 와 인간들에게 드러내고 제시한 그 빌어먹을 자유를 통렬히 비난한 대심문관의 이야기를 떠올린다. 그 늙은 대심문관은 냉소적이고 추악한 인간이지만, 따지고 보면 현실을 꿰뚫어보는 꽤 조리 있는 생각을 피력한다. 그는 인류가 선하지도 지적이지도 않으며, 변덕스럽고 우유부단하며 자기중심적인 존재들의 집합체라는 걸 안다. 그는 침묵하는 그리스도를 꾸짖는다. "당신은 그들에게 천상의 빵을 약속했지만, 하나같이 타락하고 배은망덕한 이 나약한 인류의 눈에 그 빵이 지상의 빵에 비견될 수 있을까?" 먹을 수 있고 손에 만져지는 아주 구체적인 빵을 얻기 위해 그들은 서로 질투하고 착취하고 죽이기까지 한다. 빵과 재물, 영토, 섹스, 권력과 영광. 이것들이야말로 인류를 부채질하는 진정한 열정의 대상들이다. 자유란 한낱 기만이요 속임수에 불과하다. 고삐 풀린 욕구를 충족시키기 위한 수단에 지나지 않는다.

게다가 인간은 자가당착적인 존재다. 일단 자유를 얻고 나면 겁을 먹는다. 이 엄청난 걸 가지고 무얼 해야 할지 모른다. 그건 지나친 노력을 요구하는, 감당하기 벅찬 것이다. 우선 숙고하고 선택하고 실천하는 노력으로 시작해, 행동에 대한 책임을 온전히 걸머져야 하니까. "자유로운 인간의 뇌리에서 떠나지 않는 골칫거리이자 최대 관심사는 자신이 무릎 꿇을 대상을 한시바삐 찾아내는 일이다"라고 대심문관은 단언한다. 그런 다음 그는 "신들이 사라지고 나면 그들은 우상 앞에 엎드릴 것이다"라고 못박는다. 그렇다, 무한한 자유는 위험천만한 독이요 화약고다. 자유는 교묘한 통제와 제한이 가해졌을 때만 견딜 수 있는 것이다. 그건 조르주가 그토록 사랑한 '속도'와 흡사해서, 조르주도 그걸 통제하지 못한 순간 죽음을 당한 것이다.

속도와 게임에 열광하고 사방에 돈을 뿌리고 다닌 조르주는 도박꾼이었다. 샤를람은 젊은 시절 싸움꾼이었던 쌍둥이 형제 중 한 명에게서 이런 악습이 다시 고개를 쳐드는 건 아닌지 오랫동안 조마조마했다. 하지만 기우였다. 얌전해진 형제는 이제 정해진 길을 착실히 가고 있고 샤를람은 그 길이 안전하게 다져져 있는지 살핀다.

7

사빈은 한 번도 개를 가져본 적이 없었다. 어린 시절에는 한 마리 가졌으면 하고 간절히 바랐지만 부모가 반대했다. 동물을 키우면 집이 더러워지고 성가시고 돈이 든다는 이유에서였다. 부모는 뭐든 반대했다. 우르퇴빌에는 고양이가 있었다. 집에서 기르는 고양이들도 있었고, 먹이를 구하러 마당으로 기어드는 길고양이들도 있었다. 그런데 때로는 역할이 뒤바뀌어 정착해 살던 녀석들은 도망치고 몇몇 길고양이가 마당 한쪽을 거처로 삼기도 했다. 고양이들의 고분고분하지 않은 성미와 예측불허의 기질, 우아하고 당당한 자태가 사빈은 마음에 들었다. 반면 개는 세련됨과 무엇보다 독립적인 성격이 결핍된 동물이었다. 결국 개를 가지고 싶은 바람은 싹 사라져버렸다.

그랬던 그녀가 이제 커다란 검은 개를 늘 곁에 두고 있다. 에디트가 이틀간 돌봐달라고 두고 간 개다. 이제 그 이틀이 경과하고도 한참이 지나 벌써 수개월이 흘렀다. 에디트는 사빈을 찾아온 다음날 사고로 죽음을 당했다. 조르주의 생명을 앗아간 사고만큼이나 처참한 사고였는데 임종의 시간이 더 길었던 만큼 더 끔찍한 사건이기도 했다. 행글라이더 비행에 대한 열광이 그녀에게 죽음을 가져다준 게 분명했다.

*

사고 전날 에디트는 자신의 개를 데리고 사빈의 집을 찾아왔다. 사빈은 갑작스럽고도 이례적인 이 방문에 놀랐다. 가족 모임에서 만나는 것 외에 두 여자 사이에는 어떤 왕래나 친분도 없었기 때문이다. 에디트가 다정한 모습을 넘어서서 애정이 담긴 마음까지 드러내 보이기는 처음이었다. 둘은 해변을 따라 산책했고 레글리스도 우렁차게 짖어대며 그들 앞에서 달렸다. 두 여자는 이런저런 사소한 일들을 두고 이야기를 나눴는데, 조르주와 관련된 이야기도 더러 끼어 있었지만 별생각 없이 주고받는 말들이었다. 뒤이어 둘은 카페 테라스에 바다를 마주하고 앉았다. 그렇게 대화를 나누던 중 에디트가 무심코 말을 꺼냈다. 이틀간 집을 비우는데 레글리스를 누구한테 맡기면 좋을지 모르겠다고. 사빈은 왠지 자신이 그 일을 자청해야 할 것 같았다. 에디트가 떠나려는 순간 개는 큰 불안을 감추지 못했다. 그러자 에디트는 개를 쓰다듬어주고는 한 차례 더 개와 놀아주려고 막대를 던졌다. 파도가 밀려오는 아주 먼 곳까지. 레글리스가 미끼를 향해 달리는 사이 그녀는 자리를 떴다. 막대를 입에 물고 온 개는 사방을 두리번거리다가 대기 중에 감도는 주인의 갑작스러운 부재의 냄새를 맡고는 긴 신음소리를 냈다.

그날 저녁 에디트는 스스로 구상해내고 정성을 다해 마련한 무대를 관람했다. 며칠 앞서 그녀는 자신이 사는 도시의 거리를 밤사이 수차례 순회한 뒤에 어느 매춘부에게 접근했다. 갈색 머리의 젊은 여자였다. 에디트는 여자에게 자신의 요구를 들어달라고 청했다. 여자가 남자와, 그녀처럼 젊은 남자와 성행위를 하는 장면을 보게 해달라고. 자기가 그 행위에 동참하려는 건 아니고 그저 광경을 지켜보고만 싶다는 점도 분명히 했다. 여자는 그런 유의 필름이나 섹스 숍은 헤아릴 수 없이 많고 다른 이들의 섹스 장면을 엿보며 눈요기할 수 있는 전문화된 클럽도 수없이 많다는 점을 상기시켰다. 에디트는 여자의 빈정대는 말투에 개의치 않고 설명을 덧붙였다. 그런 흔해빠진 성도착자들에겐 관심이 없다고. 자신은 두 사람만의 내밀하고도 과장 없는 섹스 광경을 원한다고. 에디트는 상대를 설득하기에 충분한 보수를 제안했고, 계약은 성사되었다. 적절한 파트너를 구하는 일은 여자 쪽에서 맡았다.

여자와 상대 남자는 에디트가 스위트룸을 예약해둔 호텔에 약속한 시간에 나타났다. 방안에는 에디트가 배달시킨 붉은색과 오렌지색의 큼직한 장미 다발과 샴페인, 요리 한 세트가 마련되어 있었다. 그들에게 돈을 지불하기로 되어 있는 고객의 요구는 일견 유행에 뒤진 조촐한 모양새였다. 과장된 체위를 하지 않고 사랑을 나누는, 요컨대 조용조용한 교미. 그 대가로 엄청난 액수가 지불될 것이었다. 두 사람은 거칠고 기계적인 포르노 쇼를 연출하지 않아도 됐지만 고객의 요구 사항을 실행에 옮기기는 생각보다 쉽지 않았다. 거대한 욕망의 물결에 휘감기고 휩쓸려 서서히 전복되어가는 사람들처럼, 요컨대 사랑을 완수해야 했기 때문이다. 에디트는 간곡한 열정을 담은 무덤덤한 말투로 미리 설명해두었다. 나지막한 목소리로 말하다가는 간간이 입을 다물었고, 모호한 미소를 짓거나 손짓을 하다가 그만두곤 했다. "서두를 것 없어요." 그녀가 말했다. "우리 앞엔 긴긴 밤이 있으니까. 그렇지, 긴긴 밤이…… 욕구가 생기기 전에는, 준비되었다고 느끼기 전에는 행동하지 말아요. 욕구가 머리를 들 때까지 기다려요. 내면에서 그게 머뭇거리다 초췌해지고 시큰둥해지고 그러다 활기를 띠도록 내버려둬요…… 난 잊어버려요. 당신들이 누군지도 잊어버리는 거예요. 모두 잊는 거예요. 글쎄, 뭐랄까…… 순수함이랄까. 그래, 순수해지는 겁니다. 최대한 소박하게 해요. 그리고 아주 길게, 아주 느리게 사랑을 나누는 거예요." 이어 에디트는 젊은 여자에게 말했다. "한 가지 더 명심할 부분이 있어요. 조용히 해요. 말도 하지 말고 신음소리도 내지 않도록 해요. 절대로 소리를 질러선 안 돼요. 남자의 숨소리만 듣고 싶으니까." 그리고 그녀는 남자 쪽으로 몸을 돌리며 반복해 말했다. "당신의 숨소리만. 당신의 살과 피와 뼈의 어두운 지대에서 고스란히 솟구치는 노래 말이에요." 그렇게 말하고 그녀는 술잔 셋에 와인을 따른 다음 참을성 있게 기다렸다.

남자는 마음이 몹시 불편했다. 한가로움과 신경질적인 긴장, 세심한 배려와 외설이 뒤섞인 이런 상황에 처해보기는 처음이었다. 실제로 이 고객은 "사랑, 순수함, 부드러움, 밤의 노래……" 같은 거창한 말들에 적절한 균형을 부여할 줄 알았다. 그래도 그가 매춘부를 범하는 장면을 그녀가 마음껏 염탐할 것이라는 사실에는 변함이 없었다. 고객의 차분하고도 예의바른 태도가 당혹스러웠다. 그녀는 모든 게 뒤죽박죽이 되도록 했고, 저속한 나체쇼를 순결하고도 장려한 무엇으로 미화함으로써 상황을 왜곡하고 있었다. 그는 이런 유의 혼돈이 마음에 안 들었다. 여자나 남자와 성행위를 하고 요구사항이나 시간을 따져 그가 한 연기에 대한 소정의 대가를 받는 건 분명 노동인데, 이번에는 내밀한 사랑의 관계까지 보태야 했다. 뿐만 아니라 이 점잖은 뚜쟁이 여인의 시선이 거북했다. 그 시선 또한 그녀의 염원만큼이나 모순된 것이어서 냉철하면서도 착란에 빠진 듯하고 탐욕과 멜랑콜리가 동시에 느껴지는가 하면 단호하면서도 멍한 데가 있었다. 어쨌거나 그는 이 코미디의 주역은 자신이라는 걸 십분 이해하고 있었다. 고객은 그에게 기대를 걸었다. 그의 몸과 그의 숨결에. 그녀가 길에서 선발해 온 여자는 미끼였고 그의 역할을 돋보이게 하는 조역을 담당할 것이었다. 그는 이제까지와는 전혀 다른 방식으로 자신이 주시의 대상이 될 것임을 감지했다. 누군가가 자신을 속속들이, 피부의 가장 내밀한 부분까지 꿰뚫어볼 거라는 예감이 들었다. 그러자 으쓱해지기는커녕 왠지 마음이 거북하고 초조해졌다. 상당한 액수의 돈뭉치가 따르지 않았다면 가버리고 말았을 것이다. 그의 숨결을 훔치겠다고 위협하는 이 늙은 여자를 그 자리에 못박아둔 채로.

반면 상대역을 맡은 여자는 불안해하지 않았다. 이 일에서 자신은 조역에 불과하다는 걸 짐작했지만 개의치 않았다. 그리고 자신을 고용한 노부인에게 호기심을 느꼈다. 그 평온한 외관 이면에 자리한 별난 망상과 성에 대한 어이없는 무지가 감지되었다. 어쩌면 숫처녀인지도. 늙은 숫처녀가 아닐까? 웃음이 났지만 왠지 모르게 마음이 동요되었다. "순수해지는 겁니다"라고 그녀는 주문했다. 그들더러 순수하게 굴라니! 그녀는, 이 동정녀는, 그들이 순수할 수 있다고 믿는 게 분명했다. 적어도 잃어버린 순수함을 되찾을 수 있다고. 그런데 단호하고도 순진한 이 믿음은 은밀한 전염성을 지닌 것이었다. 요컨대 이 노부인은 관음 취미를 지닌 성도착자라기보다 머리가 살짝 돌긴 했어도 마음은 너그럽고 상냥한 선각자라 할 만했다. 그렇다면 못할 것도 없었다. 돈을 준다면야. 계시를 받은 이 순결한 고객의 소원을 들어주는 거다. 자신의 순수한 파트너에게서 격렬하고도 달콤한 몇 차례의 거친 숨결을 끌어낼 수 있을 것이다. 황홀경을 가장해 쾌락으로 뜨겁게 달아오른 암컷의 교성을 흉내내지 않도록 주의받은 대로 고객의 요구를 이행할 것이었다.

여자는 맡은 역할을 썩 잘 수행했고, 그러다보니 자신도 모르게 그 역할에 동화되었다. 이 직업에서 좀처럼 경험하지 못한 관능적인 쾌락을 맛볼 수 있었다. 요란스럽게 쾌락을 가장하지 않아도 되었을 뿐 아니라, 자신을 잊어버리라는 요구가 있었기 때문인지도 몰랐다. 놀랄 만큼 침묵이 빛을 발하는 여자의 몸과 노부인의 강렬한 시선—남자의 숨결에 집중된 청각적인 시선—사이에 붙들린 남자 역시 자신을 내려놓게 되었다. 쾌락이 서서히 솟구치면서 내면의 모든 것이 이완되었다. 쾌락은 여자의 침묵과 마찰을 일으켜 한결 거칠고 풍요로운 양상을 띠었다. 여자는 점점 빨라지는 남자의 움직임에 숨이 가빴지만 여전히 소리는 내지 않았다.

에디트는 이제 옅은 잠이 든 두 사람을 한참 동안 지켜보았다. 여자는 엎드린 자세이고, 남자는 머리를 한쪽으로 기울인 채 벌러덩 드러누워 있었다. 전등에서 쏟아지는 불빛이 침대 발치에 떨어진 흰 시트의 구김살을 상앗빛 금가루로 물들였다. 에디트는 탁자에 놓아둔 꽃다발 밑에 지폐가 가득 든 봉투 두 개를 놓아두고 소리 없이 자리를 떴다.

집은 모두 정리된 상태였다. 앞선 며칠을 그녀는 집안을 구석구석 정돈하는 데 바쳤다. 텅 빈 서랍 안에는 서류 하나, 수첩 한 권, 우편물 하나 굴러다니지 않았다. 눈에 띄는 건 아무것도 없었고, 아무도 그녀의 물건을 뒤질 수 없을 것이었다. 맨 먼저 내다버린 건 마지막 검진 결과가 들어 있는 진단서였다. 에디트에게 살날이 몇 달 안 남았다는 사실을 그녀의 요청에 못 이겨 털어놓은 의사의 이름과 연락처도 함께 내다버렸다. 물론 치료를 계속 받을 수 있었겠지만 그 과정이 험난한 데 비해 회복될 가능성은 극히 희박했다. 그런 선고를 받고 나니 자기 쪽에서 선수를 치겠다는 결심이 섰다. 기력이 쇠하기 전에 어서 행동에 나서야 했다. 그리고 이제 모든 게 마무리되었다. 그녀가 사는 아파트는 비밀스러운 장식물을 모두 걷어낸 텅 빈 무대가 되었고, 기르던 개도 안전한 곳에 맡긴 상태였다. 그토록 강렬하게 꿈꾸어왔건만 한 번도 경험할 수 없었던 관능적인 사랑, 육체적인 사랑에도 경의를 표한 참이었다. 다음날 그녀는 마지막 행동을 완수했다.

마지막 순간까지 그녀는 맑고 냉철한 정신으로 행동했다. 바람을 교묘히 통제해 상승기류를 타고 빨려들어가 소용돌이에 휘말려 산산조각이 나는 것. 이렇게 그녀는 절대로 범해서는 안 된다고 배운 것들을 꼼꼼히 이행했다. 저 아래 땅이 닻줄이 끊긴 채 표류하며 한없이 멀어져갔다.

하지만 마지막 순간까지 정말로 냉정을 지킬 수 있었을까? 온전히 그랬다고는 할 수 없다. 사나운 바람과 회오리, 굉음에 에디트는 당황했다. 공기가 희박했고, 무섭도록 추웠다. 숨을 쉴 수 없는데다, 얼어붙은 포옹이 몸을 옥죄는 통증이 느껴졌다. 짐승의 공포에 휩싸여 입술 위로 절규가 솟구쳤지만 더는 숨을 쉬거나 소리를 낼 수 없었고 분별력을 유지하기는 더더욱 불가능했다. 더는 아무 생각도 할 수 없었다. 임박한 소멸의 공포에 사로잡힌 육신에 불과한 그녀는 본능적으로 무의미한 싸움을 벌였다. 공포의 심연에서 솟구쳐 파리한 입술 밖으로 새어나온 비명, 착란에 빠진 마지막 한마디는 조르주라는 이름이 아니라 "엄마!"였다.

몸이 꽁꽁 얼어붙은 어린 소녀가 푸른 엉겅퀴 다발처럼 빙글빙글 선회하며 하늘에서 떨어져내렸다.

*

개가 가끔씩 머리를 쳐든다. 귀를 세우고 사방을 둘러보다가 경계하는 자세로 잠시 꼼짝하지 않는다. 개는 기다리며 희망을 버리지 않는다. 그러다 환상의 산물인 희망을 놓아버리고 다시 양발 사이에 머리를 묻고는 축 늘어져 긴 한숨을 내쉰다.

사빈은 개를 사육장에 맡겨 평생 그곳에서 살게 할 수도 있었겠지만 그러고 싶지 않아 자기 집에 두었다. 처음에 그녀와 개는 서로 거리를 두고 서먹서먹한 관계로 공존했다. 한 번도 개를 키워본 적이 없는 사빈은 다소 불안한 마음으로 개를 관찰했고, 개는 곁눈으로 그녀를 살폈다. 그러면서 둘은 조금씩 서로에게 길들여져갔다. 사빈이 부엌에 개의 잠자리를 마련해주려 했지만 개는 그곳을 좋아하지 않았다. 문 뒤에 몸을 꼿꼿이 세우고 앉아 그녀가 와서 문을 열어줄 때까지 우렁찬 소리로 짖어댔다. 사빈이 늑장을 부리기라도 하면 낮은 소리로 심술궂게 으르렁댔다. 그러다 짜증이 난 사빈이 마침내 걸어와 문을 열면 입을 다물고 나른한 자세로 고개를 기울인 채 메트로놈처럼 빠른 속도로 반갑다고 꼬리를 흔들어댔다. 그러고는 놀랄 만큼 우직한 모습으로 그녀에 대해 신경을 꺼버렸다. 보다 섬세하고 약삭빠른 고양이들한테서는 볼 수 없는 광경이었다. 결국 그녀가 양보해 개는 거실에서 잠을 잤다. 하지만 거기서도 녀석은 꾀를 써서 엄격한 금지에도 불구하고 소파 위에 몸을 눕혔다. 그렇게 명령을 어긴 모습을 현장에서 사빈에게 들키기라도 하면 귀를 반쯤 늘어뜨리고 쿠션 위에 납작 엎드렸다. 그리고 엘 그레코의 그림에 등장하는 성모나 황홀경에 빠진 사람들처럼 성스러운 고통에 송두리째 뒤흔들린 순진무구한 눈빛이 되었다. 결국 둘은 타협점을 찾아, 그녀는 개에게 안락의자 하나를 내주었다.

레글리스는 지칠 줄 모르는 호기심으로 뭐든 코끝을 갖다대고 확인해보지 않고는 못 배긴다. 어느 날 사빈은 벽장의 물건들을 비워낸 뒤 그 안쪽에 칠을 하고 있었는데 개가 종이상자들과 봉지들 사이를 오가며 열심히 코를 킁킁댔다. 개는 이 물건 저 물건에 관심을 보이며 주변을 서성대거나 무시해버렸다. 그러면서 가끔씩 으르렁댔고 한숨을 짓거나 할짝거리며 소감을 드러냈다. 레글리스는 매사에 참견해대고 잠을 잘 때도 혼자 꿍얼대는 버릇이 있다. 사다리 발판 위에 올라서 있느라 개에게 주의를 기울이지 않던 사빈이 내려와보니 옷가지가 담긴 비닐봉지를 개가 찢어놓았다. 피에르가 달아나던 밤에 똘똘 뭉쳐 품에 안고 있다가 계단을 급히 뛰어내려가며 버린 옷들이었다. 사빈이 이 물건들을 추려 갖고 있었던 건, 그것들을 버리면 그의 죽음을 인정하는 셈이 될 것 같아서였다. 돌이킬 수 없는 부재 앞에서 이미 그런 항복의 몸짓을 취한 적이 있었다. 조르주의 몸을 지우며 그의 육체적인 현존을 도려내는 과정에 이미 동참했었으니까.

개는 가로챈 붉은 스웨터를 양발 사이에 두고 제 안락의자에 자리잡고 있었다. 그리고 환희에 들뜬 표정으로 스웨터에 머리를 대고 굴리면서 으르렁댔다. 사빈은 문지방에 꼼짝 않고 선 채 자신의 손에 들린 페인트 통만큼이나 텅 빈 눈길로 레글리스를 바라보았다. 마음속에서 놀라움과 분노가 경합을 벌였다. 이 짐승은 골칫덩이보다 더한 재난임이 분명했다. 그녀의 공간을 침범한 걸로도 부족해 물건들을 약탈해 아귀처럼 달려들었으니까. 녀석을 바로잡는 건 불가능했다. 자신에게 조련사의 재능은 전혀 없는 것 같았으므로 녀석과는 헤어질 수밖에 없겠다 싶었다. 그러나 금지 사항을 위반했다는 사실을 꿈에도 모르는 개는 기쁨에 사로잡혀 대리 주인에 대한 신뢰와 만족감을 드러내며 팔짝댔다. 그녀도 개의 행동에 호응해 함께 히히대야 하는 걸까? 개는 세차게 머리를 저으며 스웨터를 입에 물고 흔들었다. 이 붉은 모직 헝겊을 놀잇감 삼아 낑낑대며 사빈과 재미난 승부를 한판 벌이고 싶어했다. 하지만 사빈이 시합의 규칙을 안다고 할 수 있을까? 놀이의 방편으로 골라낸 이 하찮은 물건을 무슨 대단한 물건인 척해야겠지. 싸움꾼처럼 으르렁대고 소리를 질러대면서 너무 빨리 잡히지 않도록 신경써야겠지. 쫓거나 달아나야 하고 신중을 기해 놀잇감을 힘껏 다시 던져야 할 테고. 사빈은 아직 마음을 정하지 못한 채 개가 있는 쪽으로 다가갔다. 개는 상대가 이해했다고 생각하며 놀이를 벌일 태세가 되어 흥분한 두 눈을 빛냈고 희열에 몸을 떨면서 꼬리를 살래살래 흔들었다.

주체할 수 없던 사빈의 분노가 그 순간 돌연 사그라졌다. 따지고 보면 근거 없는 분노였다. 개가 추억의 물건을 장난감으로 삼았다 한들 무슨 불경한 짓을 한 건 아니었다. 사물의 가치를 원래대로 회복시켜놓았을 뿐이다. 이 추억의 물건이라는 건 고작 좀

이 슬어 구멍이 숭숭 난 헌 옷가지에 불과했으니까. 레글리스가 구멍을 몇 개쯤 더 낸다 해도 피에르의 운명이, 그가 죽었든 아직 살아 있든, 달라지지는 않을 것이다. 그러고 보면 피에르는 물건을 중시한 적이 없는 사람이어서, 허물 벗는 동물들처럼 필요하면 입고 있던 옷을 벗어던지곤 했었다. 산타클로스 복장을 그렇게 했고, 숲속에 버려진 지비 복장이나 마지막날 층계참에 버려두고 간 옷들도 마찬가지였다. 자신이 받은 선물조차 열어보지 않는 사람이었다. 그러다 만사에 작별을 고하고 싶다는 생각이 든 걸까? 베랭스가와 우르퐈빌에서의 생활에도 결국 만족할 수 없게 되어 이제까지의 자신을 벗어나 새 삶을 기도하게 된 건지도 모른다. 그렇다면 개가 이 스웨터를 차지해 애착의 대상으로 삼아도 괜찮다. 좀이 슨 이 기념물을 몽땅 먹어치운대도 상관없다.

그 순간 이후로 사빈은 레글리스를 재난으로 여기지 않았을 뿐 아니라 골칫덩이 취급도 하지 않았고 가족으로 받아들였다. 피에르의 소식을 기다리는 것도 그만두었다. 그의 실종으로 인한 고통도 누그러든 상태였다. 이 남자에 대한 끈질긴 기억을 떨쳐내자 마음도 가벼워졌다. 곁에 있을 때는 존재감을 거의 느끼지 못했건만 부재하는 내내 마음을 온통 점령했던 사람이었다. 그러나 시간이 흐르며 부재와 현존이 뒤섞여 왠지 모르게 차분한 느낌으로 변해갔다. 사빈은 피에르가 사라졌다는 사실을 받아들이게 되었다.

꽃다발을 갖다놓던 여자에게도 같은 일이 일어난 걸까? 사빈은 일전에 우르퐈빌을 지나가며 도로변에 변함없이 서 있는 플라타너스 둥치에 눈길을 주었다가 먼젓번에 본 꽃다발이 오래되어 더러워진 포장지 속에 검게 말라 있는 것을 알아챘다. 그쪽 역시 기억의 불꽃이 꺼져버렸거나 사그라진 거다. '꽃다발 여자'에게도 같은 일이 일어난 게다! 그녀도 늙고 만 게다. 기억이 희미해졌든지 체념했든지, 아니면 새로운 사랑을 향해 돌아서게 된 걸 거다.

사빈의 태도가 달라지자 개도 그에 화답해 사빈이 에디트의 자리를 대신해도 좋다고 판단했다. 그래서 옛 주인의 체취를 흔적이라도 찾아내려고 허공에 주둥이를 대고 킁킁대는 부질없는 짓을 그만두었다.

8

사빈의 자식들은 어머니가 떠맡은 개에게 쏟는 정성을 보면서 은근슬쩍 원망의 마음을 내비치며 놀려댔다. 어린 시절 그들에게 쏟았던 것보다 더 큰 인내와 너그러움을 개에게 쏟는다며 비죽거렸다. 요컨대 더 큰 모성애를 쏟는다고. 사빈은 다른 말을 골라 자식들의 지적을 바로잡는다. 자신이 이 개에게 느끼는 감정은 모성애가 아니라 우애라고. 이 말에 자식들은 저마다의 방식으로 반응했다. 르네는 미심쩍다는 듯 부루퉁한 표정을 지은 반면 엑토르는 웃음을 터뜨렸고, 마리는 그 자리에서 개를 '레글리스 동지'라 부르며 떠받들었다. 앙리는 아무 말도 하지 않았다. '우애라. 피에르에게서 느낄 수 있었던 그런 감정일까?' 하지만 어머니의 말을 듣는 순간 불쑥 솟구친 이 질문을 차마 건네지는 못했다. 질문이 어머니와 피에르의 관계를 겨냥한 것인지, 피에르의 성품 혹은 앙리 자신이 결국 피에르에게 갖게 된 감정과 관련된 것인지도 알 수 없었다.

두 남동생은 피에르 제브뢰즈의 행방에 크게 신경쓰지 않았다. 여동생과 어머니는 지비의 불가해한 도주로 인한 충격이 일단 가시자 거리를 두고 사건을 바라볼 수 있게 되었다. 여동생은 불연속적인 단계를 밟아가면서, 어머니는 점진적인 변화를 거치면서. 그 남자를 잃으며 두 사람이 잃은 건 뭘까? 아버지를 대신하는 사람, 수호천사 혹은 연인, 아니면 친구였을까?

조에 제브랭스라는 필명으로 '젤리'와 관련된 다섯 편의 이야기를 쓴 이후로 마리는 주인공인 그 말괄량이 소녀를 샅샅이 훑었다는 생각이 들었다. 그래서 새로운 일에 눈길을 돌린 참이었고, 이제는 자신의 진짜 이름을 쓰면서 무대장식가로 일한다. 피에르가 아직 살아 있다면 언젠가는 서점 진열창에서 그녀가 쓴 책들 가운데 하나를 알아볼지도 모른다는 희망을 오랫동안 버리지 않았다. 조에와 젤리라는 이름과 두 성의 조합을 보면 피에르도 사정을 깨닫고 그녀에게 연락해 올지 모른다고. 마리는 자신이 피에르에게 무얼 빚지고 있는지 안다. 예전에 그가 들려준 이야기들과 그의 머리말 탁자에서 찾아낸 젤리의 글들로부터 영감을 받아 책을 쓰게 되었으니까. 그녀는 피에르 제브뢰즈라는 이름으로 은행 계좌를 열어 책 출판으로 번 돈의 절반을 예치했다. 함께 책을 쓴 사람의 이름으로 튼 계좌다. 하지만 여전히 실체 없는 환영으로 남아 있는 사람인지라 빚을 청산하기가 쉽지 않다.

피에르가 나타나지 않자 마리는 그의 몫으로 돌려둔 돈을 노숙인 여성들을 돌보는 기관에 주기로 마음먹었다. 어린 시절, 그런 여자가 보도에서 오줌 누는 광경을 목격하고 강한 인상을 받은 기억이 있었다. 젤리의 표현대로라면 '원일점'에 자리한 여자다. 자신에 대해서는 물론 자신의 실추에 무심한 세상과 최대한 거리를 두는 여자. 파리의 거리를 돌아다니다보면 여기저기 좌초해 있거나 정처 없이 어슬렁대는 부랑자들을 보곤 하는데, 이들의 휑한 눈 안에서 젤리의 말이 음산하게 울려퍼지는 소리를 듣는다. "죽어서도 여전히 존재하는 탓에 내가 있는 곳이 어딘지 알 수 없게 되었다 아니 내가 정말로 존재하는지조차도".

앙리가 피에르를 잃으며 함께 잃어버린 건, 가지고 싶었지만 가지지 못한 형이었다. 앙리는 운명이 정한 장남이라는 자리를 좋아해본 적이 없었다. 아버지가 죽은 뒤로 그토록 오랫동안 샤클람이 강조해온 자리였지만. 그는 자신보다 먼저 태어난 형이 있었으면 했다. 자신을 놀이와 삶으로 이끌어줄 형, 경험이나 습관 혹은 편견에 지나치게 단련되고 무장된 어른들과는 다른 젊은 사람, 자신과 가까우면서도 더 성숙하고 세상사에 밝은 그런 형이 있었으면 했다. 선배이자 척후병이라 할 만한 형. 사라질 즈음의 피에르가 감당하기 시작했던 역할이었다.

앙리가 유랑하는 증인이 된 것도 어찌 보면 피에르 때문이었다. 지나가는가 싶었는데 금세 사라져버리는 사람들, 전쟁과 혁명이 집어삼킨 운명들, 이 숨겨진 삶들을 즉각적인 망각으로부터 구해내는 것이 그의 관심사였다. 죽은 것이 분명한 피에르 때문에 하게 된 일이다. 어떻게 죽었는지, 왜 죽었는지는 알 수 없다. 목격자가 없기 때문이며, 대형 포스터 한 장 외에는 그가 아무 흔적도 남기지 않았기 때문이다. 세월과 더불어 광채를 잃어가는 노란 포스터. 하지만 로스코의 이 복제화는 색이 바래버린 지금도 앙리에게는 세상을 향해 열린, 탐색되지 않은 세계를 향해 열린 창이다. 이 그림 역시 숨겨진 삶이 식별되고 감지되게끔 하기 위해 한 사람이 애쓴 자취였다. 숨겨진 이 비극들 속에서는 보이는 것과 보이지 않는 것, 빛과 어둠이 마찰을 일으키거나 포옹하며 접촉했고, 다양한 색깔들이 수축과 팽창이라는 이중의 운동 속에 부동不動을 스치며 움직인다. 그리고 확대되는 미지의 공간

속에서 조용한 모험이 전개된다.

로스코는 선언했다. "하나의 그림이 완성되는 순간, 창조물과 창조자 사이의 교감이 끝나는 순간, 그림은 신비로운 대상이 되어버린다. 창조자는 이방인이 되어버린다. 누구나 나중에 경험하는 일이지만, 그에게 그림은 영원토록 친숙한 욕구의 해소다. 그림을 통해 이 욕구가 유례없는 방식으로 예기치 못하게 해결된다." 앙리는 이런 경험을 되풀이했다. 미술관이나 전람회에서 로스코의 수많은 그림을 보았다. 로스코가 거대한 벽화를 그린 휴스턴의 예배당에도 가보았다. 칙칙하고 어두운 색상의 이 대작들을 완성하는 과정에서 로스코는 기력이 다했다. 그는 말했다. "내가 이처럼 거대한 화폭의 그림을 그리는 건 내밀함을 추구하는 동시에 인간적이고 싶어서다. 작은 그림을 그리는 건 자신의 경험 바깥에 자리잡는 것이고, 매직 랜턴이나 축소경을 통해 하나의 경험을 바라보는 것이다. 어떤 방식으로든 더 큰 화폭의 그림을 그릴 때 우리는 그 화폭 안에 자리잡게 된다. 그건 우리가 결정할 수 있는 무엇이 아니다."

1970년 2월, 얼어붙은 이른아침, 로스코는 맨해튼에 있는 자기 화실에서 자살했다. 병을 앓고 있어 몸이 쇠약했고 창작력도 감퇴한 상태이기는 했다. 고독이 가중되고 씁쓸함이 더 큰 무게로 짓눌러왔다. 세상의 경쾌한 행보 앞에서, 그의 작품을 예찬하지만 주의력과 인내와 명상이 결핍된 대다수 사람들 앞에서 느끼는 회한과 분노. 사원을 짓듯 공을 들인 작품들이었다. 하지만 색채의 신비와 빛의 떨림, 거칠고도 섬세한 광채를 은은히 내뿜는 어둠의 힘, 이 모두를 기리는 사원을 캔버스와 유화물감으로 지어주기를 그에게 기대하는 사람은 아무도 없거나 거의 없었다. 사람들이 보기에 그의 큰 그림들은 결국 정신적인 가치보다 상업적인 가치를 지니는 것이었고, 이에 그는 정신적인 상처를 입었다.

그라는 존재를 더는 필요로 하지 않게 된 자신의 완성된 그림들로부터 '소외되는' 고통을 맛보며 그는 이 그림들과의 내밀한 관계를 회복하기 위해 간 것일까? 그지없이 투명한 태양의 색채로부터 가장 어두운 색채에 이르기까지 모든 색채 안에서 끝없이 박동하는 미지의 이 무언가 속에서 자신을 만나려고 떠난 것일까? 자신을 되찾으러 떠난 건 자신을 더 쉽사리 놓아버리기 위해서가 아니었을까? 반대로 자신을 놓아버린 건 자신을 되찾기 위해서였는지도. 혹은 자신과 마침내 정면대결을 벌이기 위해 스스로를 포기했는지도 모른다. 죽음은 안과 밖의 전도이자 합치다. 동맥을 끊어 자살할지언정 "그건 우리가 결정할 수 있는 무엇이 아니다".

그의 그림들 속에 표현된 명상의 힘을 자각하고 그를 '신비주의자'라고 생각하며 숭배하는 어느 여성에게 로스코는 말했다.

"신비주의자는 아닙니다. 예언자라고나 할까요. 하지만 앞으로 닥칠 재난을 예언하지는 않습니다. 이미 존재하는 재난을 그리는 걸로 만족합니다." 로스코는 간소하고 절제된 방식으로 만사를 제자리에 돌려놓을 줄 알았다. 종종 변질된 의미로 사용되는 '신비주의자'는 아니며, 따지고 보면 예언자라는 말이 적절하다. 하지만 미래를 예언하겠다는 사람은 아니다. 명명백백한 것이든 안개처럼 몽롱한 것이든, 아무것도 예언할 게 없는 사람이다. 심혈을 기울여 인내심을 가지고 바라보았기에 그저 지금 존재하는 것을 말할 수 있게 된 예언자다. 소리가 들릴 만큼 바라보기, 사물이 투명하게 보일 만큼 귀기울이기. 낮시간에 산재해 있는 밤의 찌꺼기들을 간파할 만큼, 어둠 속에 자리한 눈부신 빛의 흔적들을 알아챌 만큼 귀기울이기.

앙리 역시 관찰한다. 그는 세상에서 일어나는 일들을 증언하고 드러내 보인다. 화가처럼 자신이 보는 불확실한 광경을 화실에 세워둔 캔버스에서 천천히 끌어내는 것이 아니라 쉴새없이 움직이며 망을 보는 사진기자가 되어서. 그는 겸손하고도 고집스럽게 다양한 영상을 찍어오는 사람이며, 현재의 예언자요 절박한 사태의 예언자다. 때로는 엄습해오는 피로로 휘청대기도 한다.

거리낌도 자책도 없이 저질러진 무수한 살인과 끔찍한 일들을 목격했고, 위로받을 길 없는 고통을 너무도 많이 보았다. 전쟁은 그의 시선에서 일체의 온화함을 걷어냈고, 하느님에 대한 신앙과 인간에 대한 신뢰에서 시작해 어린 시절부터 조금씩 형성해온 믿음과 생각을 철저히 들어내고 닦아냈다. 전쟁은 그의 지표들을 흐려놓았고 선과 악, 지성과 우매, 본능과 이성, 인류와 동물 간의 경계를 무너뜨렸다. 이제 그는 무슨 일이 일어나든—흔히 경험하는 끔찍한 일일 수도, 그보다 드문 탄복할 만한 일일 수도 있는데—맞이할 각오가 되어 있다. 누구에게나 닥칠 수 있는 일이고, 그 자신도 예외는 아니다.

전쟁은 변함없이 젊고 빛나는 눈매를 한 오래된 정부情婦다. 조국과 자유, 민족을 수호하며 인간 혹은 신에 대한 자신의 관념을 옹호하는 영웅적인 파시오나리아*의 눈길. 사람들을 홀려 서로의 내장을 터뜨리도록 부추기는 메두사의 눈길. 여자들과 소녀들에게 강제로 성매매를 시키는 포주의 눈길. 고문당하고 사지가 잘리고 산 채로 불태워지고 목이 졸리고 배가 갈라지고 총살

* 스페인어로 '정열의 꽃'이라는 뜻. 돌로레스 이바루리 고메스(1895~1989)는 스페인내란 동안 공산당 선동가로 활약한 여성으로서 '파시오나리아'라는 별명으로 불렸다. 그후 파시오나리아는 전투적인 여성 혁명가를 일컫는 보통명사가 되었다.

당하고 폭탄에 날아간 자식들을 두고 눈물을 흘리는 성모의 눈길…… 노인부터 갓난아이에 이르기까지, 온갖 연령의 자식들이다. 때로는 어머니 뱃속에서 재미삼아, 또는 예방 차원에서 끄집어내진 태아도 있다. 그런데 그는 스스로 믿고 원하는 만큼, 정말로 전쟁을 증오하는 걸까? 머리가 아홉인 끔찍한 괴물 히드라를? 아니면 그것에 권태와 혐오감을 느끼면서도 오히려 매료당해 맛을 들이게 된 건 아닐까? 이런 극단적인 상황과 광기 서린 장면에 맛을 들이게 된 건 아닐까? 똑같은 행동이 변함없이 되풀이되고 노호와 오열, 애원과 헐떡임, 날 선 침묵으로 이루어진 똑같은 대화 불능이 교환되는 그런 광경들에 말이다. 그 혼돈의 장소들, 잔혹한 행위가 벌어지는 술렁이는 장소들에 맛을 들이게 되었는지도. 그런 상황에서도 소박한 인간미가 드러나는 놀라운 시선과 선량한 몸짓을 드문드문 목격한다. 기이한 한편 당혹스러운, 소요의 한복판에서 단숨에 낚아채야 하는 것들이다. 하지만 무엇 때문에 그런 일을 하는 걸까? 그가 쓰는 기사에 풍미를 더하려고? 아니면 가슴 뭉클한 일화들에 기대어 억지로라도 인간 본성에 대해 안심하려고?

'증인'이라는 자신의 위상에 의문을 제기할수록 앙리는 더 큰 의혹에 시달린다. 그가 작성하는 기사들이 사실에 충실하며 진실을 밝히고 있다고 어떻게 장담할 것인가? 아무리 공평해지려고 애써도 의식적으로든 무의식적으로든 항시 무언가를 선택해야 하지 않는가. 아무리 방심하지 않으려 해도 시야를 벗어나 전개되는 사건들이 있다. 폭도들이 장악한 도시든 전장이든 모든 장소에는, 심지어 자신의 내면에마저 무수한 사각지대가 존재한다. 앙리는 그중 가장 위험한 암흑 지대가 뇌 속에 자리한다고 믿는다. 그곳의 은밀한 어딘가에, 숨겨진 부위에, 불면증에 걸린 짐승이 잠든 척하며 웅크리고 있다고. '뇌가 휴면중인 광녀'가 첫 기회를 포착하기 무섭게 언제라도 튀어나올 준비가 되어 있다고.

뇌. 앙리는 이 주제를 가지고 우르퐈빌의 정원에서 형제들과 사촌들, 피에르 제브뢰즈와 함께 촌극을 올린 적이 있었다. 자신이 무슨 말을 했는지는 더이상 기억나지 않는다. 분명 현실과 동떨어진 이야기였을 테고, 그와 그의 패거리도 순진하기 이를 데 없었다. 그가 연기한 거만하고 우스꽝스러운 교수는 샤독들에게서, 그러니까 날개가 머릿골처럼 오그라들고 발육이 부진한 새들에게서 영감을 받은 것이었다. 하지만 샤독들 모두를 합한 것보다 훨씬 독성이 강한 제젠Gégène이라는 곤충에 대해서는 언급하지 않았다. 지구에 다른 피조물들이 빗발치듯 쏟아져들어오기 이전에 유일한 거주자였음이 분명한 생명체다. 제젠이라면, '외젠'이라는 유행 지난 이름의 친근한 애칭일까, 아니면 알제리전쟁 당시 고문 도구로 널리 사용된 '휴대용 발전 장치groupe électrogène portatif'의 약칭일까? 웃음거리이자 추악한 대상. 제젠은 그 둘의 적절한 혼합체였다. 인간들의 뇌 깊숙이 도사리고 있는 아주 오래된 짐승은 그런 이름으로 부르는 게 적절할 것이다. 전쟁이나 혁명, 재난이 닥치는 순간 활개를 치는 짐승이기도 하다.

이 진부한 사실은 때로 앙리의 마음을 무겁게 짓누른다. 그렇다고 샤를람처럼 인간에 대한 환상을 벗어던지거나 인간을 경멸하지는 않는다. 실제로 샤를람의 추론에서는 지하실에서 너무 오래 묵혀 맛이 가고 초가 되어버린 포도주 냄새가 난다. 앙리는 인간의 정신 속에는 또다른 사각지대들이 존재할 거라 믿는다. 알려지지 않았거나 무시당한 훨씬 놀라운 영역. 그곳에 제젠은 없다. 그 무엇도 발을 구르거나 고함을 질러대지 않고, 그저 침묵의 한숨뿐이다. 활짝 피어날 날을 기다리는 섬광과도 같은 꿈, 끝없이 태어나는 인내가 있다. 그런데 이 모두는 한결같은 어스름과 한결같은 무지 속에 물러나 공존한다. 이 모두를 앙리는 설명해보려 하지만 정확한 설명 역시 결심한다고 되는 일은 아니다. 그가 현장으로, 사람들이 싸움을 벌이는 곳이면 어디든 끊임없이 되돌아가는 것도 그 때문이다. 그들을 만나 이야기하고 어떻게든 이해해보기 위해서다.

9

팔 년 동안 피에르, 일명 '소 예수'는 침묵을 지켰다. 처음에는 말을 하거나 생각을 할 수 없어서였다. 침의 세례를 받은 뒤 정신이 와해되어 마비 상태에 이르렀다. 정신의 삶이 보류되어 육신의 생존에 꼭 필요한 만큼만 작동하는 것 같았다. 하지만 이런 '호흡 정지' 상태는 그의 태도로 짐작되는 것만큼 오래 지속되지는 않았다. 과거의 기억이 해체된 상태에서 새로운 기억들이 뇌 속에서 접합점을 찾아가는 시간만큼 걸렸다고나 할까. 그러고 나서 그는 자그붐 박사조차 발견하지 못한, 아니 상상조차 할 수 없었던 이 미로 속을 탐구하기에 이르렀다. 그런 탐구는 신중함을 필요로 하는 만큼 침묵과 집중을 요구했다. 그렇게 그는 젤리가 완강히 거부했던 그것을 열성을 다해 존중했다. 요컨대 절도 있고 온순한 태도로 침묵하기. 그처럼 온화한 태도는 꾸며낸 것도 강요받은 것도 아니었다. 그저 그를 둘러싼 모든 것에 대한, 또 자기 자신에 대한 지고한 무관심의 표현에 불과했다. 그는 끊임없이 잠을 잤다. 누워서도, 서서나 앉아서도 잠을 잤다. 무얼 먹거나 걸어갈 때도, 몸을 씻을 때도, 눈을 뜨거나 감았을 때도 아무도 모르게 열심히 잠을 잤다.

이처럼 그는 몽유 상태인 것처럼 보였지만 사실은 지속적이고도 강렬한 행위에 몰두해 있었다. 기억을 다시 용솟음치게 하고 의식의 날을 세웠다. 통찰력과 분별력을 연마하면서 마음의 오물을 닦아냈다. 자아를 해방하고 정신을 확장하려 애썼다. 그리고 예리한 각성 상태에서 몽상의 길들을 드나들었다. 그는 쉴새없이 되새김질했다. 한때 사람들이 그의 진짜 이름을 찾지 못해—한편으로는 조롱 삼아—그와 연관시켰던 신성한 동물의 고유한 기술을 모방해서.

그렇게 되새김질을 하며 전진했다. 천천히, 정성껏, 정신을 일구어 큰 고랑을 만들어나갔는데 그 바닥에는 무수한 찌꺼기와 옹이가 진 뿌리와 유물들이 반짝였다. 그는 자신의 내면에 축적되어 경화된 망각과 공포와 오욕의 침적물을 파고들었다. 자신의 온갖 참상이 우글대는 무형의 끈적끈적한 덩어리를 뒤집어보았다. 그리고 그 안에서 자신을 끄집어냈다. 그가 그렇게 무덤에서 꺼낸 남자는 혼자가 아니었고, 완전한 존재도 아니었다. 그는 다른 몸들과 뒤엉킨 상태로 면면을 드러냈는데, 그 몸들 중 셋은 아귀처럼 서로 물어뜯는가 하면 극진히 보살펴주기도 하는, 철저히 기생적인 존재들이었다.

어머니의 몸, 아버지의 몸, 누이의 몸.

어머니의 벗은 몸
　　아버지의 쇠잔한 몸
　　　　누이의 쓰러진 몸

웃음의 몸, 두려움의 몸, 무절제의 몸

　　　　공허한 웃음 속에서
　　끔찍한 욕망 속에서
넘치는 침묵 속에서

그래도 그녀는 결혼식 날 기가 막히게 예쁜 드레스를 입고 있었다. 젊은 처녀인 셀레스트 베르강스는 아버지의 팔을 잡고 성당의 중앙 제단을 향해 조심조심 걸음을 뗐다. 검은 눈이 큰 기쁨과 자부심으로 빛났다. 제단 앞에 이르자 아버지는 딸에게서 물러섰고, 셀레스트는 머리끝에서 발끝까지 진줏빛을 발하며 곧은 자세로 기다렸다. 그러자 그녀의 신랑이 어머니 잔 제브뢰즈의 손에 이끌려 그녀 쪽으로 걸어와 의자 앞에 섰다. 붉은 벨벳으로 덮인 의자 두 개가 그들을 위해 마련되어 있었다. 예식이 시작되었다. 성가와 성서 봉독, 활기찬 오르간 연주, 사제의 강론이 이어졌다. 장엄한 결혼식이 더없이 조화로운 분위기 속에 진행되었다. 셀레스트는 예식의 분위기는 물론 그녀의 이름과도 혼연일체를 이루었다.* 이윽고 각성을 향한 카운트다운이 종결되는 순간이 왔다. 반지를 교환하는 순서였다. 오르간의 우렁찬 연주가 울려퍼지고, 꽃다발과 향의 달콤한 내음이 진동했다. 곧 남편이 될 남자가 그녀 쪽으로 몸을 숙이며 귀에 대고 속삭였다. 두 사람을 마주하고 선 미사 집전자와 복사들의 귀에는 들리지 않는 작은 소리였다. 그래도 그녀는 상대방이 하는 말을 한마디도 놓치지 않고 또렷이 이해할 수 있었다. “당신을 사랑하지 않아요, 셀레스

* 프랑스어로 셀레스트(Céleste)는 ‘하늘의, 천국의’라는 뜻.

트. 앞으로도 사랑할 수 있을 것 같지 않고." 마음을 짓밟는 짧은 한마디. 권태가 묻어 있는 무심한 어조에 실린 말. 귓속에 말벌이 들어와 고막에 독침을 쏘아댔던들 그렇게까지 화끈거리지는 않았을 것이다. 파콤이 손가락에 반지를 끼워주는 순간 그녀의 손이 오그라들었다. 그가 안간힘을 다해 손가락을 금반지에 끼워넣으려 하는 바람에 그녀의 손가락 관절이 어그러졌다. 사랑의 취기에서 갑작스레 깨어나 반지가 끼워진 손가락의 통증이 전해지자 셀레스트는 발작적인 웃음에 사로잡혔다. 사제는 이 교구를 맡은 이후로 혼배미사를 집전한 게 한두 번이 아니었지만 결혼식 날 신부가 그렇게까지 희희낙락한 모습을 보기는 처음이어서 깊은 감동을 받았다. 두 남녀를 이어준 사랑이 참으로 강인해서 아름다운 결실을 맺을 거라고 내다봤다.

아버지의 팔에 기대어 환히 빛나는 모습으로 성당에 들어선 셀레스트였지만 거기서 나갈 때는 전혀 미덥지 못한 남편의 팔에 기대 발작적으로 웃음을 터뜨렸다. 손가락 하나는 멍들고 상처를 입은 상태였다. 그녀는 제단을 뒤로하고 입구 쪽으로 비틀대는 걸음을 떼고 있었다. 회중의 당황한 시선 속에 주먹 쥔 손으로 입을 틀어막은 채 웃음을 참느라 머리와 어깨가 들썩거렸다. 그러는 내내 파콤은 멍한 표정이었다.

심술궂은 남자는 아니었다. 그저 뚱한 남자였을 뿐이다. 나약하다 싶을 만큼 우유부단한 성격 탓에 때로 심술궂다는 느낌을 자아냈을 뿐이다. 반지를 교환하는 순간, 사랑에 빠져 있는 신부에게 사랑하지 않는다고 고백하는 것이 무례하고 파렴치한 짓이라는 사실조차 그는 깨닫지 못했다. 그저 솔직해야 한다는 강박감에 불쑥 사로잡혀 한 행동이었다. 뒤늦게야 그를 불안에 빠뜨린 강박감이긴 했어도 그 진정성과 필요성이 덜한 건 아니었으니까. 그저 한동안 그의 마음의 짐을 덜어준 고백이었다.

셀레스트에게 그가 무슨 적의를 품은 건 아니었고 오히려 호감을 느끼기까지 했다. 그렇더라도 그녀를 사랑한다는 느낌은 전혀 없었다. 사실 다른 어떤 여자에 대해서도 사랑은 그에게 낯선 감정이었다. 그는 여자들에게 매혹당한 적이 한 번도 없었다. 여자들과 함께하는 시간은 물론 그들 고유의 영혼과 힘을 존중했고, 그들의 아름다움과 우아함, 종작없음에—그들이 그런 성질을 지녔을 경우에—감탄할 줄도 알았지만, 그렇다고 여자들에게 어떤 욕구가 일지는 않았다. 여자들과는 우정을 나누는 데 그쳤다. 오로지 남자들에게만 마음이 끌렸다. 사춘기 때 처음으로 또래 남자애들에게 사랑의 흥분을 느꼈고, 그 때문에 한 차례 큰 혼란을 경험해야 했다. 열일곱 살 때는 이 감정이 한 고등학교 친구에게 집중되어 열정으로 꽃피었다. 하지만 지나치게 소심해서 감정을 내보일 수도, 행동으로 옮길 수도 없었다. 결국 그는 자신의 세계에 틀어박혀 어떻게든 이 성향을 부인하려고 스스로를 몰아댔다. 본성에 위배될 뿐 아니라 사회적으로도 비난받아 마땅한 감정이었기 때문이다. 관습과 도덕, 신의 뜻에도 어긋나기에 돌이킬 수 없는 과오가 될 성향이었다. 마침내 부모도 아들의 이 수치스러운 성향을 짐작하기에 이르렀다. 하지만 서로 터놓고 얘기한 적은 한 번도 없었고, 어쩌면 그들 스스로도 인정하기 어려운 사실이었을 것이다. 해가 갈수록 그들은 어떻게든 아들을 결혼시키려고 조바심을 냈다. 그러다 결국 소원이 이루어져 두 사람은 안도할 수 있었다. 명예가 지켜진 셈이었고, 나머지는 그들 소관이 아니라 셀레스트의 몫이었다.

기력이 다하도록 터져나오는 웃음의 발작이 저주처럼, 고통스럽게 셀레스트 안으로 파고들었다. 비애나 모욕감에 사로잡힐 때마다 그녀는 그 공격을, 강도의 차이는 있을지언정, 받아야 했다. 동정을 잃던 순간에도—파콤의 경우도 마찬가지였는데—예외가 아니었다. 파콤이 어찌나 서투르고 혐오감을 드러내던지 그녀는 자존심이 상하다못해 종내 웃음을 터뜨리고야 말았다. 몇 시간이나 몸이 얼얼해지고 숨을 헐떡일 만큼. 그렇긴 해도 교합의 결과 아이가 잉태되었다. 아내가 임신했다는 사실을 안 파콤은 부부간의 의무를 다했다고 단정하면서 그에게는 고문과도 같은 성행위를 모면할 수 있게 되었다. 그후로 둘은 각방을 썼고, 셀레스트는 고도孤島에 떨어지다시피 한 상황에서 반半독신으로 사는 법을 배웠다. 시야에서 점점 사라져가는 남편과 뱃속에서 커가는 아이 사이를 오가며. 하지만 이 임신은 일종의 사면 같은 것이어서 그녀는 평범한 현실과 정상적인 삶 속에 다시 자리잡을 수 있었고, 더는 웃음의 발작으로 괴로워하지 않아도 되었다. 그런데 아이가 태어난 다음날, 또 한 차례 병이 재발했다. 발작을 불러일으킨 건 이번에도 파콤이었다. 에프렘이라는 이름으로 아이의 출생신고를 마쳤다고 그가 통보해온 것이다. 그녀가 원한 피에르라는 이름은 어쩌고 에프렘이라니! 대체 그런 이름을 어디서 찾아낸 걸까? 그가 사랑한 남자들 가운데 한 명의 이름이 아니라면 말이다. 그녀는 또 한번 배신당하고 우롱당한 느낌이었다. 도구로 이용당했다는 처참한 심정이 되어 길고 단조로운 웃음을 터뜨렸다. 품에 안은 아이가 울기 시작했다. 아이가 빨고 있던 젖은 무미無味했고, 아이를 비스듬히 내려다보는 어머니의 얼굴은 흉하게 일그러져 있었다. 결국 젖먹이를 그녀에게서 떼어놓을 수밖에 없었다. 여러 시간이 지나서야 그녀는 기진맥진한 상태로 진정이 되었다. 하지만 그날 이후로 그녀는 수유가 불가능했고 아이는 유모에게 맡겨졌다.

셀레스트는 파콤이 지어준 서류상 이름 대신 애당초 그녀가 택한 피에르라는 이름으로 아들을 불렀다. 그렇긴 해도 남편이 젊은 시절 열렬히 사랑했던 에프렘의 그림자가 여전히 아이와 그녀 사이에 드리워 있었다. 이루어질 수 없었기에 더한층 생생하게 살아남은 사랑이었다. 도무지 뛰어넘을 수 없는 거리가 그녀와 아이 사이를 가로막았다. 그녀는 아이에게 가혹했고, 아이를 사생아 취급했다. 아이가 그녀 안으로 몰래 스며들고 빌붙어 생명을 취하기라도 했다는 듯이. 아이는 그녀와는 딴판으로 파콤을 빼닮은 모습이었다. 어쩌면 또다른 누군가를 닮았는지도 모를 일이었다! 이루어질 수 없었던 사랑이 어떤 알 수 없는 마법의 힘을 빌려 복수하는 게 아니라고 어떻게 장담할 수 있을까? 그녀가 아이를 거칠게 다루거나 무시하는 일도 잦았다. 하지만 간혹 마음이 누그러질 때도 있었다. 아이는 유순했고, 그녀를 아낌없이 무조건 사랑했다. 그리고 오로지 어머니가 백기를 드는 그 순간을 위해 살았다. 그 순간만은 셀레스트도 자신의 불행과 분노를 잊은 채 아이를 꽉 껴안고 어루만져주었다. 흔치 않은 일이라 아이에게는 한결 강렬하게 느껴지는 순간들이었다. 인내와 애정은 아버지에게서 찾았다. 아버지는 아이한테서 특별한 유사점을 찾지도 의심하지도 않았다. 아이가 있다는 것만으로 족했고 황홀했다. 하지만 파콤은 이 황홀감을 겉으로 드러내지 않았다. 아들과 단둘이 있을 때면 자신이 준 이름으로 아들을 부르는 것 외에는 애정을 표하는 일도 드물었다. 에프렘이라는 이름을 혼잣말처럼 중얼거리기도 했다.

파콤은 아들을 위해 정원의 보리수 중간 높이에 작은 집을 지었다. 그가 어린 소년이었을 적에 가졌으면 얼마나 좋았을까 싶은 집이었다. 자신의 꿈과 질문, 괴로움을 벗하며 어른들에게서 멀리 물러나 혼자 있을 수 있는 나뭇가지 사이의 오두막. 자신은 가질 수 없었던, 나무와 이파리로 만든 이 은신처를 그는 에프렘에게 마련해주었다.

어느 날 아이가 어머니에게 물었다. 왜 어머니는 자신을 아버지처럼 에프렘이라고 부르지 않는지. 대답 대신 돌아온 건 한차례의 따귀였다. 아이는 더는 그 문제를 두고 아버지에게든 어머니에게든 질문할 용기를 내지 못했다. 어른들의 여러 기행 가운데 하나라 여기고 두 사람의 기행을 감수했다. 에프렘이라는 이름이 한 사람에게는 부드러운 미소나 따뜻한 손길을 의미했다면, 또 한 사람에게는 거칠게 날아드는 따귀와 같았다. 그는 이중인격이 되어 때로는 피에르, 때로는 에프렘을 연기했다. 어머니와 아버지의 마음에 모두 들어서 둘 사이의 다리가 되고 싶었다. 그러나 두 이름은 따로 놀았다. 각자의 위치에서 그 이름을 부르는 장본인들만큼이나 비통하게. "난 피에르에프렘이다. 난 피에르에프렘이다." 그는 하늘과 땅 사이에 자리한 작은 집 안에서 작은 소리로 되뇌었다. 자기 자신에게만 들리게끔, 그들 세 사람한테만 들리게끔 아주 작은 소리로. 아니, 그 누구를 위한 소리도 아니었다. 그의 비밀스러운 주문은 살랑대는 이파리들과 곤충들의 술렁임 속으로, 새소리와 바지직대는 나무 소리, 윙윙대는 바람 소리 속으로 사라졌다.

아버지가 사라지자 갈등의 요인이었던 그의 이름 위로 난데없는 침묵이 내려앉았다. 전쟁이 터져 정복국이 주인으로 당당히 군림했다. 주인은 자신에게 필요한 종복과 노예를 무수히 끌어모았다. 파콤은 배에 실려 독일로 보내졌다. 아버지도 에프렘도 없는 아이는 사지가 잘려나간 기분이었다. 이제 그는 자신의 높다란 은신처에 올라앉아 아버지를 불렀다. "아빠, 아빠……" 그러면서 전쟁과 부재, 공포를 몰아냈다. 그사이 어머니는 신경질적인 성향이 조금씩 누그러지면서 아이한테 상냥하게 대해주었고 호의를 베풀기까지 했다. 피에르는 강렬하면서도 모순된 기쁨을 느꼈다. 어머니의 사랑은 대가를 치르고 얻은 것이었다. 아버지의 유배와 에프렘의 추방이라는.

파콤을 향한 감정이 변한 것을 보고 제일 먼저 놀란 사람은 바로 셀레스트 자신이었다. 재회를 기약할 수 없는 남자와의 이별에 기뻐기는커녕 마음이 울적했고 걱정이 되었다. 허약한 체질에다 고독하고 예민한 성격인 파콤이 실체를 알 수 없는 그 포로 상태를 어떻게 견딘단 말인가. 그런 강요된 추방을, 가혹한 노동과 난잡한 환경을, 아들과 떨어져 지내야 하는 시련을 어떻게 견딘다지? 그녀는 그의 불행을 원치 않았다. 결혼반지를 교환한 그 난폭한 시점 이후로 둘의 삶에서 불행이라면 이미 겪을 대로 겪은 터였다. 그건 그들 두 사람의 문제였지 다른 누구의 문제도 아니었다. 실제로 불행은 존재했고, 적어도 둘이 함께 겪는 불행이었다. 한 지붕 밑에서 한몸이면서 제각기, 한몸이면서 분열되어, 그렇게 재난 속에서 한몸이 되어.

파콤이 부재하자 그들의 아들은 더이상 그녀에게 던져진 도전장도, 상처도, 연적이 드리운 그림자도 아니었다. 그저 길 잃은 어린아이에 불과했다. 결국 그녀는 아이에게 전보다 정성을 쏟게 되었다. 자기 아이라고 생각해서가 아니었다. 피에르에프렘은 자신과 상관없이 잉태된 아이라는 생각에는 변함이 없었으니까. 그녀의 몸안으로 심술궂게 기어든 낯선 몸이었다. 그녀의 살 속에 뿌리를 내리지 못하고 그녀와 진정한 관계를 맺지도 못한, 파콤과 에프렘의 아들이었다. 하지만 이 아이를 통해 그녀는 파콤에게 조금이나마 애정을 표시할 수 있었다. 그가 다짜고짜 찬물을 끼얹긴 했어도 그럭저럭 살아남은 애정이었다.

그런데 또다른 놀라운 사건이, 이번에는 그녀의 마음을 환희로 들뜨게 한 사건이 닥쳤다. 한 남자를 만나면서 황홀한 사랑의 기쁨을 되찾고 쾌락을 나누는 맛을 알게 된 것이다. 요컨대 육체적인 사랑을 발견한 것이다. 아이를 낳기까지 했어도 여전히 처녀로 남아 있었던 것처럼. 그 연인은 요한 뵘란트라는 이름이었고 적군의 제복을 입고 있었다. 어쩌겠는가? 이미 오래전부터 셀레스트의 삶은 꼬여들고 있었으니 말이다. 남편은 결혼 예복 차림으로 그녀에게 사랑하지도 욕구를 느끼지도 않는다고, 돌이킬 수 없는 충격적인 선언을 했다. 그렇다면 점령국의 옷을 입은 남자가 그 반대 선언을 하지 말라는 법도 없지 않은가? 그렇게 균형이 이루어졌다. 파콤은 요한의 나라로 징용되었고, 요한은 파콤의 나라로 보내졌다. 한 남자는 그녀를 가까이하거나 만지는 걸 싫어했지만, 다른 한 남자는 그녀에게 빠져 열의를 바쳤다. 한 남자는 과묵했던 반면, 다른 한 남자는 쾌활하고 다정했다. 그녀가 잃어버린 이 쾌활함이 의미와 호소력을 갖게 되면서 그녀의 마음이 누그러졌다. 그녀의 눈에 비친 요한은 점령군도 군인도 아니었다. 그저 활력 넘치는 관능적이고 유머러스한 남자였다. 셀레스트는 조심스러운 태도를 유지했지만 구태여 이 남자와의 관계를 숨기려고 하지는 않았다. 그러다 임신을 했는데, 임신 기간 내내 첫번째 임신에선 느낄 수 없었던 평온한 마음을 유지할 수 있었다. 임신한 아이는 도구에 지나지 않는 그녀의 몸속에 이식된 미심쩍은 존재가 아니었다. 그녀의 태중에서 피어나고 자랐으며 그녀의 살에서 싹튼 아이였다.

그녀는 자주 웃었다. 이제는 맑고 간결한 울림을 지닌 정상적인 웃음이었다. 피에르는 걱정과 환희 사이에서 흔들리면서 집과 마당과 정원에서 끊임없이 울려퍼지는 어머니의 새로운 웃음소리에 귀기울였다. 어머니는 그 어느 때보다 아름다웠고 전과는 비교도 안 될 만큼 상냥했다. 하지만 어머니를 두고 오가는 말들은 가혹했고 개중에는 천박한 내용도 끼어 있었다. 학교 운동장이나 동네 상점에서 그의 귓가를 스쳐가는 수군거림이었다. 어머니는 나날이 기쁨과 애정이 넘쳐났고 어머니의 이런 변화 덕에 집안에는 행복이 찾아왔다. 하지만 점점 더 큰 대가를 치러야 하는 행복이었다. 아버지의 실종 소식이 전해졌고, 집밖에서는 야유와 모욕적인 언사, 흘겨보는 눈길, 혐오 혹은 연민어린 부루퉁한 표정이 이어졌다.

여자아이가 태어났다. 셀레스트는 몇 년 앞서 작고한 외할머니 이름을 따서 딸 이름을 젤리라고 지었는데, 그 결정으로 인해 집안에서 영영 추방되었다. 사생아인 동시에 조국의 불명예라는 이중의 결함을 지니고 태어난 아이가 누구에게나 존경과 사랑을 받았던 조모의 이름을 물려받는다는 건 있을 수 없는 일이었기 때문이다. 그래도 셀레스트는 개의치 않았다. 그녀는 주위에서 부과한 질서에 더이상 예속되지 않았다. 올바른 행동이라고들 하는 무언의 규범에도 구속받지 않았다. 그것은 무수한 거짓과 속임수로 양분을 취하고, 그 와중에 고통과 원한, 잠재적인 광기를 아귀처럼 집어삼켰으니까. 그녀는 파콤이 엄두를 못 냈던 일을 시도했다. 다시 말해 인간의 도리에 속박당하고 남들의 평판이 두려워 끌려다니게 되는 기만적인 의무를 거부했다. 더이상 파콤을 원망하지 않았다. 자신의 마음이 원하는 사랑을 할 수 없었던 남자, 바라지도 않고 감당할 수도 없는 역할을 억지로 해내느라 길을 잃은 남자였으니까. 이제는 그런 그가 측은하게만 여겨졌다. 그녀는 사랑의 속임수와 사보타주의 시기를 끝장내기로 마음먹었다. 자신이 거부한 이름의 일부인 에프렘을 아들에게 돌려주었고, 그렇게 해서 아들의 간접적인 혈통을 인정하고 받아들였다. 또 그런 비밀스러운 관계가 너무 오랫동안 자신과 아들에게 부과한 짐을 내려놓았다.

그러나 셀레스트는 자신의 용기와 독립성을 과대평가하고 있었다. 아니, 버림받은 자들과 파탄난 인간들에 대한 사람들의 악감정을 과소평가했다는 편이 옳았다. 전쟁 시기 동안 어떤 위험도 무릅쓰지 않았던 사람들의 증오심이 얼마나 끈질긴지 상상도 못한 것이다. 눈에 띄지 않고 어떻게든 살아남기 위해 미지근한 물속에서 철벅이는 데 그쳤던 사람들이었다. 그런 그들이 미온적이고 겁약했던 자신들의 태도를 후회했다. 그리고 위험이 모두 물러가자, 전쟁과 공포와 타인의 시선에 아랑곳하지 않았던 남자들 혹은 여자들의 등에 대고 그 굴욕감을 앙갚음했다. 속죄양의 아주 넓은 등짝이었다. 점령군으로부터 해방되자마자 셀레스트는 그렇게 지목되고 취급되었다.

곡마단의 동물들은 술 장식과 깃털, 목걸이와 방울 등속의 우스꽝스럽고 요란한 장신구로 치장하고 행진을 한다. 수단 저고리와 현란한 색깔의 망토, 레이스, 작은 맥고모자나 뾰족한 부인모까지 동원된다. 반면 타락한 여자들은 장신구를 모조리 빼앗겼다. 그들은 타고난 장신구인 머리털을—특별히 길고 아름다운 머리털일 경우에—강탈당했고, 때로는 몸이 완전히 벌거벗겨지기조차 했다.

우아함이라고는 찾아볼 수 없는 졸렬한 광경이다. 머리를 박박 깎이고 완전히 벌거벗은 여자가 대낮의 어느 도시 혹은 마을의 거리에 짐승처럼 던져진다. 단정히 손질한 머리에 모자까지 쓴, 말쑥하게 차려입은 사람들로 미어지는 거리다. 셀레스트는 전모剪毛의 과정을, 그 야만성에도 불구하고 말없이 감수했다. 그녀가 옷을 벗으려 하지 않자 형 집행자들이 달려들어 찢어발겼다. 남편이 강제징용되어 독일에서 일하는 동안 독일군의 품안에 발가벗고 몸을 내던진 여자였다. 그런 추잡한 계집이 무슨 수치심을 내세운단 말인가? 그러기에는 너무 늦고 만 시점이었다. 그녀에게는 더이상 아무 권리도 없었다. 만인 앞에서 자기 몸, 자기 존재의 '진실'을 내보여야 했다. 기만적인 예쁜 외피에 싸여 있는 더러운 시궁창을. 사람들은 더이상 속아서는 안 되었다. 싸구려 살덩이, 군인들이 갖고 논 천한 몸뚱이를 감싼 거짓된 외피 속을 환히 들여다보아야 했다. 적을 홀린 불룩한 배때기, 오물이 가득한 배때기였다. 게다가 독일 병사의 아이까지 낳지 않았던가. 부정한 여자와 그녀의 독일 아이! 둘은 함께 군중 앞에서 걸어야 했다. 그렇게 해서 셀레스트의 품안에는 어린 젤리가 달라붙어 있었다. 십삼 개월 된 여자아이였다.

그녀는 비틀대며 걸어갔다. 머리를 숙이고 등을 구부린 채. 양 무릎이 달라붙었다. 목에 매달린 젤리를 두 팔로 감싸안고 있었다. 그녀는 굴종의 상태보다 더 낮은 곳으로 다시 떨어졌다. 노예 상태, 짐승이나 다름없는 꼭두각시의 상태였다.

야유의 함성을 지르며 그녀를 따라오는 군중 속에서 한 남자가 뛰쳐나와서는 지팡이를 흔들고 노래를 읊조리며 광란의 합창대를 지휘했다. "전진하라 조국의 자손들이여어어…… 영광의 날이 닥쳤다!……" 노래가 사람들을 감동시키고 자극했다. 합창대는 장엄한 노래와 보조를 맞추었고, 애국가의 선율이 전율하며 부풀어올랐다. 합창의 열띤 분위기에 휩쓸린 남자는 지휘자의 지휘봉으로 승화한 자신의 지팡이로 머리를 민 여자의 머리통과 어깨를 쳤다. 세게 때리는 것도, 상처를 입히려는 것도 아니었다. 그저 박자를 맞추고 있었다. 엄숙한 순간이었다. 정의를 바로 세우고 치욕을 씻는 순간이었다. 창녀가, 정절을 저버린 불충한 아내가, 사생아를 출산한 여자가 벌을 받고 있었다. "시민들이여, 무기를 들라! 대오를 정렬하라! 전진, 전진!" 그러자 갑자기 그녀가 웃기 시작했다. 자신의 결혼식 날 그랬고, 아들이 태어났을 때 그랬던 것처럼. 그때보다 더 세차고 긴 웃음이었다. 셀레스트는 말의 울음소리처럼 뚝뚝 끊어지는 날카로운 소리를 내뱉었고, 그러느라 몸이 점점 더 구부러졌다. 지친 번개와도 같은 Z 모양으로 몸이 꺾이고 미친 듯한 웃음으로 등줄기와 어깨를 떨면서 나아갔다. 어머니의 젖가슴에 귀를 바싹 갖다댄 자세로 안겨 있던 젤리가 주변의 요란한 소음에, 특히 어머니의 가슴에서 울리는 새된 소리에 놀라 바둥거리며 울기 시작했다. 합창은 불협화음이 되어가고 있었다. "신성한 애국심이여, 복수심에 불타는 우리의 두 팔을 붙잡고 인도해다오! 자유! 소중한 자유여…… 전진하라 자손들이여!……" 톡톡, 탁탁. 머리와 등을 치는 소리, 길고 시끄러운 웃음소리, 악에 받친 울음소리. "……우리가 쳐든 깃발 아래 울려퍼지는 씩씩한 네 노랫소리에 승리가 달려온다!…… 행진, 행진하자!……" 톡톡 탁탁.

그사이 그녀의 아들은 이웃 여자 집에 처박힌 채 술렁이는 소리를 듣고 있었다. 이 소요의 와중에서 어머니의 웃음소리와 여동생의 울음소리를 분간해냈다. 전과 같은, 아니 전보다 더 나빠진 어머니의 병들고 실성한 웃음이었고, 젤리의 울음소리는 톱질하는 소리처럼 들렸다. 아이는 집에서 빠져나와 떠들썩한 소음과 웃음과 울음 소리를 향해 달렸다. 전진하라 자손들이여, 치욕의 날이 닥쳤다, 외설의 대낮이…… 어머니의 모습이 보였다. 사방에서 날아오는 침과 야유를 받으며 머리부터 발끝까지 오그라든

창백한 몸이었다. 그 품안에 엉겨붙은 젤리의 기저귀가 풀려 엉덩이 밑으로 늘어져 있었다. "치욕이다! 치욕!" 분노한 군중의 목소리가 울려퍼졌다. 하지만 이 외침이 무얼 겨냥한 것인지는 아무도 몰랐다. 적에게 몸을 내어준 창녀, 혹은 욕된 아내이자 어머니인 셀레스트를 겨냥한 걸까? 아니면 이 순간 그들이 부르는 애국가는 이 정의의 가장행렬에 합당치 않다는 걸 고발하고 있는 걸까? "여기서 뭐하니?" 한 여자가 머리 민 여자의 아들을 알아보고 소리쳤다. "여긴 네가 있을 데가 아니야. 저리 가거라!" 그러나 피에르에프렘이 꼼짝도 하지 않자 여자는 아이의 윗옷 소매를 잡고 그 광경에서 멀리 떼어놓았다. 그 정도면 됐다고 어떤 여자가 외치자 여러 목소리가 합세해 이 징벌을 그만 끝내자고 했다. 셀레스트는 집으로 돌아오는 길에도 계속 웃어대 혼절할 지경이었다.

몇 주 뒤 파콤이 돌아왔을 때 셀레스트는 덧문을 모두 닫아건 채 집안에 틀어박혀 있었다. 그녀는 이마에 스카프를 터번처럼 감고 있었는데, 그 바람에 볼과 눈이 움푹 들어간 얼굴 윤곽이 더 한층 뾰족해 보였다. 암울한 시선은 광물이 된 것처럼 냉혹한 느낌을 주었다. 그가 집안으로 들어서자 그녀는 자리에서 일어났지만 아무 말도 하지 않았다. 두 팔을 힘없이 길게 늘어뜨린 채 그의 앞에 서 있었다. 그는 어깨에 메고 있던 가방을 내려놓고 아주 천천히 그녀에게 다가갔다. 그렇게 얼굴을 마주하게 되자 그는 미소를 지으며 작은 소리로 중얼댔다. "알고 있어요……" 그리고 덧붙였다. "아무것도 두려워하지 말아요." 스카프를 터번처럼 두른 머리 쪽으로 그가 손을 들어올리자 그녀는 움찔 물러섰다. 그래도 그는 다정하고도 단호한 태도를 그대로 유지하며 스카프를 풀었다. 그녀의 입에서 신음소리가 새어나오고 몸은 뻣뻣이 굳었다. 그는 한 손을 그녀의 입에 갖다댔다. 그녀를 덮칠지 모를 그 나쁜 웃음을 사전에 근절하기 위해서였다. "웃지 말아요, 셀레스트! 부끄러워할 것 하나도 없으니까. 당신은 지금 이대로 아름다워요." 그는 그녀에게서 새로운 아름다움을 발견했다. 한층 견고하고 순수한 아름다움이었다.

정말로 그녀는 부끄러워하지 않았다. 양심에 비추어 거리낄 게 없었다. 사랑을 했고 그 사랑을 숨김없이, 솔직하고도 떳떳하게 몸으로 체험한 걸 후회하지 않았다. 그 누구에게도 해를 끼친 게 아니었다. 한 남자의 몸을 애무하고 포옹했고, 방안 깊숙한 곳에서 그와 하나가 되어 전쟁의 범주 밖에 있었다고 해서 그 일이 범죄일 리 만무했다. 셀레스트가 괴로워한 이유는 다른 데 있었다. 사람들이 그녀를 통해 이 사랑에 가한 모욕을 잊을 수도 용서할 수도 없었다! 한 집단이 이 사랑을 내치고 부인하고 모욕한 것이다. 이 사랑에 대해 아무것도 모르고, 아무것도 알려 하지 않는 사람들이었다. 셀레스트는 단호히 말했다. "부끄러워서가 아니에요. 저들을 증오해요. 우리한테 저지른 모든 만행을 증오해요." 그녀의 어조와 눈빛을 보며 파콤은 이해했다. 이 '우리'에는 자신도 포함된다는 것을. 단지 그녀와 그녀가 낳은 사생아의 문제만은 아니라는 것을. 너무도 어울리지 않고 연결짓기도 힘든 그들 부부의 문제이기도 하다는 것을. 굳게 결속된 이 '우리'를 통해 그가 동시에 깨달은 건, 셀레스트가 그를 용서했다는 사실이었다. 두 사람의 결혼 첫날부터 그가 유약하고 비겁하고 경솔하게 안겨준 실망과 고통을 셀레스트는 모두 용서한 것이다. 그의 죄를 사해준 것이다. 그녀는 그보다 훨씬 강한 사람이었다. 거짓과 위선에 굴하지도, 체념하지도 않았으니까. 그가 감히 도전해볼 수 없었던 것을 몸소 체험할 용기를 냈던 여자였다. 자신이 선택한 대로 사랑하고, 욕망이 움직이는 대로 따르는 것. 그녀는 그 길을 끝까지 좇았고, 그 결과 아이를 낳기까지 했다. 그런 그녀를 그는 경탄해 마지않았다.

피에르에프렘에게는 어머니에 대한 애틋한 마음이 전혀 남아 있지 않았다. 졸지에 어머니에 대한 존경과 믿음을 잃어버려 남은 거라고는 어수선한 감정과 갈가리 찢긴 사랑뿐이었다. 그는 벌거벗은, 군중 앞에서 벌거벗은 어머니를 보았다. 벌거벗고 더럽혀진 모습이었다. 그는 갓난아이나 노인 혹은 유형수처럼 머리털이 없는, 술꾼처럼 비틀대는 어머니를 보았다. 애처롭고 비굴한 모습으로 고래고래 소리를 질러대는 어머니 곁에서 어린 여동생도 곧장 감염되어 썩어 문드러지는 것 같았다. 그가 본 어머니는 너무도 사납고 흉측한 몰골이었는데 그 순간 이후로는 그의 눈에 그런 모습으로밖에 비치지 않았다. 그로테스크하고 역겹고 더러운 형상이 쉴새없이 어머니와 겹쳐지며 그 몸에 기식했다. 이제 정상적인 모습으로 돌아온 어머니가 아무리 옷을 제대로 차려입고 얼굴을 씻고 단장해도 소용이 없었다. 어머니를 향한 혐오감과 원한을 어찌해볼 도리가 없었다. 모호하고도 끈질긴 감정이었다. 어머니한테 배신당한 느낌이었다. 어머니가 한동안 아버지 대신 독일 군인을 들여놓았고 아이까지 가졌기 때문이 아니었다. 피에르에프렘은 여동생을 사랑했고 요한도 미워하지 않았으니까. 전쟁에 대한 확신이 전혀 없는 쾌활하고 너그러운 그 군인은 집안에 명랑한 분위기를 가져다주었으니까. 그가 느끼는 배신감은 어머니가 그 꼭두각시 조종자들, 어머니를 암소나 암캐의 상태로 실추시킨 사람들을 피할 수 없었다는 데서 기인했다. 그렇게 어머니는 속수무책으로 만인이 보는 앞에서 대낮에 거리로 내몰린 것이다. 그의 어린 여동생까지 데리고서. 눈먼 두 몸, 눈을 멀게 하는 두 나신이었다. 사람들의 침에 맞아 번들대는, 창백하고 칙칙하기만 한 두 몸. 하나는 크고 하나는 작은, 징그럽도록 벌거벗은 두 몸이었다. 고약한 모양새의 두 꼭두각시가 건들거리며 길을 따라 걸었다. 하나는 억지웃음을 터뜨렸고, 다른 하나는 끼이끼이 톱질 소리를 내며 울어댔다. 사람들이 수탉처럼 불러대는 〈라마르세예즈〉 선율을 배경음으로.

그들은 살던 도시를 떠났다. 일부 여자들이 저지른 대수롭지 않은 애정 행각을 심각한 변절 행위로 간주하고 그 여자들의 등에 모욕을 퍼붓고 보복을 가하는 승리를 환희로 맞아들인 도시였다. 그들은 아는 이가 아무도 없는 다른 도시로 가서 정착했다. 그곳에서 파콤은 동물원에 수위로 취직했고, 젤리가 학교에 갈 나이가 되자 셀레스트도 그 동물원에서 매표원으로 일하게 되었다. 사는 장소가 달라진 것도 그랬지만 무엇보다 동물들과 함께하는 생활이 부부에게 마음의 안정을 가져다주었고 두 사람은 왠지 모를 아늑한 위로를 맛보았다.

셀레스트는 온종일 큼직한 반달 모양의 창이 뚫린 나무로 된

매표소에 앉아서 아이들이 웃고 떠드는 소리와 동물들의 소리에 귀기울였다. 인간의 소리와 동물의 소리가 한데 뒤섞인 이 모든 소리가 좋았다. 하지만 갇힌 동물들의 철창 앞에서 아이들이 명랑하게 재잘대는 소리를 듣노라면 왠지 가슴이 조여드는 느낌이 종종 들었다.

동물원이 아직 문을 열지 않은 아침이나 문을 닫은 저녁이면 그녀는 동물원의 오솔길들을 따라 걸으며 울타리나 철창 안에 사는 동물들에게 말없이 인사를 건넸다. 그녀는 그들 하나하나의 이름을 알았다. 그들의 강렬한 냄새를 들이켰다. 자극적이고도 끈질긴 냄새가 있는가 하면 감미롭다고까지 할 만한 냄새도 있었다. 셀레스트는 동물들의 시선을 찾아 헤매곤 했다. 초원의 여우나 맹수, 늑대의 시선은 물론 영양이나 라마, 아니면 흑요석 같은 눈이 커다란 타조의 시선, 들소나 암사슴, 올빼미, 원숭이나 공작의 시선을 포착하려고도 했다. 그들의 눈에서 그녀가 찾으려 했던 건 어떤 표징이나 질책, 부름이었고 반항이나 호소의 표정이었다. 하지만 짐승들의 불가해한 시선은 창유리를 타고 미끄러지듯 그녀를 훑고 지나갈 뿐이었다. 다른 공간, 다른 기후를 향한 사무치는 그리움과 뒤숭숭한 꿈이 아른거리는 아름다운 눈들, 권태로 달궈지고 또 달궈진, 미친 눈들이었다.

그녀는 늘 같은 자리에서, 그러니까 팡틴, 바부, 지네트라 불리는 거북들에게 할당된 작은 영역 앞에서 산책을 끝냈다. 이 거북들의 시선에서 무언가를 추적해낼 수는 없었다. 분노나 절망, 질책을 간파해낼 수는 없었다. 그저 깊이를 알 수 없는 놀라움을 가늠해볼 수 있을 따름이었다. 셋 중 가장 나이가 많고 몸집이 큰 거북은 팡틴이라는 암거북이었다. 삼백 킬로 정도의 몸무게에, 넉넉잡아 백 살쯤 된 거북이었다. 팡틴은 매혹적인 부동의 힘을 지니고 있었다. 슬로모션의, 아니 휴면중인 생명 덩어리, 인내의 집적체였다. 어쩌면 녀석은 생명체들의 질서 속에 온전히 속해 있는 게 아닐지도 모른다. 광물과 식물과 동물이 만나는 지점에 자리하고 있는 것인지도. 단단한 등껍질은 둥그스름하게 다듬어진 우툴두툴한 나무둥치와도 흡사한 것이 청동 갑옷이나 거무스레한 장밋빛 편암 판을 상기시켰고, 머리와 꼬리는 뿔 모양 그루터기를 닮았다. 거대한 굽은 발들은 돌멩이든 무기든 금화나 견과, 작은 조각상이든 뭐든 가리지 않고 움켜잡을 수 있는 균열 간 가죽 케이스처럼 보였다. 셀레스트는 이 짐승이 어떤 감정을 느끼는지 궁금했다. 배가 항시 바닥에 거의 달라붙어 있는 짐승, 몸의 무게도 세월의 무게도 만만찮은, 연륜이 오랜 짐승이었다. 살속에 침적되고 피부 속에 응결된 세월의 무게로 인해 녀석의 내면에 기억이, 한 줌의 의식이 깨어나게 된 걸까?

파콤은 몸이 쇠약해지고 폐가 병든 상태로 독일에서 돌아왔는데, 그곳에서 보낸 몇 년에 대해 철저히 입을 다물었다. 그는 바싹 여위었고, 몸짓도 걸음걸이도 느렸다. 기침을 해대는 앙상한 거북이라고나 할까. 그는 아들에게 쏟는 관심과 애정을 젤리에게도 똑같이 쏟았다. 젤리를 대번에 자기 딸로 삼은 것이다. 그래도 젤리에게 진실을 솔직히 이야기해주어야 한다는 생각에는 변함이 없었다. 거짓과 함구의 시기는 끝난 것이다. 젤리가 이해할 만한 나이가 되자 그는 자신은 친아버지가 아니며 생부는 따로 있다는 사실을 털어놓았다. 자신은 그녀를 키운 합법적인 양아버지라는 것을. 그렇게 해서 어린 소녀의 정신 속에 일말의 혼돈이 자리잡게 되었다. 두 명의 아버지라니. 친아버지와 양아버지. 진짜와 가짜. 그런데 어떻게 가짜가 합법적이라는 걸까? 정작 진짜는 합법적이지 않다는 말인가? 로빈 후드 같은 무법자란 말인가? 만사가 어이없이 전도되어 묘하게 작동한다면 무법자인 이 진짜 아빠는 합법적인 가짜 아빠가 다정한 만큼이나 심술궂은 걸까? 이 괴상한 모순투성이 아버지를 알 기회를 누렸던 오빠는 젤리의 물음에 답하기를 딱 잘라 거절했다. "아무것도 생각 안 나. 바보 같은 질문들로 날 그만 좀 괴롭히고 엄마한테 가서 물어봐. 뭔가 아는 건 엄마지 내가 아냐." 그러나 셀레스트는 피에르에프렘처럼 비수용적인 태도로 맞서는 대신 딸의 질문을 회피했다. 한때 사랑했던 그 남자 생각을 하면 가슴이 아렸다.

전쟁의 요동치는 물결에 휩쓸려 그녀 앞에 나타났던 것처럼 사라져버린 요한. 그는 무사히 고향으로 돌아갔을까? 그랬다면 왜 소식을 전하지 않는 걸까? 그녀를 잊은 걸까? 아니, 그녀와 딸을 일부러 외면하는 걸까? 그녀가 아무도 모르게 서둘러 거처를 옮긴 건 사실이다. 그러니 그녀가 그를 찾아야겠지만 어떻게 시작해야 할지 알 수 없다. 그녀가 가진 정보라고는 몇 가지 지명과 그의 이름이 전부다. 작센 지방 코트부스 근방에 사는 요한 뵘란트. 철의 장막 동쪽에 자리한 그 지역은 이제 빗장이 질러진, 접근 불가능한 곳이다. 요한과 관련된 것이라고는 사진 한 장도 없다. 그녀에게 남겨진 건 변덕스러운 성격에다 생기 넘치고 호기심 가득한 어린 딸이 전부다. 밑도 끝도 없이 태도가 일변하곤 하는 아이. 기뻐 날뛰다가 우울해지고, 수다스럽게 재잘대다가 돌연 뾰로통해지고, 한없이 상냥하다가 분노가 폭발하는 아이. 아이는 때로 괴상한 생각을 해내기도 했다. 맹금이나 밤새, 금빛 꿩과 장밋빛 홍학에게 말言을 모이처럼 준다거나 하는. 하지만 굼벵이요 벙어리인데다 못생기기까지 한 거북들에게는 관심이 없었다. 어머니가 그들에게 쏟는 정성을 이해할 수 없었다. 이 늙은 마비 환자들은 그 어떤 감정에도 무감한 게 분명했으니, 어머니는 부질없이 에너지만 낭비하는 셈이었다. 새들은 그렇지 않았다. 그들은 이를 데 없이 경쾌하고 날렵했으며 가히 색채의 폭발이라 할 만한 녀석들도 있었다. 무엇보다 새들은 소리를 냈다. 시끄럽게 울어대거나 노래를 불렀다. 아침에 학교에서 배웠거나 사전에서 막 수집한 한 줌의 말을 녀석들에게 꼬박꼬박 모이로 준다면 그 울음과 노랫소리가 더한층 활기를 띨 게 틀림없었다. 그런 식으로 젤리는 늘 깨어 활동하는 자신의 상상력을 살찌웠다. 그런데 이 상상력이 갑작스레 한 방 얻어맞은 것이다. 지나치게 크고 복잡해서 이해하거나 소화할 수도, 감당할 수도 없는 현실이 그녀 앞에 고백된 것이다. 너무 많은 말을 들었지만 부족하다는 느낌을 주는 이 고백은 신비에 둘러싸여 이상화된 '진짜' 아버지에 대한 젤리의 호기심을 자극할 뿐이었다. 무법자인 동시에 완전히 부재하는 자, 가까우면서도 낯선 사람. 파콤에게 아버지를 독일어로 무어라 하는지 물은 건 독일어가 그의 언어였기 때문이다. 아빠가 아니라 아버지가 무언지 물었다. 파콤이 아빠의 역할을 완벽히 이행했으므로 '아빠'라 부를 수 있는 사람은 파콤뿐이었다. Vater. Mein Vater. Mein richtiger Vater, Herr Johann Böhmland. Mein Vaterland.* 그 남자가 맡은 역할은

* 독일어로 '아버지. 내 아버지. 내 진짜 아버지, 요한 뵘란트 씨. 내 조국'이라는 뜻.

어딘가에 존재하는 것뿐이었다. 유럽을 둘로 가르는 기다란 흉터, 오빠의 지리책에 나오는 지도에서 본 '철의 장막' 뒤에서, 만질 수도 볼 수도 없는 존재로 사는 것뿐이었다.

열세 살에 젤리는 가출을 했다. 사흘 뒤 독일 국경 지대에서 헤매고 있는 젤리를 사람들이 찾아냈다. 젤리는 그 모든 이야기의 진상을 명확히 파악하고 싶었다. 요한 뵘란트라는 이름에 얼굴과 몸을 주고 싶었고, 자신의 도톰한 눈두덩과 연보랏빛 눈이 어머니가 말한 대로 그를 닮은 것인지 확인하고 싶었다. 그게 정말이라면 둘은, 젤리 자신과 파터Vater는, 대면하자마자 서로를 알아볼 게 틀림없었다. 그래도 더한층 신중을 기해, 말로만 들은 이 유사성을 돋보이게 할 작정으로 젤리는 남자아이처럼 머리를 짧게 잘랐다. 요한 뵘란트의 축소판이 되고 싶었다.

젤리가 사라진 사흘 동안 셀레스트는 좁은 우리 안을 쉴새없이 맴도는 동물원의 동물처럼 보였다. 불안과 불면에 시달리며 방향 잃은 눈을 한, 갇힌 짐승이었다. 사람들의 손에 이끌려 집으로 돌아온 아이는 지쳐 있었고, 무엇보다 자신의 시도가 실패로 돌아간 것이 불만이었다. 어머니 앞에서 몸을 꼿꼿이 세우고는 작은 얼굴이 분노로 굳어져 입을 떼지 않았다. 그 순간 셀레스트는 십이 년 전 자신의 모습을 보는 것 같았다. 그렇게 보이도록 사람들이 그녀를 몰아갔었다. 자신 안에서 난데없이 시간이 압축되는 느낌이었다. 눈 안에서 온갖 영상이 소용돌이쳤다. 귓속에서는 소리와 절규가 맴돌고 뱃속에서는 희미한 웃음소리가 찰랑댔다. 아이는 돌아왔고, 구조되었고, 살아 있었다. 그랬다. 하지만 무엇으로부터 구조되었다는 걸까? 어떻게 살아 있다는 걸까?

그녀의 아이…… "전진하라 조국의 자손들이여어어, 영광의 날이 닥쳤다! 폭정에 맞서 피 묻은 깃발이 올라갔다……" 그렇게 노래가 그녀의 배에서 솟구쳤다. 진흙과 물이끼로 끈적거리고 점착성 웃음과 딸꾹대는 오열로 더럽혀져 느닷없이 밖으로 치솟는 고인 물처럼. "전진하라 자손들이여, 내 아름다운 사랑의 소산이며 똥칠한 내 사랑의 소산인 아이들이여……" 그녀의 아들과 딸, 두 아이는 현기증이 날 만큼 가공의 아버지들을 빼닮았다. 그렇다면 나, 셀레스트는 누군가? 내 아이들의 노래 속에서 나의 위치는 뭔가? 사람들의 노래 속에서, 내가 사랑한 두 남자의 가슴속에서 나는 어디에 있는가? 아, 당신들, 내 부모여, 내 두 오빠와 자매여, 젊은 시절의 친구들이여, 그대들은 모두 내게 등을 돌린 채 고향에 남아 있다. 나의 무엇이 당신들 안에 남아 있는가? 그저 슬픔과 혐오감인가? 그마저 먼 것이 되어 날마다 조금씩 흐려지는가? 아이들이여, 내 남자들이여, 내 부모여, 친구들이여, 힘을 내어 나를 바라보라! 나를 보라, 제기랄!…… 무기를 들고 정렬하라! 전진, 전진……

끈적끈적한 노래가 엉터리 곡조의 〈라마르세예즈〉에 맞춰 잘게 부서진 말과 쿨럭이는 웃음이 되어 쏟아져내렸다. 그러나 예전과 달리, 갈가리 찢긴 노래가 기생하는 이 발작적인 웃음은 시끄럽거나 새된 소리가 아니었다. 소리는 쉴새없이 이어지는 딸꾹질로 조악하게 변조되어 단속적으로 흘러나왔다. 파콤이 품에 안아 그녀를 진정시키려 했지만 그녀는 팔꿈치로 밀어냈다. 아, 안 돼, 몸은 안 돼. 더이상 몸은 안 돼. 더이상 육신이 없었다. 너무 늦고 말았다. 그녀가 정신 나간 웃음 속에, 포기의 노래 속에, 발작적인 울음 속에 혼자 있도록 내버려둘밖에는. 그렇게 셀레스트는 아무도 자신을 붙잡지 못하도록 양팔을 휘두르며 사방으로 내달렸다. 누구도 다가와 자신을 건드리지 못하도록. 경련으로 어깨를 떨면서 원형으로, 지그재그로 달렸다. 신들린 마술사 같았다. 땅과 바위와 물의 정령들, 불과 바람, 죽은 이들의 정령들과 우렁찬 밀담을 나누는 무당 같았다. "전진, 전진하라, 자손들이여, 작은 원형으로 전진하라……" 경련이 차츰 모든 근육과 신체 기관들로 퍼져나갔다. 이런 압박이 계속되더니 연거푸 일어나는 마비 현상에 지친 심장도 멈추고 말았다.

아이디어를 낸 것은 젤리였다. 셀레스트가 공동묘지에, 익명의 사람들 사이에 묻힐 것이 아니라, 거북들이 사는 울안에 묻히게 하자는 것이었다. 사실 어머니는 딸인 젤리 자신을 포함해 동족들로 인해 겪은 고통이 컸다. 그러니 인간 족속과 함께하는 고통을 영원토록 겪게 해서는 안 되었다. 거북이라면 셀레스트가 각별히 애정을 쏟았던 대상이고, 거대한 팡틴은 누구보다 사랑받은 거북이었다. 게다가 어머니가 요란한 소리를 지르고 몸을 떠는 마술사의 춤을 추면서 주문을 외우며 부른 것이 이 온화한 거구의 영혼은 아닐지 누가 아는가? 우우, 팡틴, 이리 와서 내 지난 세월, 좌절당한 내 사랑을 먹어치우거라. 샐러드 이파리처럼, 잡초처럼, 엉겅퀴 덤불처럼. 내 몸을 야금야금 집어삼켜 네 늙은 뱃속에서 녹아들게 하거라. 천천히, 가만가만, 가만가만, 이리 와서 무덤 없는 내 시신을 품어다오. 새로운 부화를 기대하며 오랜 시간 무르익는 알처럼.

매장은 밤에 이루어졌다. 관을 열어 시신을 빼낸 뒤였다. 사망 당일 정당한 절차를 밟아 부검을 하고 관에 안치한 시신이었다. 파콤은 시신 대신 동일한 무게의 흙과 돌이 든 자루를 관 안에 넣어두었고, 다음날 묘지로 옮겨진 것도 이 관이었다. 젤리가 그런 생각을 해냈고, 파콤과 아들이 그 생각을 실행에 옮겼다. 파콤이 고인의 몸을 치장했고, 아들이 밤중에 거북 울안에 작은 구덩이를 팠다. 그리고 아무도 모르게 메워진 묘혈 위에 두 사람은 인동덩굴을 심었다.

젤리는 가출을 시도했다가 처량한 모습으로 되돌아온 씁쓸한 경험을 한 뒤로 정신을 차렸고 독일인 아버지의 흔적을 추적하는 일도 그만두었다. 그를 만나보고 싶다는 생각도 사라졌다. 어머니의 죽음과 무관하지 않은 이 남자는 먼 곳에 살면서 책임 따위는 전혀 느끼지 않는 게 분명했다. 이제 그를 만나 무슨 말을 하겠는가? "당신 때문에 내 어머니가 엉터리 노래를 부르고 허리가 휘도록 웃고 딸꾹질을 해대다 죽었어요"라고 할 건가, 아니면 "다른 남자의 아내인 여자, 당신이 프랑스에 전쟁을 하러 와 사랑하게 된 여자는 이제 죽고 없어요. 그 여자를 정말로 사랑하기는 했나요?"라고 말할 것인가. 젤리는 양부 쪽으로 돌아섰다. 진짜보다 훨씬 생생하게 실재하는 가짜였다. 젤리는 부모가 서로에게 그랬듯이 아버지에게 존댓말을 쓰기 시작했다. 이렇게 존댓말을 쓰면서 아버지를 새롭게 존중하게 되었고, 아빠라는 자격 외에도 아버지의 지위를 부여하게 되었다.

하지만 막상 파콤은 권위를 행사할 수 있는 어떤 지위도 받아들일 수 없는 처지가 되어 있었다. 건강이 점점 나빠져갔다. 조만간 일도 그만두지 않으면 안 되었다. 결핵이라는 진단을 받고 요양원으로 보내졌다. 그때 젤리는 만 열네 살 하고 반이었다. 가족이라고는 오빠밖에 없었다. 이제 막 성년에 이른 오빠가 그녀를 부양하게 되었다. 하루속히 일거리를 찾기 위해 피에르에프렘은 결국 대학 3학년 과정을 마치지 못하고 학업을 포기했다. 이제 틈틈이 아르바이트를 하는 것만으로는 버틸 수 없었기 때문이다. 여러 차례 일을 바꾸었는데, 그건 하는 일마다 권태롭고 자신에게 맞지 않는다고 여겨서였다. 무엇보다 거북했던 건 보호자라는 역할이었다. 젤리는 종잡을 수 없는 성향을 드러내고 있었다. 일체의 규율과 절제된 삶에 반기를 든 젤리는 불안하고도 배타적인 사랑을 오로지 오빠에게 쏟았다. 아버지가 요양원에 들어가고 일 년 뒤에 세상을 뜨자 젤리의 불안정한 성격은 더 악화되었다. 멍청한 인간들을 좋아하지 않는다는 이유로 거리에서든 상점에서든 아무하고나 말다툼을 했고, 다니던 고등학교에서도 불손하고 반항적인 행동을 해서 두 번이나 퇴학을 당했다. 친구도 없었고, 뻔뻔하기 이를 데 없는 태도에다 방종이 극에 달했다. 몇몇 급우들은 감탄을 금치 못하면서도 젤리를 두려워하고 따돌렸다. 교사들은 그녀에게서 보기 드문 지적 성숙을 간파했지만 종잡을 수 없는 변덕과 오만불손을 묵인해주지는 못했다.

그러다 또 한차례 사소한 소동이 벌어져 이미 길어질 대로 길어진 부끄러운 전력에 또다시 먹칠을 하게 되었다. 피에르에프렘은 학교에 불려가 여동생을 당장 정신병원으로 데려가 진찰받게 하라는 충고를 받았다. 사실 젤리는 피에르에게도 끊임없는 골칫거리였다. 무엇보다 피에르는 어머니를 죽게 한 웃음의 병이 여동생에게서 다른 모습으로 변질되어 나타날까 두려웠으므로 그 권고를 받아들였다. 그는 인내와 술책을 동원해 여동생을 설득했고, 기관이라면 뭐든 질색하는 여동생을 병원으로 데려가는 데 성공했다. 그저 한번 가보는 것일 뿐 결정된 건 아무것도 없다는 걸 젤리에게 다짐해주었다. 거기 머무르게 하지는 않을 거라고, 단 하루도 그러지 않을 거라고 맹세했다. 젤리는 자신이 신뢰하는 유일한 사람인 그의 말을 믿었다.

하지만 젤리는 그곳에 남게 되었다. 하루보다 훨씬 많은 날들이었다. 총 391일. 이 긴 시간 내내 오빠를 두 번 다시 보려고 하지 않았다. 어느 날 오후 그녀는 병원 직원들이 방심한 순간을 틈타 창문에 창살이 없는 방으로 들어갔고, 창문을 열고 허공에 몸을 던졌다. 그렇게 삼층 아래로 떨어졌고, 삶의 모래시계가 멎었다. 더이상 내일의 해는 떠오르지 않을 것이었다. 내일이 오늘의 공허로 말미암아 가중된 벌로 더는 여겨지지 않을 것이었다. 요컨대 내일은 존재하지 않을 것이었다. 젤리는 '다른 곳'으로, 아무데도 없는 광막한 곳, '팽창하는 글로부스'로 가버렸다. 머리카락에 토마토 스파게티를 친친 감고서.

*

소 예수는 시간을 거슬러올라갔다. 도중에 종종 멈춰 서서, 안으로 돌돌 말린 과거의 이런저런 순간을 관조하며 굳은살과 나선형 매듭들을 한참이나 어루만졌다. 그것들을 연마하고 풀어헤쳐 방사형 바람 속에 헝클어놓을 때까지. 그렇게 매듭을 풀고 연마하는 이 치밀한 작업으로 자신의 어둠들을 조금씩 걷어냈다. 내면에 쌓인 공포와 후회, 원한의 감정을 몰아냈다. 기도를 올리며 죽은 자들을 용서했다.

그렇게 그는 구불구불한 행로로 점차 자신이 잉태되던 밤까지 내려갔다. 아버지가 사로잡혀 있던 공포에 반응해 모욕당한 어머니가 터뜨린 치욕과 좌절의 웃음 속에 전복된 처량한 밤이었다. 저마다 지나온 역사가 있는, 웅성대는 소음과 흔적으로 가득한 두 개의 세포. 그는 작디작은 이 두 세포의 무모한 만남이 이루어진 혼돈의 장소를 다시 방문했다. 이 장소를 환히 밝히고 진정시켰다.

그는 이처럼 밝고 진정된 상태에서 한없이 초연한 마음으로 시간이 역으로 흐르는 세상에 다시 정착했다. 그는 더 멀리, 그 혼란한 장소의 맨 상류까지 거슬러올라가, 움켜쥐고 휘어잡는 난해한 유희를 뒤집어엎었다. 그렇게 해서 삶의 한없이 여리면서도 격렬한 원천에 가닿았다. 투명한 불꽃이 찰나의 강렬한 향기로 그의 마음을 사로잡았다. 이제 죽은 자들이 산 자를 낚아채 짐을 지우고 옭아매는 일은 끝났다. 산 자가 죽은 자들을 끌어안고 그들의 짐과 고통을 내려놓게 했다. 이제 저마다 가벼운 행장으로 자유롭게 떠나도 된다. 젤리도 중력의 법칙에서 온전히 해방되어 우주의 바람이 부는 대로 날아다녀도 된다. 그녀가 병실 창살 안에서 꿈꾸던 그 타지他地의 반짝이는 바람을 타고서.

어머니의 몸

아버지의 몸

누이의 몸

꺼져버린 육신의 별들로 이루어진 작은 성좌, 먼지로 화한 몸들이건만 그렇게 꺼져버린 뒤에도 한때 너무 강렬했던지라 오래도록 빛이 남는다.

핏덩이처럼 엉긴 웃음에서 해방된 입
치욕을 벗어던진 욕망
축제의 옷을 입은 말言들

아들의 몸 오빠의 몸

해방

마리는 어떻게 됐을까? 또 그녀의 오빠들은? 사빈은?

피에르에프렘은 '소'의 덤덤한 가면을 쓰고 조용히 몸을 일으킨다. 내면의 긴 여정 동안 길어올린 힘들을 소리 없이 거둬 모아 한곳에 집중시키고 연마한다. 이제 잠복기에, 표면상의 가사 상태에 종지부를 찍는다. 허물을 벗었으니 떠나도 좋다. 그러나 자신이 달라졌다는 것은 조금도 드러내지 않는다. 두려움이 담대함으로, 수치심이 절대적인 평정심으로, 약점들이 에너지로, 욕망들이 의지로 바뀌었다는 걸 내비치지 않는다. 그는 늑장부리고 싶지 않다. 따져보거나 설명을 시도해보고 싶지도 않다. 작열하는 한 송이 바람꽃의 냄새를 설명할 수는 없는 법이니까.

그는 아무도 모르게 퇴장을 준비하며, 흐르는 공기처럼 민첩하게 어둠을 빠져나간다. 무해한 바보이며 몽유병에 걸린 벙어리인 소 예수는 사라지고 없다. 피에르에프렘은 또 한번 환속했다. 이번에는 진정한 의미에서.

그는 원점에서 재출발한다. 그러나 이 원점은 밑 빠진 독이 아니며, 허무도 비참한 상태도 아니다. 시간의 물속에 잠겨 있는, 이제라도 피어나 너부죽 벌어질 준비가 되어 있는 아름다운 원이요, 가뿐히 들어올릴 수 있는 불타는 공이다. 피에르는 구원받았다.

그는 이제 숨이 가쁘도록 무턱대고 달리지 않는다. 전처럼 눅지근한 잿빛 바람에 속수무책으로 시달리지도 않는다. 단호한 발길을 옮긴다. 우르쾨빌로 간다.

정 자 亭子

La gloriette

별것 아니다. 찢어지는 가슴을 숨기려
들장미로 둘러싸인 숲들이 밤을 향해 가듯
나는 나 자신에게서 멀어져갔다.
_장 그로장*

* 프랑스 시인, 작가, 번역가(1912~2006).

정자가 정원 한복판에 우뚝 서 있다. 아라비아 격자 덧문처럼 공들여 다듬은 나무 정자다. 얽힌 담쟁이덩굴과 인동덩굴로 형성된 둥근 지붕은 다양한 초록 색상이 굴절을 이룬다. 검정에 가까운 짙은 녹색에서 아몬드나 피스타치오의 연한 빛깔로, 시간과 계절에 따라 변한다. 청동빛으로, 푸르스름한 빛으로, 금빛으로, 압생트 빛으로 변하는 초록색이다.

여름날 오후가 저물어갈 무렵, 그 그림자는 다양한 향기를 퍼뜨리며 전율하고 실바람과 꿀벌의 날갯짓 소리로 윙윙댄다. 유방처럼 둥글고 풍만한 정자다. 꿀처럼 달콤한 냄새를 풍기는, 훈훈하고 푸른 이 구球 안에서 샤를람은 냉차 한 잔을 홀짝인다. 레몬즙 몇 방울을 곁들여 암홍색 광채를 띠는 새카만 차. 그는 설탕을 한 조각씩 찻숟가락에 담아 음료 표면에 갖다대고 녹인다. 흰 각설탕이 볼록한 황토색 타원으로 변하자 그는 입술을 찻숟가락에 대고 천천히 내용물을 빨아들인다. '이 설탕조각은 얼마나 많은 알갱이로 분해되는 걸까?' 그는 입안의 단맛을 음미하며 자문해본다. '내가 살아온 날들만큼 많을까? 그보다 적을까, 더 많을까?'

그는 두 눈을 붙이고 잠시 졸음에 빠진다. 기억이 차에 적신 설탕처럼 녹아들어 작은 알갱이들로 분해된다. 조각난 이미지와 감각과 추억, 그 모든 찌꺼기들은 옛것이다. 현재는 꿈속을 거의 찾아오지 않는 반면 깨어 있는 동안은 그의 마음을 온전히 차지한다. 그의 당당한 풍채는 예전 그대로다. 오히려 나이가 들수록 더 멋스러워진다. 여든셋이라는 나이가 무색할 만큼, 수족을 못 쓰게 만드는 어떤 심각한 질환도 앓지 않는다. 지력도 전혀 손상되지 않았는데, 그래도 걷는 데 필요한 지팡이는 위엄 있는 노인의 외양을 오히려 돋보이게 한다. 호박색 손잡이가 달린 이 뒤틀린 담갈색 나무 지팡이는 팔순 생일에 손자들에게서 받은 것이다. 팔순 노인의 왕홀이라고나 할까. 지난해에는 스스로에게 근사한 선물을 하기도 했다. 재혼을 한 것이다. 혼자 늙어간다는 건 좋지 않으니까. 곁에 동반자를 두면 의지가 되고, 노쇠의 위험에 맞서는 원군이 되어준다. 그는 건강은 물론 심성이나 판단력도 견실한 여자를 택했다.

귓가에서 끈질기게 윙윙대는 벌레 한 마리가 그를 화들짝 잠에서 깨어나게 한다. 그는 신경질적인 몸짓으로 벌레를 쫓아낸다. 방금 전 수면을 방해한 덧없는 꿈을 쫓기 위한 몸짓이기도 하다. 꿈에서 에디트를 보았다. 불쾌한 꿈이다. 누이동생에 대한 기억이 머릿속에 떠오를 때마다 서둘러 몰아내야 한다. 그것들이 너무 큰 자리를 차지해 생각을 온통 점령하지 않게 해야 한다. 몹시 쓰라린 기억이니까. 나이에 걸맞지 않은 짓거리들에 무작정 몸을 내던지고 위험한 짓을 감행하지만 않았던들 에디트는 여전히 그들 사이에 있었을 것이다. 일찍이 세상과 소음으로부터 자신을 보호하는 데 신경썼던 만큼이나 집요하게 스스로를 위험에 노출한 여동생이었다. 벼랑에서 몸을 날려 자살하다니, 바보 천치 같으니! 그는 지팡이로 바닥을 탁, 친다. 자신은 이미 아들을 잃었고, 아내까지 잃은 몸이 아니던가. 그래도 에디트가 앙드레보다 더 그립다. 에디트는 성대 수술을 한 개들과 함께 집에 들어박혀 지냈을 때조차 앙드레보다 더 큰 존재감을 과시했다. 어쨌거나 에디트는 베랭스 가문의 여자가 아닌가. 게다가 그가 키우다시피 했으니 그의 첫아이라 해도 과언이 아니었다. 누이동생이자 장녀랄지…… 그는 지팡이를 꽉 움켜쥐고 물밀듯이 밀려들

태세인 기억을 정지시키려고 또 한번 바닥을 쳤다. 가슴 아픈 기억을 멀리하고 괴로운 생각에 재갈을 씌우는 것, 그것이 자신을 방어하고 정신 건강을 지키는 그의 방법이고 장수의 수단 가운데 하나였다. 결혼 생활의 장점도 그중 하나였지만.

그는 차 한 잔을 더 마시며 십자말풀이가 실린 신문의 면을 다시 펼친다. 그가 몹시 좋아하는 훈련이다. 아무리 생각해도 풀리지 않는 단어로 돌아온다. 열세 개의 철자로 이루어진, 마지막으로 남은 세로 단어다. n, r, c 같은 자음만 있는데, 모음을 단 하나도 머릿속에서 끄집어낼 수가 없다. 단어의 풀이가 여전히 모호하다. "성에가 잔뜩 만들어놓는 것, 까다로운 여자들의 마음"이라니. 그는 가로로 된 단어들에 정신을 쏟는다. 마지막 철자들을 채우고 나면 풀리지 않는 나머지 세로 단어도 완성할 수 있을 것이다. 열 개의 알파벳으로 이루어진, "덫을 놓다"라는 의미의 단어. 물론 braconnier*다. 역겨운 감정이 치솟지만 딱히 이유가 뭔지는 알 수 없다. 어렴풋한 기억이 찾아드는가 싶더니 곧 사라져버린다. 날벌레가 수면을 지그재그로 스치며 일으켜놓는 잔잔한 파문 정도랄까. 어쨌거나 r 하나를 또 얻는다. "신선도가 떨어지다"라는 의미를 지닌, 알파벳 여섯 개로 이루어진 단어. rassis. 아주

* 프랑스어로 '밀렵꾼'이라는 뜻.

쉽다. 그렇게 해서 s를 또 낚았지만 그다지 쓸모는 없어 보인다. 복수를 가리키는 s가 분명하다. 모음은 여전히 없다. 결국 진전도 없다.

공이 슈우, 정자 밑을 지나 지붕 언저리에 부딪힌 뒤 샤를람의 무릎 위로 튀어올라 멈춘다. 조심성 없는 아이들을 꾸짖는 여자의 목소리가 들린다. 하마터면 노인이 공에 맞을 뻔하지 않았는가. 하지만 노인은 공을 정자 위로 던져 보냈고 아이들은 새된 함성을 지르며 다시 떠난다. 손자손녀가 벌써 몇이지? 그는 다시 수를 센다. 방금 전에 자신이 살아온 날들과 각설탕의 알갱이 수를 세어보았듯이. 열하나, 열둘? 대부분 포스캉가 아이들이다. 마들렌의 아들들은 대가족을 이룬 데 반해 조르주의 아이들은 자식을 별로 낳지 못했다. 쌍둥이 형제에게만 아이들이 있었으니까. 마리에게 아이가 없는 건 마음 아픈 일이 아니었지만, 그래도 앙리만은…… 아! 앙리는 그를 실망시켰고, 끊임없는 두통거리다. 그는 불쾌한 생각들을 몽땅 쓸어내버리려는 듯 신경질적으로 머리를 흔든다. 그렇게 골칫거리를 털어내고 다시 신문에 몰두한다. "pavillon vert*"라는 의미의 알파벳 여덟 자 단어. bannière, étendard, pavois 같은 근접한 말들을 찾다가 잠시 길을 잘못 든다. 하지만 생각을 바꾸고 단어의 다른 의미들을 따져 보다가 정답을 끄집어낸다. tonnelle. 이렇게 해서 마침내 모음 하나를 얻는다. 네모 칸 안에 한 자 한 자 써넣으면서 그는 동의어인 gloriette나 charmille**가 더 우아한 느낌을 주어 마음에 든다고 생각한다. 엑토르와 그의 아내가 정원 한복판에 이 정자를 짓기로 한 건 정말 잘한 일이다. 레스토랑이 쉬는 날이면 이곳에서 조용한 시간을 가질 수 있으니까. "예복"의 의미를 지닌 네 자 단어…… 정문 초인종이 울린다. "가요, 가요!" 샤를로트가 문 쪽으로 뛰어가며 소리친다. 샤를람이 아이에게 말한다. "레스토랑은 오늘 문 닫았어. 모르는 사람에겐 문 열어주지 말거라!" "네, 저도 알아요." 샤를로트가 계속 뛰어가며 대답한다. 눈앞에 새 얼굴이 나타나고, 낯선 사람이 철책 너머로 무언가를 묻고, 연이어 자신이 전달자로서 소임을 맡는 게 아이는 재미있다.

키 큰 남자가 문밖에 서 있다. 남자는 샤를로트에게 인사를 건네며 미소 짓는다. 멋진 웃음이라고 샤를로트는 생각한다. 달빛을 받은 것처럼 빛이 나는 묘한 은회색 눈이다. 베랭스 부인이 집에 있느냐는 남자의 물음에 샤를로트는 고개를 끄덕이고 집 쪽

* 프랑스어로 '푸른 정자(亭子)'라는 뜻. pavillon에는 '정자' 외에도 '깃발'이라는 의미가 있다. bannière, étendard, pavois는 모두 '깃발'.

** tonnelle, gloriette, charmille는 모두 '정자'라는 뜻.

으로 다시 뛰어간다. 그리고 숨찬 목소리로 전한다. "문밖의 신사분이 찾아요. 눈이 마치, 마치……" "마치 어떻다고?" 아이는 생각이 안 난다. 그러다 또다른 이미지 하나가 떠오른다. "해님이 든 빗물 웅덩이요!" "우리에게 비를 몰고 오지나 말았으면 좋겠군." "그럼요. 햇빛이 가득한 웅덩이인걸요!" 어른들의 특성인 몰지각 앞에서 아이는 어깨를 으쓱하고는 함께 놀던 친구들한테로 달려간다.

방문객은 대문으로 이어지는 통로를 걸어오는 여자를 주시한다. 살집이 좋고 백발에 가까운 잿빛 머리 덕에 산뜻하고 부드러운 안색이 돋보이는 여자다. 바싹 다가온 여자에게 그는 이름을 부르며 인사를 건넨다. "루마!" 여자는 그렇게 친근한 목소리로 자기를 부르는 방문객을 더 잘 살펴보려고 한 걸음 물러선다. 여자가 눈살을 찌푸리고 생각하며 망설이는 동안 그는 놀란 얼굴로 그녀를 바라본다. 샤를로트의 말대로 그의 눈은 정말로 반짝이는 잿빛이다. "루마……" 그가 다시 부른다. 돌연 그녀의 입에서 들릴 듯 말 듯 신음소리가 새어나온다. "피에르!" 그녀는 한 발 더 물러선다. 이번에는 더 자세히 보기 위해서가 아니라 본능적으로 그와 거리를 두기 위해서다. 꽉 쥔 두 주먹을 아래로 늘어뜨린 그녀는 몸이 뻣뻣해지고 호흡이 가빠진다. "그래요, 나예요……" 그가 말한다. 그녀가 말을 가로막는다. "나라니, 그게 누군데요, 뭐죠? 아무 말 하지 마요! 그쪽 말은 듣고 싶지 않으니까. 내 말 똑똑히 들어요! 다시 나타나기엔 너무 늦었어요. 돌아오기엔 너무 늦었어. 이제 당신 자리는 없어요, 우리 사이에 끼어들 자리는. 망령에게 자리는 없어요."

그녀는 귀에 거슬리는 탁한 음성으로 말한다. 턱이 긴장되고 양어깨와 주먹에도 힘이 들어간다. 공포와 분노로 빛나는 올빼미 눈으로 쏘아본다. 그러나 분노가 기선을 잡는다. "루마……" 그는 또 한번 불러본다. 그녀는 가까이 다가와 양손으로 대문을 잡고 얼굴을 철문의 당초무늬에 갖다댄 채 다시 독설을 쏟아놓는다. "입 닥쳐요! 더이상 말할 자격 없으니까. 우린 당신을 찾으려고 애썼어요. 여러 해 당신을 기다렸지. 그러다 포기했어요. 당신이 죽었다고 생각했으니까. 그렇게 죽은 사람 취급하니 우리한텐 죽은 사람이 되었지. 뭘 기대하는데요? 우리가 당신을 돌아온 탕자처럼 받아들이고 살진 송아지라도 잡을 줄 알았어요? 우리가 뭐 그렇게 할일 없는 사람들인가요? 당신 없이도 잘 살았고, 앞으로도 그럴걸요. 또 한번 모든 걸 뒤엎으려 하지 말고 우릴 가만 내버려둬요. 가버려요."

그녀는 철문에서 손을 떼고 그에게서 다시 조금 물러선다. 그는 꼼짝 않고 선 채로 조용히 그녀를 바라본다. 그가 어서 사라졌으면 하는 그녀의 조바심을 부추기는 침묵이다. "사빈이나 아이들을 기다리는 거라면 헛수고예요. 사빈은 여러 해 전에 우르퓌빌을 떠나 다른 곳에서 새 삶을 시작했으니까. 마리도 이제 다른 데서 아주 잘 살고 있어요. 그들이 당신을 보면 좋아할 줄 알아요? 그렇게나 많은 고통을 안겨다주었으면서. 내 말대로 가버려요. 그게 모두를 위한 길이라고요. 그 사람들에게 무얼 가져다주려고요? 부질없는 회한과 불만뿐일 텐데. 온 집안에 혼란만 퍼뜨릴 게 뻔해요. 당신은 망상에 불과한 사람이라고요. 그러다 결국 유령이 되고 말았지만. 그러니 당신이 머무르던 저승 땅으로 사라져 다시는 돌아오지 마요." 하지만 그는 여전히 꼼짝 않고 서서 그녀를 바라본다. 분통을 터뜨리거나 화를 내지도, 반감이나 체념을 드러내지도 않는다. 아무 특별한 반응도 드러내 보이지 않는다. 찬란한 빛을 발하는 지고의 평화. 그것이 루마를 못 견디게 만든다.

그렇다. 샤를로트가 본 것이 정확했다. "문밖의 신사분"의 눈은 햇빛 가득한 빗물의 색, 바람의 색이다. 그 찬란함이 폭력을 행사한다. 앞에 서 있는 사람을 대번에 옴짝달싹 못하게 만든다. 상대를 벌거벗기고, 마음을 재고, 더러움을 닦아내고, 질문을 던지는 눈길이다. 그 예리한 시선은 대체 사람들을 어디까지 몰아가는 걸까? 어떤 심연에, 현기증에 이르게 하는 걸까? 어떤 내면의 반란을 부추기는 걸까? 루마는 자신을 위해서나 가까운 사람들을 위해서나 그런 위험을 무릅쓰고 싶지 않다. 이 가정에 다소나마 평안이 깃들게 하기 위해 긴 세월을 바치지 않았던가. 마침내 그녀의 헌신이 결실을 맺어 자신도 인정을 받고 안정된 지위를 확보하게 되었다. 그런 상황에서 불확실한 소득을 위해 이미 손안에 있는 걸 내놓지는 않을 것이다. 그런데 무슨 소득이, 정말 있기는 한 걸까?

"안 되고말고!" 그녀는 들릴 듯 말 듯한 목소리로 다짐하며 휙 돌아서서 걸음을 재촉한다. 등뒤에서 피에르의 눈길이 잠시 떠도는가 싶더니 아무 느낌이 없다. 그녀는 발길을 늦추고 한번 더 뒤돌아보지 않을 수 없다. 문 뒤에 아무도 없다. 피에르는 가고 없다.

그녀는 곰팡 슨 빵을 씹기라도 한 듯 입안에 텁텁한 맛을 느낀다. 손발이 시린 것이 꼭 겨울이 온 듯하다.

샤를람은 정자를 떠나 양지바른 곳의 긴 의자에 가 있다. 햇빛을 가리려고 얼굴에 신문을 올려둔 채 낮잠에 빠져 있다. 루마는 혀에 여전히 감도는 곰팡내를 쫓으려고 레몬을 듬뿍 넣은 차 한 잔을 마신다. 신맛에 눈살을 찌푸린다. 산들바람이 불어 신문지가 푸드덕대는 것이 꼭 늙은 회색 새가 날아오르려고 안간힘을 쓰는 모양새다. 한 장이 빠져나와 바닥으로 흘러내리더니 또 한 장이 흘러내린다. 그녀가 가서 떨어진 신문지를 주워모은다. 그래도 깨어날 줄 모르는 남편의 얼굴에서 한 장씩 흘러내리는 신문지를 조심스럽게 걷어낸 뒤 대신 흰 손수건을 펼쳐놓는다. 그런 다음 그녀는 집으로 돌아가 아이들의 간식을 준비한다. 사발들에 복숭아 정과를 담으며 마음속으로 되뇐다. "망령에게 내줄 자리는 없어!" 진짜로 죽었든 아니든 망령인 건 매한가지다. 조르주나 앙드레, 에디트가 갑자기 나타난대도 그녀는 피에르에게 한 것처럼 할 것이다. 매몰차게 쏘아붙여 그 즉시 쫓아낼 것이다. 그렇게 보내기가 아무리 괴로워도 하는 수 없는 일이다. 저마다 자기 자리라는 게 있는 법이니까. 평화를 얻으려면 대가를 치러야 한다. 그녀는 사발마다 복판에 버터 바른 사블레를 하나씩 꽂아둔다. 정과에서 달콤한 냄새가 퍼져나온다.

피에르는 느린 걸음으로 다시 떠난다. 매정한 대접을 받았어도 신경쓰지 않는다. 더이상 서두르지도 달아나지도 않는다. 수치심을 느끼거나 불안에 사로잡히지도 않는다. 물론 그는 돌아온 탕자가 아니다. 탕자의 자격도 내력도 없고, 무엇보다 소원하는 바가 없다. 후회할 일도 없고 기력이 다하지도 않았다. 우르푀빌에 무얼 구걸하러 온 게 아니었다. 그저 자신의 해방을 자축하러 왔을 뿐이다. 과거에 그가 알았고 사랑했던 사람들에게 인사를 하러 왔을 뿐이다. 언젠가는 분명 그들을 되찾을 수 있을 것이다. 그는 기억의 어둠침침한 미로 속으로 내려가 그곳에 한참 동안 머물렀었다. 거기서 그의 망자들을 만나 화해하기 위해서였다. 그렇다면 그물처럼 얽힌 현재의 망 속으로 들어가 그의 살아있는 사람들을 찾아나설 수도 있을 것이다. 다시 그들의 지인이 되기 위하여.

그는 무수한 냄새가 실린 바람을 얼굴에 맞으며 한순간 멈춰 선다. 덤불이 무성한 비탈에서 올라오는 달짝지근하고 자극적인 바람을 들이켠다. 공기가 비단결 같고 해는 이미 지평선까지 내려간, 일몰에 가까운 시각이다. 경쾌하고 힘이 넘치는 거대한 해. 이글대며 노랗게 타오르는 해가 광막한 오렌지색 물결로 하늘을 물들인다. "글로부스! 어둠에 대해 인간들은 무얼 아는가? 침입자가 되어 그 안에 스며들 뿐……" 그렇다면 낮에 대해서는 무얼 아는가? 빛에 대해 우리가 아는 건 무언가? 땅거미를 예고하며 흘러넘치는 이 반짝이는 노란빛 앞에서 피에르는 생각한다. 가볍게 남실대는 길고 흰 줄 하나가 끝없이 펼쳐진 주황색 공간을 가르더니 윙윙대는 희미한 소리에 싸여 점점 길게 늘어난다.

피에르는 이 작열하는 눈부신 하늘 앞에 서 있다. 그 광채와 숨결과 공간을 들이마신다. 그는 그것들 안에 존재한다. 안에 존재한다는 것, "그건 우리가 결정할 수 있는 무엇이 아니다"라고 로스코는 말했다. 그건 자신의 내면 깊은 곳에서 결정되는 무엇이다. 사랑과 자명성에 힘입어 다져지는 의지, 오랫동안 어둠 속에서 무르익어 갑작스레 이루어지는 결의다. 머지않아 이울고 물러날 이 범람하는 빛 속에 피에르는 들어 있다. 흐르는 시간 속에, 시간 한복판에 존재한다. 그는 무한히 팽창하고 변화하는 경이로운 그림의 테두리 안에, 가시可視 세계의 광휘 속에 서 있다. 생살을 드러낸 삶 자체인, 눈이 부시도록 헐벗은 욕망 속에 들어 있다.

공이 날아와 어깨에 부딪힌다. 뒤돌아보지만 도로에는 아무도 없다. 조금 전에 발길을 돌린 베랭스가의 집 담벼락 위로 뻗어나온 보리수 가지에서 경미한 동요가 감지될 뿐이다. 그는 공을 주워들고 왔던 길로 되돌아간다. 보리수나뭇잎 사이로 언뜻언뜻 아이의 모습이 보인다. 햇빛에 반짝이는 매끄럽고 동그란 무릎, 나뭇가지를 움켜잡은 손, 물이 빠진 청색 반바지에 받쳐 입은 진청색 바탕의 흰 줄무늬 티셔츠. 무릎 위로 그 살굿빛 살결에 닿을 듯 말 듯, 신중한 두 눈이 반짝인다. 방금 전 철책 너머로 보았던 어린 소녀다. 아이가 그를 주시한다. 그는 양손으로 공을 잡은 자세로 고개를 갸웃 쳐들고는 아이에게 미소를 보낸다. 그리고 공으로 묘기를 부리기 시작한다. 천천히, 그러다 점점 속도가 붙는다. 마침내 그는 담벼락 너머로 공을 던진다. 날아오는 공을 눈으로 좇느라 어린 소녀는 몸을 웅크리고 있던 나뭇가지 위에서 몸을 일으킨다. 공은 나무들 위로 높다란 곡선을 그리며 날아오른 뒤 정원으로 떨어진다. 피에르는 아이의 웃음소리를 듣는다. 꾀꼬리의 노래 같은, 높고 낭랑한 몇 개의 음들.

옮긴이의 말

탐색되지 않은 세계를 향해 열린 창

실비 제르맹은 현재 전 세계 20여 개 언어로 작품이 번역되어 대학에서 연구되고 있는 프랑스 작가다. 1984년에 발표된 그녀의 첫 장편소설 『밤의 책』은 현대소설로서는 보기 드문 스케일과 다채로움을 지닌 바로크적 발상으로 평단을 놀라게 했다. 제르맹의 책들은 하나같이 겉으로 드러나지 않는 인간 내면의 사건들을 주시하고 귀기울이게 하는데, 이 모두는 구체적인 시간과 장소를 배경으로 하는 현실에서 출발한다. 하지만 제르맹은 결코 이 현실세계에서 멈추지 않고 언제나 그 너머의 세계로 한 걸음 더 내디딘다. 그렇게 매 작품마다 한차례의 비상飛上을 시도하며 절대적인 무엇, 나아가 구원에 대해 생각하게 한다. 이런 쉽지 않은 작업이 그녀의 글을 통해 구체화되는 과정을 목격하는 것은 놀라운 일이다.

2008년에 발표된 『숨겨진 삶』 역시 예외가 아니다. 1960년대 말부터 1980년대를 시간적 배경으로 삼은 이 소설은 프랑스 지방도시의 중산층 가정 이야기를 담고 있다. 전작인 『마그누스』를 포함한 작가의 다른 작품들에 비해 역사적 사건이 훨씬 느슨하게 개입하는 작품이다. 그럼에도 불구하고 이야기가 시작되는 시점이 프랑스에서 68혁명이 일어나는 시점과 맞물린다는 사실, 그리고 피에르의 기억 속에 자리한(그의 가족에게 씻을 수 없는 상처를 남긴) 제이차세계대전이 작품 전체에 그림자를 드리우고 있음을 간과할 수 없다. 그런가 하면 피에르와 대비되는 인물로서 시종일관 불편한 무게감을 드러내는 샤를람의 개인사 및 전통과 상식에 충실한 이기적이며 냉소적인 가치관의 이면에도 양차에 걸친 세계대전과 식민지 독립전쟁 등의 폭력적인 역사가 자리한다는 사실을 잊을 수 없다.

그렇더라도 이 책에서 초점을 맞추는 것은 일상에서 벌어지는 예기치 못한 일들과 우연의 개입이며, 개개인의 삶과 그 삶의 비밀이다. 평범한 외관 속에 감춰진 각자의 어두운 기억이나 그들이 경험하는 폭력, 그것들 앞에서 속수무책인 개인의 연약함과 비극. 하지만 이야기는 중립적이고 객관적인 시점에서 전개되며,

개인의 내면을 들여다볼 수 있게 해주는 수단 역시 전능한 화자의 시점이나 내면의 독백이 아니라 겉으로 드러나는 인물의 행동이나 결단, 방의 풍경 혹은 끼적인 글, 소지한 그림이나 책 따위의 사물들이다. 실제로 마지막까지도 피에르는 다른 등장인물들은 물론 독자들에게도 수수께끼 같은 인물로 남는다. 제르맹의 작품들에서 어김없이 문제삼는 해방이나 구원 같은 말들 역시, 각성의 순간 이후 등장인물들에게 닥치는 점차적인 변화와 현실의 삶에서 그들이 하는 선택을 통해서만 예감할 수 있는 무언가로 조심스럽게 다루어진다.

남편을 교통사고로 잃은 여자이며 네 아이의 젊은 어머니인 사빈 베랭스는 크리스마스이브에 백화점에서 산타클로스로 일하고 있는 피에르를 우연히 알게 되어 그에게 자신이 운영하는 상점에서 일해달라고 제안한다. 출신과 과거가 철저히 감춰진 피에르는 그후 우르퐈빌에 있는 사빈의 가족과 십여 년을 함께하면서 아이들의 좋은 친구이자 사빈의 성실한 조력자 역할을 하며 한식구나 다름없는 사람이 되지만 사빈의 시아버지 샤를람의 의심과 미움을 산다. 그러다 가족 야회가 열린 어느 저녁 피에르는 샤를람에게 모욕을 당하고 그길로 집을 나가 생사가 묘연해진다. 그러나 그가 떠난 뒤 이 가족의 한 사람 한 사람에게 변화가 닥친다. 샤를람의 부추김으로 피에르에 대해 막연한 의심을 품었던 사빈의 맏아들 앙리는 피에르의 방에서 로스코의 복제화를 보고 전율을 느끼며 피에르를 새롭게 이해하게 되고, 나중에 집을 떠나 르포르타주 사진기자가 된다. 딸 마리는 사라진 피에르의 방에서 가져온 파일 속에서 어느 여자의 글과 피에르가 정리해둔 이야기들을 발견한다. 그림에 소질이 있는 마리는 그것들을 소재로 동화책을 출간하여 성공한 작가가 된다. 그런가 하면 사빈은 재산을 쌍둥이 아들들에게 위임한 뒤 바쁘고 무의미한 삶에서 물러나 조용한 곳에 홀로 칩거한다. 그렇게 팔 년의 세월이 흐르는데, 그사이 사람들이 죽었다고 생각한 피에르는 정신병원에 머무르면서 상처 입은 과거와 대면해 정신적인 치유와 해방의 과정을 겪는다. 이 부분에서 시작해 소설이 거의 끝날 때까지 피에르의 과거와 가족사가 이야기되며, 피에르가 상처를 극복하고 새롭게 태어나는 과정이 짤막하게 언급된다. 그리고 소설은 베랭스 가족의 집을 다시 찾은 피에르를 가정부 루마(이제는 베랭스 부인이 되어 있는)가 쫓아내는 장면에서 마무리된다. 굳어진 세계관과 가부장의 완고한 가치관으로 손자들에게 영향력을 행사하며 군림하는 샤를람과 우르뢰빌의 집을 뒤로하고 피에르는 그렇게 홀로 떠난다. 하지만 그곳에서 자신이 알고 사랑했던 사람들을 언젠가 다시 만날 것을 믿는 그의 발걸음은 가볍다.

이런 대략적인 내용을 지닌 『숨겨진 삶』에 등장하는 우르퓌빌의 가족은 서로 간의 이해가 부재하며 대화가 단절된 상태다. 일견 평범해 보이는 가족 안에 존재하는 비밀들이 이야기가 진행되면서 차츰 드러나는데, 특히 여성들의 삶과 그들 각자의 개성이 부각된다. 소설의 중심에 자리한 사빈을 비롯해 한쪽 발을 잃은 그녀의 딸 마리, 마리의 고모인 에디트. 그리고 피에르의 어머니 셀레스트와 여동생 젤리 등, 여성들의 내면에 숨겨진 열정과 좌절, 빗나간 사랑이 섬세한 뉘앙스로, 때로는 비극적이며 그로테스크하게 그려진다.

사빈의 평화로운 가정의 균형이 예기치 못한 사건(당첨된 복권의 분실과 남편 조르주의 죽음)으로 깨졌을 때 한 남자가 나타나 이 삶에 다시 균형을 가져다준다. 그러다 이 남자가 아무 말 없이 집을 떠나자 이 가족의 구성원들(사빈, 마리, 앙리)은 저마다 다른 방식으로 그의 부재에 반응하며 새로운 내면의 삶으로 진입한다. 번잡한 생활을 버리고 칩거하거나(사빈), 어릴 적 꿈꾸었던 '나무책'의 환상을 꽃피우거나(마리), 전쟁의 광기로 인해 버림받은 사각지대를 헤매며 사람들이 겪는 고통의 증인이 된다(앙리). 그러나 긴 시간에 걸쳐 눈에 띄지 않게 진행되는 이런 변화가 정체된 현실의 관점(샤를람)에서는 허황된 망상이며 인간적인 실패로 간주될 뿐이다. 책의 원제인 'L'inaperçu'는 '눈에 띄지 않는 것, 주의를 끌지 않는 것'이라는 의미를 지니는데, 이 소설에서는 피에르라는 수수께끼 같은 인물의 숨겨진 과거와 그가 구현하는 정신의 세계, 아니면 인물 자체를 가리키는 동시에, 그가 사라진 뒤 가족 구성원들에게 일어나는 내면의 변화를 의미한다고 보아도 좋을 것 같다. 그런데 이 '숨겨진 것'의 의미를 묻고 적극적으로 그 해답을 모색하는 사람은 앙리다. 피에르라는 인물의 진실은 앙리가 피에르의 방 벽에서 발견하는 로스코의 복제화를 통해 계시된다. 앙리는 로스코의 그림을 보며 정체불명의 남자였던 피에르를 어렴풋이나마 이해하게 된다. 말하자면 로스코의 그림은 이 소설에서 피에르라는 인물을 이해하게 도와주는 장치이며, 피에르는 로스코의 그림을 통해서 짐작될 수 있는 사람이다. 작가는 피에르라는 인물을 설명하기 위해 로스코의 그림을 둘러싼 명상으로 독자를 안내하면서 삶의 숨겨진 것들에 눈길을 주고 귀기울이게 한다. 소설의 끝머리에 이르러 피에르는 신비한 그림 안에, 이미 그 풍광과 일체를 이루며 존재한다. 즉 자신이 소유한 그림과 하나가 되는 것이다. "피에르는 이 작열하는 눈부신 하늘 앞에 서 있다. 그 광채와 숨결과 공간을 들이마신다. 그는 그것들 안에 존재한다."(283쪽) 세월과 더불어 광채를 잃어가는 그 노란 포스터가, 로스코의 복제화가, 앙리에게는 색이 바래버린 이후에도 "세상을 향해 열린, 탐색되지 않은 세계를 향해 열린 창"으로 남는다. 이 그림 역시 '숨겨진 삶'이 식별되고 감지되게끔 하기 위해 한 사람이 애쓴 자취였으므로.

피에르는 허물을 벗고 다시 떠난다. 그러나 자신이 달라졌다는 것을 조금도 드러내지 않는다. 침묵과 부재의 기간 동안 피에르가 어떻게 살았는지는 구체적으로 나와 있지 않다. 소설에서는 '해방'이라는 단어를 쓰지만 이는 눈에 띄지 않는 철저히 개인적인 차원의 사건이다. 정신성이 허락되지 않는, 물질과 관습 속에 확고히 자리잡은 안전한 삶에는 끼어들 여지가 없는 구원이다. 따라서 샤를람이 속해 있는 굳어버린 세계 역시, 세월이 흐를수록 더 당당해지는 그의 풍채와 외모가 의미하듯, 푸른 정자와 햇빛, 바람, 달콤한 정과가 의미하듯, 마찬가지로 평화롭게 흘러갈 따름이다.

제르맹의 다른 소설 속에서도 주인공들은 자신과 하나가 되는 정체성을 확인하는 데 이르며 방황을 끝내고 구원받지만(『마그누스』『호박색 밤』『사랑하지 않는 자들의 노래』) 내면의 이 해방 과정은 순전히 정신의 문제여서 현실에서는 크게 달라지는 게 없다. 『숨겨진 삶』 역시 마지막에 이르러서도 삶은 전과 다름없이 이어지고, 피에르는 전처럼—어린 소녀는 그의 독특한 눈빛을 간파하지만—다시 길을 떠나는 자일 따름이다. 다른 등장인물들 또한 저마다의 고독(때로는 의심)을 품고 자신이 선택한 길을 간다. 피에르가 부재하는 가운데 삶은 차츰 제자리를 잡아가고, 그는 잊힌다. 공을 차는 아이들의 명랑한 소리를 뒤로하고 가벼운 발걸음으로 다시 떠나는 피에르는 혼자다. 실제로 제르맹의 소설에서 정신의 해방을 경험한 주인공들은 하나같이 가벼운 행장으로 홀로 떠나는 모습으로 묘사된다. 그들은 바람이나 유령과도 같은 존재이며 세상의 관점에서는 죽은 사람인지도 모른다. 이 '변화'는 작가의 암시적이며 압축된 묘사와 서술방식을 통해 독자에게 묘한 울림으로 전달된다. 혹자는 이 작품을 다 읽은 뒤 무언가 결핍되어 있다는 느낌을 받으며, 현실로 통하는 문이 닫혀 있는 구원이 어떻게 가능한지 반문할지도 모른다(피에르가 다시 찾은 우르퐈빌의 집은 그에게 문조차 열어주지 않는다).

그러므로 제르맹의 다른 소설들이 그렇듯 『숨겨진 삶』 역시 독자들이 완성해야 할 몫이 큰 소설이다. "그는 아무도 모르게 퇴장을 준비하며, 흐르는 공기처럼 민첩하게 어둠을 빠져나간다. (……) 그는 원점에서 재출발한다"(267쪽)라는 문장으로 이어지는 이야기를 완성하는 몫은 독자에게 돌아간다. 마지막 장면에서 루마는 무얼 보고 그토록 경악하며 문을 닫아건 걸까? 그의 예리한 시선, 찬란한 빛을 발하는 지고의 평화, 그것이 루마를 못 견디게 한다. 그렇다면 루마가 이루어놓았고 그녀가 꾸준한 노력으로 이 가정에 깃들게 한 평화와는 상극인 그건 대체 무얼까? 아마도 우리가 이미 알고 있든지 모르든지 할 따름인, 설명을 시도할 수는 없는(267쪽) 무엇일 것이다.

2019년 10월

이창실

지은이 **실비 제르맹**
1954년 프랑스 샤토루에서 태어났다. 소르본대학교에서 저명한 철학자 에마뉘엘 레비나스의 지도를 받으며 공부했다. 1981년부터 틈틈이 단편소설을 쓰기 시작했으며 1984년 장편소설 『밤의 책』으로 여섯 개의 문학상을 받으며 화려하게 문단에 등장했다. 1989년 『분노의 날들』로 페미나상을 받았으며 2005년에는 『마그누스』로 '고등학생들이 선정하는 공쿠르상'을 수상했다. 『프라하 거리에서 울고 다니는 여자』 『호박색 밤』 『숨겨진 삶』 등 많은 작품을 발표했다.

옮긴이 **이창실**
이화여자대학교 영어영문학과를 졸업하고, 프랑스 스트라스부르대학교 응용언어학 과정을 이수한 뒤, 이화여자대학교 통번역대학원 한불과를 졸업했다. 이스마일 카다레의 『돌의 연대기』 『죽은 군대의 장군』 『누가 후계자를 죽였는가』 『광기의 풍토』와 실비 제르맹의 『마그누스』 『숨겨진 삶』 등을 비롯하여 『너무 시끄러운 고독』 『세 여인』 『아시시의 프란체스코』 『빈센트 반 고흐』 등을 우리말로 옮겼다.

문학동네 세계문학
숨겨진 삶

1판 1쇄 2019년 10월 30일 | 1판 2쇄 2020년 9월 3일

지은이 실비 제르맹 | 옮긴이 이창실 | 펴낸이 염현숙
책임편집 손예린 | 편집 신선영 김정희 황도옥 오동규
디자인 강혜림 최미영 | 저작권 한문숙 김지영 이영은
마케팅 정민호 정진아 함유지 김혜연 김수현
홍보 김희숙 김상만 지문희 우상희 김현지
제작 강신은 김동욱 임현식 | 제작처 한영문화사(인쇄) 신안제책사(제본)

펴낸곳 (주)문학동네
출판등록 1993년 10월 22일 제406-2003-000045호
주소 10881 경기도 파주시 회동길 210
전자우편 editor@munhak.com | 대표전화 031) 955-8888 | 팩스 031) 955-8855
문의전화 031) 955-8896(마케팅) 031) 955-2654(편집)
문학동네카페 http://cafe.naver.com/mhdn | 트위터 @munhakdongne
북클럽문학동네 http://bookclubmunhak.com

ISBN 978-89-546-5834-8 03860

잘못된 책은 구입하신 서점에서 교환해드립니다.
기타 교환 문의 031) 955-2661, 3580

www.munhak.com